BASTEI
LÜBBE

Von Jude Deveraux sind außerdem bei BASTEI-LÜBBE erschienen:

10471 Die ASCOTTS – Judith
10513 Die ASCOTTS – Alicia
10567 Die ASCOTTS – Clarissa
10598 Die ASCOTTS – Fiona
10722 Geliebter Tyrann
10746 Und am Ende siegt die Liebe
10849 Dieses heißersehnte Glück
10866 Herz aus Eis
10932 Herz aus Feuer
10993 Die Verführerin
11216 Herz in Aufruhr
11342 Liebe kennt keine Gefahren
11445 Lodernde Glut
11497 Rendezvous in Kentucky
11545 Die Prinzessin
11588 Im Zwiespalt der Gefühle
11616 Die Zähmung
11635 Heimliche Wünsche
11655 Mehr als Träume
11721 Duell der Liebe
11762 Liebe ist stärker als Haß
11850 Zwischen Leidenschaft und Liebe

JUDE DEVERAUX

Die schöne Lügnerin

Aus dem
Amerikanischen von
Ursula Walther

BASTEI
LÜBBE

BASTEI-LÜBBE-TASCHENBUCH
Band 11917

Deutsche Erstveröffentlichung
Titel der Originalausgabe: Eternity

Printed in Germany Februar 1993
Einbandgestaltung: Adolf Bachmann
Titelfoto: Olivero Berni – Thomas Schlück-Agentur
Satz: hanseatenSatz-bremen, Bremen
Druck und Bindung: Ebner Ulm
ISBN 3-404-11917-7

1. Kapitel

Warbrooke, Maine

1865

Als Jamie Montgomery durch das große Haus ging, schenkte er seiner Umgebung keine allzu große Beachtung – er war hier aufgewachsen und kannte das Haus sehr gut. Wenn ein anderer die behagliche Einrichtung gesehen hätte, wäre er nicht auf den Gedanken gekommen, daß die Familie, die dieses Haus besaß, äußerst wohlhabend war. Nur ein Kunsthistoriker hätte die Signaturen der berühmten Maler unter den Gemälden, die an den stuckverzierten Wänden hingen, oder die bedeutenden Namen unter den Bronzestatuen bemerkt, und nur ein wirklicher Kenner hätte den Wert der Teppiche einzuschätzen gewußt, die schon viele Generationen Kinder und Hunde erlebt hatten.

Die Möbel waren nicht wegen ihrer Erlesenheit ausgewählt worden, sondern waren den Bedürfnissen der Familie angepaßt, die schon seit zweihundert Jahren hier wohnte. Einem Antiquitätenhändler wäre jedoch aufgefallen, daß der Sekretär, der an einer Wand stand, tatsächlich aus der Queen-Anne-Periode stammte, daß die zierlichen goldenen Stühle aus dem Rußland Peters des Großen importiert worden waren und daß das Porzellan in der Vitrine altes chinesischen Porzellan war – so alt, daß es sich die Bewohner des jungen Amerika kaum vorstellen konnten.

Das Haus war voll von Bildern, Möbeln und Stoffen aus der ganzen Welt – Kostbarkeiten, die von Generationen von Montgomerys auf ihren Reisen gesammelt worden waren. Man fand Souvenirs aus allen Winkeln der Erde, angefangen von exotischen Nippes von den kleinsten Inseln bis zu Gemälden der italienischen Meister.

Jamie ging mit zielsicheren Schritten von einem Raum in dem riesigen Haus zum andern. Zweimal strich er über den kleinen Leinensack, den er vorsichtig auf dem Arm hielt, und lächelte. Schließlich kam er zu einer Tür und betrat – nach einem leisen Klopfen, das sicherlich nicht gehört wurde – das abgedunkelte Schlafzimmer. Wenn auch der Rest des Hauses einen gewissen verblichenen Reichtum zeigte, so ließ dieser Raum die tatsächliche Wohlhabenheit der Montgomerys erahnen.

Sogar in der Dunkelheit konnte er die seidenen Bettvorhänge, die um das riesige Vierpfostenbett mit den venetianischen Schnitzereien drapiert waren, schimmern sehen. Der üppige Baldachin bestand aus blaßblauer Seide, und die Wände des Zimmers waren mit einem um eine Nuance dunklerem Damast bespannt, der in Italien hergestellt und auf einem Schiff der Montgomerys nach Amerika gebracht worden war.

Jamie lächelte, als er den blonden Schopf unter den Seidendecken erspähte. Er ging zum Fenster und zog die schweren Samtvorhänge zurück, um das Sonnenlicht in den Raum fluten zu lassen. Als er sich umdrehte, sah er, wie sich der blonde Kopf noch tiefer in die Decken kuschelte.

Lächelnd ging er zum Bett, um die Schläferin genauer zu betrachten, aber alles, was er sehen konnte, war eine goldene Locke, die sich über das Kissen kringelte – der Rest war unter der Decke verschwunden.

Er nahm den Leinensack vom Arm, löste die Schnur, mit der er zugebunden war, und brachte ein winziges weißes Fellbündel zum Vorschein. Der kleine Hund, den er den ganzen Weg von China hierhergebracht hatte, war ein Geschenk für seine jüngere Schwester.

Jamie hob langsam die Bettdecke an und steckte den Hund in das Bett seiner Schwester. Dann zog er einen Sessel heran und beobachtete in freudiger Erwartung, wie der Hund herumzappelte und seine Bettgenossin beschnupperte.

Zögernd und äußerst widerstrebend kam Carrie zu sich. Sie haßte es, am Morgen ihr warmes Nest zu verlassen, und schob das Aufstehen stets so lange hinaus, wie es ging. Jetzt rührte sie sich, aber ihre Augen waren noch immer geschlossen, als sie die Seidendecke von ihren Schultern schob. Als der Hund ihr über das Gesicht leckte, lächelte sie, und bei der zweiten Liebkosung wurde ihr Lächeln breiter. Sie hob die Lider einen Spalt und sah in das Gesicht des Tiers, dann setzte sie sich mit einem Ruck auf und hob erschrocken eine Hand zum Hals. Sie lehnte sich an das Kopfteil des Bettes, wobei sich ein Flügel eines geschnitzten vergoldeten Engels in ihren Rücken bohrte. Sie sah den Hund an und blinzelte vor Staunen.

Beim Lachen ihres Bruders drehte sie sich um, aber sogar jetzt noch brauchte sie einen Augenblick, bis sie begriff, was los war. Als ihr endlich bewußt wurde, daß ihr geliebter Bruder von seiner Seereise zurückgekommen war, quietschte sie vor Freude und stürmte, ohne auf die Seidenlaken und Kaschmirdecken, die zu Boden fielen, zu achten, auf ihn zu.

Er fing sie in seinen sonnengebräunten Armen auf und wirbelte sie herum, während der Hund auf dem Bett die Wiedersehensfreude mit einem aufgeregten Kläffen begleitete.

»Wir haben dich erst nächste Woche erwartet«, sagte Carrie und küßte ihren Bruder auf die Wangen, den Hals und jede Stelle, die sie erreichen konnte.

Jamie versuchte, seine Freude über die begeisterte Begrüßung zu verbergen, hob seine Schwester hoch und hielt sie eine Armlänge von sich. »Wenn du gewußt hättest, wann ich eintreffe, wärst du ohne Zweifel zum Hafen gekommen und hättest mich abgeholt – auch wenn das Schiff um vier Uhr morgens eingelaufen wäre.«

»Natürlich«, erwiderte sie lächelnd, aber plötzlich wirkte ihre Miene besorgt, und sie legte eine Hand auf seine Wange. »Du bist dünn geworden.«

»Und du bist kein bißchen gewachsen.« Er musterte sie von Kopf bis Fuß und bemühte sich, ernst, wie es einem großen Bruder geziemte, auszusehen, aber es fiel ihm nicht leicht, beim Anblick von Carries kleiner Gestalt streng zu bleiben. Carrie war nicht viel größer als einsfünfzig, während all ihre Brüder über einsachtzig maßen. »Ich hatte gehofft, daß du mir inzwischen wenigstens bis zur Taille reichst«, neckte er sie. »Wie konnten Mutter und Vater nur so einen Zwerg wie dich hervorbringen?«

»Reines Glück«, kicherte sie und drehte sich zu dem kleinen Hund um, der jetzt auf ihrem Bett stand und seine rosafarbene Zunge sehen ließ. »Ist das das Geschenk, das du mir mitgebracht hast?«

»Wie kommst du auf den Gedanken, daß ich dir überhaupt etwas mitgebracht habe?« fragte er tadelnd. »Ich bin sicher, daß du gar kein Geschenk verdient hast. Weißt du eigentlich, daß es schon zehn Uhr am Vormittag ist? Und du liegst immer noch in den Federn.«

Sie wand sich, um ihren Bruder dazu zu bringen, sie loszulassen. Carries Interesse galt jetzt, da sie sich vergewissert hatte, daß Jamie gesund und wohlbehalten war, dem hübschen kleinen Hund. Als ihre Füße wieder den Boden berührten, lief sie zum Bett, hob die Decken auf, und als sie wieder hineinschlüpfte und es sich wieder bequem machte, schmiegte sich der Hund sofort an sie, um gestreichelt zu werden.

Während Carrie sich mit dem Hund beschäftigte, sah sich Jamie im Zimmer um und registrierte alles, was seit seinem letzten Aufenthalt zu Hause neu hinzugekommen war. »Woher hast du das?« Er hielt eine etwa dreißig Zentimeter große Frauenstatue aus Elfenbein in die Höhe – sie war wunderschön und kunstvoll geschnitzt.

»Von unserem Bruder Ranleigh«, antwortete Carrie.

»Und dies?« Jamie deutete mit dem Kopf auf ein goldgerahmtes Ölgemälde.

»Von Lachlan.«

Carrie sah von dem Hund auf und lächelte ihren Bruder an, als hätte sie keine Ahnung, weshalb sein Blick so düster geworden war. Sie hatte sieben Brüder, und alle waren älter als sie. Jeder einzelne reiste in der Weltgeschichte umher, und alle brachten ihr jedesmal, wenn sie nach Hause kamen, etwas mit – ein Geschenk war schöner und erlesener als das andere. Fast schien es, als ob die Brüder in einem Wettstreit miteinander lagen, wer der kleinen Schwester das kostbarste Geschenk machte.

»Und das?« erkundigte sich Jamie empört und nahm eine Perlenkette von Carries Toilettentisch.

Carrie lächelte geheimnisvoll, ehe sie den Hund umarmte und ihr Gesicht in seinem seidenweichen Fell verbarg. »Der Hund ist bei weitem das schönste Geschenk, das ich je in meinem Leben bekommen habe«, sagte sie, als sie wieder aufsah.

»Hast du das auch zu Ranleigh gesagt, als er dir die Elfenbeinstatuette mitgebracht hat?« Jamies Stimme klang fast so, als wäre er eifersüchtig.

Sie hatte Ranleigh tatsächlich versichert, daß sein Geschenk das schönste sei, aber das würde sie Jamie natürlich nicht auf die Nase binden. »Wie heißt der Hund?« fragte sie in dem Bemühen, das Thema zu wechseln.

»Das mußt du selbst entscheiden.«

Carrie streichelte den Hund, und der nieste. »O Jamie, er ist wirklich das hübscheste Geschenk, das ich bis jetzt bekommen habe. Er ist so süß und lebendig.«

Jamie setzte sich wieder in den Sessel neben dem Bett, und Carrie merkte, daß ihre Begeisterung über den Hund seine grimmige Miene verscheucht hatte. Er strahlte sie plötzlich an und betrachtete ihr blondes Haar, in dem sich das Sonnenlicht fing, und ihre glänzenden blauen Augen. Als sie sich wieder dem Hündchen zuwandte und mit ihm spielte, wurde Jamie klar, daß sie das hübscheste kleine Ding war, das er seit langer Zeit zu Gesicht bekommen hatte. Sie war so zart, wie ihre Brüder kräftig waren; sie war sanftmütig, während die Brüder reizbar waren, und sie lachte gern – ihre Brüder hingegen gerieten rasch in Wut. Sie war an den Luxus gewöhnt, aber die Brüder arbeiteten hart. Carrie war das verwöhnte und vergötterte Nesthäkchen der großen Familie, und jeder ihrer Brüder würde ohne zu zögern denjenigen zu töten, der versuchte, ihr ein Haar zu krümmen.

Jamie lehnte sich zurück. Er war froh, zu Hause und nicht mehr auf dem schwankenden Schiff zu sein. »Was habt ihr – du und die häßliche Horde – in der letzten Zeit so getrieben?«

»Nenn sie nicht so!« protestierte Carrie, aber sie war nicht wirklich gekränkt. »Sie sind nicht häßlich.«

Als Jamie grunzte, mußte Carrie lachen. »Na ja, sie sind wenigstens nicht allzu häßlich, und außerdem sollte man niemanden nach seinem Äußeren beurteilen.«

Er grinste. »Erst neunzehn Jahre alt und schon ein richtiger Philosoph.«

»Ich werde bald zwanzig.«

»Großer Gott, das ist schon sehr alt.«

Carrie störten seine Neckereien nicht im geringsten, in ihren Augen konnten ihre Brüder überhaupt kaum etwas falsch machen, und was sie sagten, war meistens richtig. »Wie auch immer wir aussehen«, erklärte sie und zählte sich selbst großzügig zu den ›Häßlichen‹, »die Mädchen und ich sind mit einem sehr wichtigen Vorhaben beschäftigt.«

»Das kann ich mir vorstellen«, erwiderte Jamie gönnerhaft und bewundernd zugleich. »Rettet ihr Frösche, oder überredet ihr den armen Mr. Coffin, seine Ziegen frei laufen zu lassen, damit sie nach Herzenslust herumspringen können?«

»Solche Dinge gehören der Vergangenheit an. Jetzt arbeiten wir ...« Sie brach ab, als der Hund zweimal hintereinander nieste. »Glaubst du, er hat sich erkältet?«

»Wahrscheinlicher ist, daß er sich erst an das Seidenlaken gewöhnen muß. Dieses Zimmer sieht aus, als würde es zu einem Harem gehören.«

»Was ist ein Harem?«

»Etwas, worüber ich dir bestimmt nichts erzähle.«

Carrie schob ihre Unterlippe ein wenig vor. »Wenn du mir wirklich einmal ein wertvolles Geschenk machen willst, dann könntest du mir alle Einzelheiten von den Dingen, die du auf deinen Reisen erlebt hast, berichten.«

Bei dem Gedanken daran, was solche Enthüllungen nach sich ziehen würden, wurde Jamie blaß, und es dauerte eine Weile, bis er sich erholt hatte. Dann sagte er lächelnd: »Ein solches Geschenk wird dir wohl keiner von uns machen. Jetzt erzähl mir lieber, was du mit den Häßlichen ausgeheckt hast.«

»Wir verheiraten Leute«, erwiderte Carrie stolz und freute sich, als sie beobachtete, wie der Unterkiefer ihres Bruders herunterklappte.

»Du hast Männer aufgetrieben, die deine häßlichen Freundinnen *heiraten* wollen?«

Sie warf ihm einen vorwurfsvollen Blick zu. »Sie sind gar nicht so häßlich, und das weißt du ganz genau. Und alle sind ausgesprochen nett – nur du glaubst immer, daß alle Frauen vollkommen und wunderschön sein müssen.«

»Wie meine liebe kleine Schwester«, ergänzte er aufrichtig, und aus seinen Augen sprach Liebe und Bewunderung.

Carrie errötete vor Freude. »Du verdrehst mir noch den Kopf«, wehrte sie ab.

Bei dieser Vorstellung brach Jamie in Gelächter aus, und der Hund bellte und nieste.

»Mit Komplimenten kann man dir nicht den Kopf verdrehen«, meinte Jamie. »Als ob du nicht ganz genau wüßtest, daß du das schönste Mädchen von fünf Staaten bist.«

Carrie bedachte ihn mit einem tiefbeleidigten Blick, aber ihre Augen blitzten vor Vergnügen. »Ranleigh sagt, daß es in sechs Staaten keine Schönere gibt.«

Jamie lachte wieder. »Dann behaupte ich, daß es in sieben Staaten niemanden gibt wie dich.«

»Das ist schon besser«, kicherte Carrie. »Ich wäre traurig gewesen, wenn ich einen Staat verloren hätte. Der siebte ist Rhode Island, stimmt's?«

»Texas«, korrigierte Jamie, und beide lachten.

Als sich Carrie nach vorn beugte und den Hund in den Armen hielt, dachte Jamie, daß die beiden schon so aussahen, als ob sie zusammengehören würden – so hatte er es sich vorgestellt, als er das winzige Fellknäuel erstanden hatte.

»Jamie, wir bringen wirklich Leute zusammen, damit sie heiraten können«, sagte sie ernst. »Seit dem Krieg zwischen den Staaten gibt es viele Frauen, die ihre Männer verloren haben, und im Westen suchen eine Menge Männer Frauen, die sie heiraten können. Wir bringen sie zusammen – das ist eine hochinteressante Arbeit.«

Er blinzelte und versuchte zu verstehen, was sie ihm eröffnet hatte. Manchmal erschien es ihm, als ob die süße, bewundernswerte Carrie das starrköpfigste Familienmitglied wäre. Wenn sie zu irgend etwas entschlossen war, dann ging sie mit Scheuklappen durchs Leben und hatte nur das eine Ziel vor Augen. Nichts auf der Welt konnte sie mehr aufhalten, und dem Himmel sei Dank, daß sie sich bis jetzt noch nichts Verwerfliches vorgenommen hatte. »Wie findet ihr diese Leute?«

»Die Frauen kennen wir schon, einige sind von

hier, aus Warbrooke. Außerdem haben wir Maßnahmen ergriffen, daß sich in ganz Maine herumspricht, welche Dienste wir anbieten. Die Männer finden wir durch Zeitungsannoncen.«

»Bräute auf Bestellung«, sagte er, und seine Stimme wurde bei jedem Wort lauter. »Ihr bietet Frauen praktisch per Katalog an – so etwas gibt es auch in China. Ihr steckt eure Nasen in die persönlichen Angelegenheiten fremder Menschen.«

»Du glaubst, daß wir das aus Neugierde tun? Da irrst du dich, wir wollen nur helfen.«

»Man nennt das Heiratsvermittlung, es ist nichts anderes als Kuppelei. Weiß Dad, daß ihr so etwas tut?«

»Selbstverständlich.«

»Und er hat nichts dagegen?« Bevor Carrie etwas sagen konnte, fügte er grimmig hinzu: »Natürlich erhebt er keinerlei Einwände. Er erlaubt dir immer, das zu tun, was du willst, das ist schon seit dem Tag deiner Geburt so.«

Carrie streichelte den Hund und lächelte ihren Bruder mit einem betörenden Augenaufschlag an. »Du willst es mir doch nicht verbieten, oder? Ranleigh war auch mit meiner neuen Beschäftigung einverstanden.«

»*Er* verwöhnt dich ja auch«, versetzte Jamie mit einem strengen Blick, aber Carrie strahlte ihn noch immer an, und er konnte nicht lange ernst bleiben. »Also gut«, seufzte er. Er wußte, daß er sich geschlagen geben mußte und daß sie ihm seine Strenge nicht abnehmen würde. »Erzähl mir mehr über dieses ehrenwerte Kuppelei-Unternehmen.«

Carries Gesicht leuchtete vor Begeisterung. »O Jamie, es ist einfach wundervoll. Es macht so einen Spaß – ich meine, wir freuen uns wirklich, den Menschen einen so wichtigen Dienst erweisen zu können. Wir setzen Annoncen in die Zeitungen und bitten die Männer, daß sie uns Fotografien von sich zuschicken. Wir vermitteln niemanden, wenn wir ihn nicht zuvor gesehen haben. Fotografien sagen sehr viel über eine Person aus, meinst du nicht? Und außerdem müssen uns die Männer schreiben, was sie von einer Frau erwarten, dann versuchen wir, eine Passende zu finden und sie zusammenzubringen.«

»Und was müssen die Frauen tun?«

»Sie kommen zu uns, und wir befragen sie. Wir legen Karteikarten an, auf denen all ihre Eigenschaften und Qualitäten verzeichnet werden, und dann suchen wir einen Mann, der zu ihnen passen könnte.« Sie lächelte verträumt. »Wir machen die Menschen glücklich.«

»Wie kommen die Frauen zu den Männern?«

»Gewöhnlich mit der Postkutsche«, murmelte sie und betrachtete eingehend das Hündchen. Als Jamie schwieg, riskierte sie einen Blick und schob trotzig ihr Kinn ein wenig vor. »Na ja, die Fahrkarten werden mit Montgomery-Geld bezahlt, aber es ist schließlich für einen guten Zweck. Diese Menschen sind einsam, und sie brauchen jemanden. Jamie, du müßtest die Briefe, die wir bekommen, lesen. Die Männer leben mutterseelenallein in Dörfern, von denen kein Mensch je gehört hat, und sie suchen verzweifelt nach einer Frau.«

»Ganz zu schweigen davon, daß sie eine tüchtige Hilfskraft auf ihrer Farm genausogut gebrauchen können wie eine Frau, die ihnen ihr Bett wärmt«, erwiderte er in dem Versuch, ihre romantischen Träume von der ewigwährenden Liebe ein wenig zu dämpfen.

»Die Frauen wünschen sich ungefähr dasselbe«, versetzte Carrie.

»Und was genau weißt du von solchen Dingen?«

Er neckte sie, und sein Benehmen verwunderte sie. Meistens genoß sie es, von ihren großen Brüdern verhätschelt zu werden, aber manchmal war es ihr auch ausgesprochen lästig. »Mehr, als du und die anderen ahnen«, entgegnete sie scharf. »Offenbar ist dir noch nicht aufgefallen, daß ich kein kleines Kind mehr bin. Ich bin eine erwachsene Frau.«

Wie sie so in ihrem zerknitterten Nachthemd in ihren seidenen Kissen saß und ihr die zerzauste Haarmähne lose über die Schultern fiel, während sie mit dem winzigen Hündchen spielte, sah sie aus, als wäre sie nicht älter als zehn. »Ja«, sagte er zärtlich, »du bist eine große alte Dame.«

Carrie seufzte. So sehr sie ihre Brüder auch liebte, sie kannte sie genau, und weder die Brüder noch ihr Vater wollten, daß sie erwachsen wurde. Am liebsten wäre ihnen gewesen, wenn sie bis in alle Ewigkeit das kleine Mädchen geblieben wäre, das sie in ihr sahen.

»Aber *du* versuchst doch nicht, einen Ehemann zu finden, oder?« fragte Jamie erschrocken.

»Nein, natürlich nicht.« Sie hütete sich wohlweislich, einem Mitglied ihrer Familie zu eröffnen, daß sie durchaus vorhatte, eines Tages zu heiraten, da sie sie immer noch für ein Kleinkind hielten. »Ich habe bereits alle Männer, die ich brauche, um mich.«

Jamies Augen wurden zu Schlitzen. »Was willst du damit sagen – alle Männer, die du brauchst? Seit wann spielen Männer in deinem Leben eine Rolle?«

Seit meiner Geburt, hätte sie am liebsten gesagt. Seit ich fünfzehn Minuten alt war, aus meiner Wiege sah, und sieben der bestaussehendsten Männer, die es auf der Welt gibt, mich begutachtet haben, während meine Mutter und meine Schwester im Hintergrund blieben. Seit ich meine ersten Schritte an der Hand eines Mannes gemacht habe und Männer mir das Reiten, Segeln, Fluchen und Klettern beigebracht und mir klargemacht haben, wie ich ihnen schmeicheln muß, um das zu bekommen, was ich mir wünsche. »Warum kommst du nicht mit mir in die Stadt? Wir benutzen das alte Johnson-Haus als Hauptquartier. Wenn du mitkommst, kannst du selbst sehen, was wir tun.« Sie warf ihm ihren bezauberndsten Blick zu, von dem sie hoffte, daß er ihn besänftigen und überzeugen würde.

Bei dieser Vorstellung wurde Jamie blaß. »Ich soll mich freiwillig in diese Meute häßlicher Frauen stürzen?«

Carrie biß die Lippen zusammen, um ein Lächeln zu unterdrücken. Sie wußte, daß sich ihr Bruder davor fürchtete, daß ihre Freundinnen sich auf ihn stürzen würden, wenn er erschien. Die Mädchen waren immer außer sich, wenn einer ihrer unverheirateten Brüder auftauchte. Carrie hatte sich schon mehr als einmal vorgenommen, mit den Mädchen über ihr ungehöriges Benehmen zu sprechen, aber sie empfand eine diebische Freude dabei, wenn ihre Brüder in Verlegenheit gerieten, und deshalb nahm sie jede Gelegenheit wahr, sie mit ihren Freundinnen zusammenzubringen.

»Ranleigh hat sich unser Büro auch angesehen«, sagte Carrie und zog einen Schmollmund, »aber Ranleigh fürchtet sich ja auch vor gar nichts. Vielleicht hast du ja auch Angst, weil du nur mein zweithübschester Bruder bist und Ranleigh mehr Selbstbewußtsein hat als du. Kann sein, daß Ranleigh . . .«

»Du hast gewonnen«, rief Jamie und riß seine Hände hoch, um weitere Einwände abzuwehren. »Ich werde dich begleiten, wenn du schwörst, daß du mich nicht mit einer deiner unmöglichen Freundinnen verkuppelst.«

»Daran würde ich nicht einmal im Traum denken«, behauptete sie, obwohl sie durchaus angetan von dieser Idee war. »Außerdem würde dich sowieso keine wollen, nachdem sie Ranleigh gesehen haben.«

Jamie grinste boshaft. »Halb China will mich«, erwiderte er und beugte sich vor, um mit einem Finger Carries Kinn zu heben, dann betrachtete er den Hund, als der wieder nieste. »Wie wirst du ihn nennen?«

»Choo-choo«, antwortete sie strahlend. Jamie gab, ganz wie sie es erwartet hatte, einen Grunzlaut von sich, als er den kindischen Namen hörte.

»Er sollte einen Namen haben, der etwas würdiger klingt, meinst du nicht?«

»Wenn du mir alles über die Frauen in China erzählst, nenne ich ihn Duke«, meinte sie schelmisch.

Jamie zog seine Taschenuhr zu Rate und sagte: »Ich gebe dir eine Stunde zum Anziehen, und für je zehn Minuten, die du mich weniger warten läßt, erzähle ich dir eine Geschichte über China.«

Carrie zog eine Grimasse. »Über die Landschaft? Über die Straßen und Unwetter auf dem Meer?«

»Nein, über die Tänzerinnen am Hof des Kaisers.« Er senkte die Stimme. »Und ... sie haben auch für mich getanzt – für mich ganz allein.«

Carrie sprang in einer Wolke von Seide aus dem Bett. »Dreißig Minuten«, rief sie. »Wenn ich in einer halben Stunde fertig bin, wie viele Geschichten habe ich dann verdient?«

»Drei.«

»Ich rate dir, mir nur wirklich gute Geschichten, die

diese Hetze wert sind, zu erzählen«, warnte sie. »Wenn sie langweilig sind, werde ich nämlich Euphonia jeden Abend, den du zu Hause verbringst, zum Essen einladen.«

»Entsetzlich«, ächzte er. »Du bist wirklich grausam«, und nach einem weiteren Blick auf die Uhr fügte er hinzu: »Also los, ab jetzt läuft die Zeit.«

Carrie rannte aus dem Schlafzimmer und stürmte mit dem Hund auf dem Arm in ihr Ankleidezimmer.

*

»Dreißig Minuten!« rief Jamie aufgebracht und wütend. »Du hast gesagt, daß du in einer halben Stunde fertig bist, nicht in eineinhalb Stunden!«

Carrie gähnte, sie war nicht im mindesten beeindruckt von seinem scharfen Ton. Jamie gehörte zu den Menschen, die oft bellten, aber nie bissen. »Ich war noch müde. Jetzt erzähl mir eine andere Geschichte, du schuldest mir noch zwei.«

Als er die Zügel des Pferdes, das vor eine kleine Kutsche gespannt war, aufnahm, warf er ihr einen mißbilligenden Blick zu und nahm sich vor, mit seinen Brüdern ein ernstes Wörtchen zu sprechen. Sie verwöhnten ihre kleine Schwester zu sehr. Und dieses Mal mußte er hart bleiben – er würde Carrie die Geschichten, die er ihr versprochen hatte, wenn sie sich beeilte, nicht erzählen ... Doch dann bemerkte er, wie sie zu ihm aufschaute – ihre großen blauen Augen drückten reine Bewunderung und Liebe aus. Er fluchte leise. Es gab niemanden in dieser Familie, der Carrie etwas abschlagen konnte.

»Ich erzähle dir nur eine Geschichte«, brummte er, »aber du hast sie dir, weiß Gott, nicht verdient.«

Lächelnd hängte sie sich bei ihm ein. »Weißt du, ich glaube wirklich, daß du, je älter du wirst, immer besser aussiehst. Vielleicht wirst du in ein oder zwei Jahren sogar Ranleigh überflügeln.«

Jamie unterdrückte ein Lachen. »Du bist ein kleines Biest«, sagte er und zwinkerte ihr zu, »wie der Hund, stimmt's?«

Sie umarmte Choo-choo. »Er ist wirklich das allerschönste Geschenk, das mir einer meiner Brüder je gemacht hat«, schwärmte sie, und diesmal meinte sie es ehrlich. »So, und jetzt erzähl mir etwas von den chinesischen Tänzerinnen.«

*

Als Carrie mit dem Hund unter dem Arm und an der Seite ihres Bruders den Salon des alten Hauses betrat, herrschte augenblicklich Ruhe in dem Raum. Die sechs Frauen, die schon ein Leben lang Carries Freundinnen waren, starrten die Neuankömmlinge an und hielten mitten in ihren Aktivitäten inne. Ihre Augen weiteten sich vor Staunen, und sie seufzten gleichzeitig abgrundtief. Obwohl Carrie ihren Bruder damit aufgezogen hatte, daß Ranleigh viel hübscher sei, sah Jamie gut genug aus, um den Frauen den Atem zu rauben.

Carrie lächelte stolz, als sie ihre Freundinnen, die zu Salzsäulen erstarrt waren, betrachtete, sich vorbeugte und das Streichholz in Euphonias Hand ausblies, bevor sie sich die Finger verbrannte.

»Ihr kennt doch alle meinen Bruder Jamie, oder?« fragte Carrie und tat so, als ob sie gar nichts bemerken würde. Als sie Jamie ansah, spürte sie, obwohl er sich alle Mühe gab, sein Unbehagen zu verbergen, seine Verlegenheit und Nervosität, die durch die Reaktion der jungen Frauen hervorgerufen worden war.

Sie nahm besitzergreifend seinen Arm und zog ihn mit sich. Diese Bewegung erweckte die Frauen wieder zum Leben, und sie räusperten sich und versuchten die peinliche Situation zu entschärfen.

»Wie war Ihre Reise, Captain Montgomery?« Helen gab sich alle Mühe, ihre Stimme normal klingen zu lassen, aber sie brachte nur ein schrilles Quietschen zustande.

»Sehr schön«, erwiderte Jamie kurz und wünschte sich verzweifelt, er hätte es abgelehnt, seine Schwester zu begleiten.

Carrie manövrierte ihn zur entgegengesetzten Wand, an der etwa fünfundzwanzig Fotografien von Männern hingen. Die Bilder zeigten sowohl junge Burschen, die kaum dem Jünglingsalter entwachsen waren, als auch Greise mit langen weißen Bärten. »Das sind die Männer«, erklärte Carrie unnötigerweise.

Jamie steckte nervös den Zeigefinger in seinen Kragen und zerrte daran, während er die Fotos betrachtete, ohne sie wirklich wahrzunehmen. Alle anwesenden Frauen hatten sich hinter ihm versammelt, und er spürte ihre Blicke im Rücken und fühlte fast ihren heißen Atem in seinem Nacken.

»Sind heute neue Anfragen angekommen?« erkundigte sich Carrie und drehte sich so schnell um, daß sie Helen dabei ertappte, wie sie etwas ziemlich Seltsames tat: Sie ließ etwas unter einem Buch, das auf dem Tisch lag, verschwinden. Carrie gab vor, nichts bemerkt zu haben.

»Ein paar«, antwortete eine der Frauen. »Aber es ist nichts Vielversprechendes dabei. Wir haben etwa doppelt so viele Frauen wie Männer. Sie würden nicht zufällig Ihr Bild auch an unsere Wand heften, Captain?« Sie tat ihr Bestes, um weltgewandt zu erscheinen, aber in ihrer Stimme lag ein Unterton von Hoffnungslosigkeit und Sehnsucht.

Jamie schenkte dem Mädchen ein mattes Lächeln. »Carrie, mein Liebes, ich sollte jetzt besser gehen. Ich muß . . .« Ihm fiel kein geeigneter Vorwand ein, um sich so schnell wie möglich aus dem Staub zu machen. Die Frauen gaben ihm das Gefühl, er wäre eins der seltenen Tiere im Zoo. Er hauchte seiner Schwester einen raschen Kuß auf die Wange und warf ihr einen Blick zu, in dem die deutliche Drohung stand, daß sie für diese Pein bezahlen würde. Dann ging er.

Für einen Moment herrschte Grabesstille in dem Salon, bis sich die Frauen erholt hatten. Sie seufzten alle zur gleichen Zeit, bevor sie sich wieder ihren Tätigkeiten zuwandten und Briefe und Fotos studierten. Carrie rührte sich nicht von der Stelle, aber dann kam ihr ein Gedanke. Sie setzte Choo-choo auf den Boden, während sie Helen nicht aus den Augen ließ, und gab ihm einen Schubs.

»Halt ihn fest!« schrie Carrie Helen zu. »Er läuft weg!«

Helen versuchte den kleinen Hund einzufangen und lief von dem Tisch weg, neben dem sie gestanden hatte, als ob sie ihn bewachen müßte. Choo-choo hatte sich entschlossen, sich nicht einfangen zu lassen, und ein paar Sekunden später machten alle Frauen, die sich im Raum befanden, Jagd auf ihn – alle, außer Carrie. Sie nutzte die Gelegenheit und schlich unauffällig an den Tisch, auf dem Helen etwas versteckt hatte, hob das Buch hoch und zog einen Umschlag darunter hervor.

Es war ein Umschlag, wie sie ihn täglich mit der Post bekamen, in dem sich ein Brief und eine Fotografie von jemandem befinden mußte, der eine Braut suchte.

Während die anderen noch vollauf damit beschäftigt waren, den umhertobenden Hund zu fangen, nahm Carrie den Brief und das Bild aus dem Umschlag. Auf dem Foto war ein junger Mann zu sehen, der hinter zwei ärmlich gekleideten Kindern stand. Carrie widmete zuerst ihre ganze Aufmerksamkeit den Kindern – der Junge war etwa neun oder zehn Jahre alt, und das Mädchen konnte nicht älter als fünf sein. Die Kleider der Kinder waren sauber, aber sie paßten überhaupt nicht, und es schien, als ob sie sie von einer Wohlfahrtseinrichtung, die nicht auf die Größen geachtet hatte, bekommen hätten.

Aber wesentlich auffälliger als die Kleidung waren die Augen der beiden Kinder – sie drückten unendliche Traurigkeit aus, die deutlich machte, daß sie einsam waren und in ihrem Leben wenig zu lachen hatten.

Als Carrie den Blick von den Kindern wandte und den Mann betrachtete, schnappte sie nach Luft. Sie glaubte, den bestaussehendsten Mann der Welt zu sehen. Oh, vermutlich war er nicht ganz so hübsch wie ihre Brüder, aber er sah ja auch so ganz anders aus. Diesen Mann umgab eine Aura der Melancholie, die keinem einzigen Montgomery eigen war.

Plötzlich stand Helen neben Carrie und riß ihr das Foto aus der Hand. »Es war nicht nett von dir herumzuschnüffeln. Das Foto gehört mir.«

Carrie war zu keiner Antwort fähig und ließ sich benommen auf den nächsten Stuhl sinken. In dem Augenblick, in dem sie saß, stürmte Choo-choo auf sie zu und sprang auf ihren Schoß. Ohne sich dessen bewußt zu sein, nahm sie das kleine warme Tier in den Arm.

»Wer ist das?« hauchte sie.

»Damit du es genau weißt, Carrie, das ist der Mann, den ich heiraten werde«, verkündete Helen stolz. »Ich habe meinen Entschluß gefaßt, und niemand wird mich je davon abbringen können.«

»Wer ist das?« wiederholte Carrie.

Euphonia schnappte sich ohne Umschweife die Fotografie und drehte sie um. »Auf der Rückseite steht, daß sein Name Joshua Greene ist, und die Kinder heißen Tem und Dallas. Ein seltsamer Name für ein Mädchen, oder heißt das Mädchen Tem? Sieht aus, als ob es ein Schreibfehler wäre und Tim heißen müßte.«

Die Frauen ließen das Foto herumgehen und sahen es sich an. Trotz der schrecklichen Kleider der Kinder war es eine hübsche Familie, und der Mann war auf seine dunkle Art zweifellos nicht häßlich, aber alle hatten schon besser aussehende Männer in ihrem Leben gesehen. Keine konnte verstehen, warum Helen es für nötig befunden hatte, das Foto vor ihnen zu verstecken, oder weshalb Carrie aussah, als wäre sie gerade einem Gespenst begegnet.

»Der Mann von letzter Woche hat mir besser gefallen. Wie hieß er noch? Logan irgendwie, oder war Logan sein Nachname? *Er* hatte noch keine Kinder. Wenn ich heirate, dann nur einen Mann ohne Kinder, damit ich meine eigenen bekommen und aufziehen kann.«

Die anderen Frauen nickten zustimmend.

Helen nahm das Foto wieder an sich. »Mir ist es egal, was ihr denkt. Ich werde ihn heiraten, und damit basta. Mir gefällt er, und ich mag ihn.«

Euphonia, die inzwischen Joshua Greenes Brief gelesen hatte, kicherte. »Er würde dich bestimmt nicht zu seiner Frau machen. Er schreibt, daß er jemanden braucht, der arbeiten kann. Er wünscht sich eine Frau, die in der Landarbeit erfahren ist und, wenn es sein muß, eine Farm allein betreiben kann. In dem Brief steht, daß es ihm nichts ausmachen würde, wenn die Frau älter als er ist – er ist erst achtundzwanzig –, und er würde auch nichts gegen eine Witwe mit Kindern haben. Das Wichtigste ist, daß seine Zukünftige hart arbeiten kann und sich auf einer Farm auskennt.« Sie warf Helen einen selbstgefälligen Blick zu. »Du weißt so wenig von der Farmarbeit, daß du bestimmt glaubst, man müßte, um eine Kuh zu melken, an ihrem Schwanz pumpen.«

Helen grapschte nach dem Brief. »Mir ist überhaupt nicht wichtig, was er über seine Wünsche *schreibt.* Ich weiß nur, was er bekommen wird.«

Die Fotografie rutschte Helen aus der Hand und fiel auf den Boden. Carrie hob sie auf und betrachtete sie wieder. Sie war überzeugt, daß die Augen des Mannes sie anflehten. Dieser Blick wirkte verletzlich, sehnsüchtig und hilflos. Das waren die Augen eines Mannes, der um Hilfe schrie. Meine Hilfe, dachte sie, er braucht *meine* Hilfe.

Sie nahm Choo-choo unter den Arm und stand auf, dann glättete sie die Falten in ihrer blauen Seidenbluse und gab Helen das Bild zurück. »Du kannst ihn nicht heiraten«, erklärte sie leise, »weil *ich* ihn heiraten werde.«

Ein paar Sekunden herrschte Totenstille, bevor die Frauen in Gelächter ausbrachen. »Du?« riefen sie und kicherten wieder. »Was weißt du schon von der Arbeit auf einer Farm?«

Carrie blieb ernst. »Ich weiß überhaupt nichts davon, aber ich weiß eine Menge über diesen Mann. Er braucht mich. Jetzt«, fügte sie huldvoll hinzu, »müßt ihr mich entschuldigen. Ich habe einige Vorbereitungen zu treffen.«

2. Kapitel

Nie zuvor in ihrem Leben war Carrie dazu gezwungen gewesen, etwas in aller Heimlichkeit zu tun. Es war nie nötig gewesen, etwas vor ihrer Familie oder ihren Freunden zu verbergen, aber jetzt mußte sie heimlich zu Werke gehen.

Es war nicht schwer gewesen, ihre Freundinnen zum Stillschweigen über den Vorfall zu verpflichten. Seit sie Kinder waren und sich ihr Kreis gebildet hatte, war Carrie die Anführerin, und die anderen folgten ihr und ihren Entschlüssen auf Gedeih und Verderb. Manchmal waren sie entsetzt oder hatten sogar Angst, wenn eine von Carries Unternehmungen sie in Schwierigkeiten zu bringen drohte, aber sie entsprachen dennoch immer gehorsam ihren Wünschen. Carries ältester Bruder hatte einmal behauptet, daß seine kleine Schwester sich diese Mädchen nur deshalb als ihre Freundinnen auserkoren hatte, weil sie mit ihnen machen konnte, was sie wollte.

Und jetzt gab es etwas, was Carrie mehr als alles andere je zuvor in ihrem Leben wollte.

Nach dem ersten Tag, dem Tag von Jamies Heimkehr und dem Tag, an dem sie die Fotografie des Mannes zum erstenmal gesehen hatte, war sie besessen. Es wäre ihr ein leichtes gewesen, Helen auszustechen und ihr Joshua Greene ›wegzunehmen‹. Aber

Carrie hatte sich für einen anderen Weg entschieden. Obwohl sie sich nicht besonders wohl dabei fühlte, Helen ihre Pläne auszureden, ließ sie nicht locker. Helen mußte verstehen, daß Josh – wie Carrie ihn bereits nannte – zu ihr gehörte. Es stand außer Zweifel, daß Josh eines Tages wirklich ihr und nur ihr gehörte.

An diesem denkwürdigen ersten Tag war sie, nachdem sie das alte Johnson-Haus mit dem Brief und der Fotografie in der einen und Choo-choo in der anderen Hand zum Bootshaus der Montgomerys gegangen, das kaum noch benutzt wurde. Sie wollte allein sein, einfach nur dasitzen, nachdenken und den Mann und seine Kinder betrachten.

Sie selbst fürchtete, daß sie den Verstand verloren hatte, und versuchte sich immer wieder klarzumachen, daß ihr Benehmen lächerlich war. Dieser Mann, so beschwor sie sich, unterschied sich in nichts von all den anderen, die ihnen ihre Fotos geschickt hatten. Sie hatte sich alle angesehen, aber keines der anderen Porträts hatte ein so seltsames Gefühl in ihr hervorgerufen – keine einzige. Nicht in ihren kühnsten Phantasien hätte sie sich jemals ausgemalt, eines Tages ihre Familie zu verlassen und in den Westen zu gehen, um einen der Männer, die eine Braut suchten, zu heiraten. Aber dieser Mann war etwas Besonderes, die *Familie* war etwas Besonderes. Es war ihre Familie, und sie brauchten sie.

Sie verbrachte den ganzen Tag in dem Bootshaus, saß auf dem staubigen Holzsitz eines Kanus, starrte das Foto an oder ging rastlos auf und ab. Nach einiger Zeit hängte sie das Bild an die Wand, trat einen Schritt zurück und sah es sich noch einmal ganz genau an. Sie versuchte herauszufinden, was sie an dem Mann und seinen Kindern so sehr fesselte. Sie bemühte sich, sachliche und nüchterne Überlegungen anzustellen, aber so sehr sie sich auch anstrengte, sie kam zu keinem Ergebnis.

Zweimal nahm sie sich vor, den Mann zu vergessen, und sie redete sich ein, daß dieser intensive Blick nur von der Beleuchtung, die der Fotograf benutzt hatte, hervorgerufen worden war. Oder vielleicht gab es einen anderen Grund für die Traurigkeit, die sie zu erkennen glaubte. Möglicherweise war der Hund der Kinder an diesem Tag gestorben, und sie wirkten deshalb so verloren und einsam.

Etwa um vier Uhr wurde Choo-choo unruhig, und Carrie merkte, daß sie Hunger hatte. Kurze Zeit später kam ein alter Werftarbeiter in das Bootshaus.

»Entschuldigung, Miss. Oh, Sie sind's, Miss Carrie.«

Carrie nickte zur Begrüßung und bat den alten Mann mit einer Geste, zu ihr zu kommen. »Sehen Sie sich dieses Bild an«, forderte sie ihn auf und deutete auf das Foto an der Wand. »Was sehen Sie auf diesem Bild?«

Der Mann studierte die Aufnahme aufmerksam und blinzelte. Carrie nahm sie von der Wand, so daß der Alte sie mit zum Fenster nehmen konnte, wo das Licht besser war. Carrie merkte, daß er ihre Frage sehr ernst nahm, und als er sich schließlich zu ihr umdrehte, sagte er: »Eine hübsche Familie.«

»Sehen Sie sonst noch etwas?« drängte sie.

Der Mann wirkte ein wenig verwirrt. »Ich kann nichts weiter erkennen. Sie sehen nicht gerade wie reiche Leute aus, aber vielleicht machen sie harte Zeiten durch.«

Carrie runzelte die Stirn. »Sehen sie nicht ... na ja, erscheinen sie Ihnen nicht sehr traurig?«

Der Mann sah sie überrascht an. »Traurig? Aber sie lächeln doch alle.«

Jetzt war Carrie ebenso überrascht wie der alte Mann. Sie nahm ihm das Foto ab und schaute es noch einmal an. Sie hätte geschworen, daß es für sie auf dem Bild nichts Neues mehr zu entdecken gab, aber jetzt sah sie es in einem anderen Licht. Die drei Personen auf dem Bild lächelten tatsächlich, aber wenn sie lächelten, wie war sie dann auf die Idee gekommen, sie könnten traurig sein? Der Junge hatte den Arm um seine Schwester geschlungen, und der Vater hatte je eine Hand auf die Schultern seiner Kinder gelegt. Wie konnten sie einsam sein, wenn sie sich hatten?

Carrie warf dem alten Mann einen Blick zu. »Sie sehen nicht einsam oder traurig aus?«

»Ich finde, sie sehen beinahe glücklich aus, aber was weiß ich schon von solchen Sachen?« Er schmunzelte. »Ich vermute, wenn Sie wollen, daß sie traurig sind, Miss Carrie, dann sind sie es auch.«

Carrie lächelte ihm zu, als er mit einem Finger an seine Mütze tippte und das Bootshaus verließ.

Nicht traurig oder einsam, dachte Carrie. Andere Menschen sahen eine glückliche, lächelnde Familie, aber Carrie konnte das beim besten Willen nicht erkennen. So sehr sie sich auch anstrengte, sie fand nicht heraus, weshalb sie sie für traurig hielt und was an dieser Familie ihr Herz so sehr anrührte, daß sie meinte, sie würden sie um etwas anflehen.

Sie blieb noch ein paar Minuten im Bootshaus, dann hob sie Choo-choo hoch und ging nach Hause. An diesem Abend sollte ein festliches Abendessen zu Ehren ihres Bruders Jamie stattfinden, und all ihre Montgomery- und Taggert-Verwandten wurden erwartet. Zum Glück war das Haus so voll von Menschen, daß niemandem auffiel, wie unnatürlich ruhig Carrie war.

Carrie blieb auch in den nächsten drei Tagen ziemlich still. Ihr Alltag verlief wie immer – sie ging jeden Vormittag in das alte Johnson-Haus, begutachtete die Fotografien und die eingegangenen Briefe und befragte die Frauen, die sich bei ihnen gemeldet hatten. Sie bemühte sich während der ganzen Zeit, niemandem zu zeigen, daß sie in Gedanken immer bei der Familie auf dem Foto war.

Sie betrachtete die Aufnahme und las den Brief, bis sie jedes Detail auswendig konnte. Jeder einzelne Satz hatte sich in ihr Herz gebrannt, und sie hätte Joshs Handschrift unter hundert anderen erkannt.

Nach drei Tagen wußte Carrie, was sie zu tun hatte: Sie würde, genau wie sie es ursprünglich geplant hatte, Mr. Joshua Greene heiraten. Josh schien zu denken, daß er eine Frau brauchte, die Kühe melken und alle Arbeiten, die sonst noch auf einer Farm anfielen, verrichten konnte, aber Carrie war felsenfest davon überzeugt, daß er im Grunde nur sie brauchte.

Als Carrie ihren Freundinnen von ihrem Vorhaben erzählte, waren sie außer sich. Sogar Helen, die noch immer wegen Carries Rücksichtslosigkeit schmollte, war aufgeregt.

»Du hast den Verstand verloren«, sagte Euphonia. »Du könntest jeden Mann haben, den du nur willst. Mit deinem Aussehen und deinem Geld.«

Die anderen schnappten erschrocken nach Luft – sie hatten sich seit Beginn ihrer Freundschaft geschworen, niemals über Carries Geld oder ihr Vermögen zu sprechen.

»*Irgend jemand* muß doch die Wahrheit sagen«,

fuhr sie naserümpfend fort. »Dieser Mann sucht eine Frau, die auf seiner Farm arbeiten kann. Carrie, du kannst nicht einmal säen, geschweige denn Mais anpflanzen.« Ihre Augen wurden zu schmalen Schlitzen. »Du weißt überhaupt nichts vom Leben eines Bauern.«

Carrie hatte tatsächlich keine Ahnung von solchen Dingen, aber das spielte in ihren Augen kaum eine Rolle. »Ich habe auch schon über die Möglichkeit nachgedacht, daß Mr. Greene mich nicht als geeignete Frau für sich ansehen könnte, wenn ich ihm alles über mich schreiben würde. Er scheint davon überzeugt zu sein, daß er sich eine billige Arbeitskraft und keine richtige Frau wünscht, deshalb habe ich mich dazu entschlossen, die Ehe zu schließen, bevor ich nach Colorado in dieses Eternity fahre.«

Nach dieser Ankündigung sprudelten die sechs anderen Mädchen alle gleichzeitig los, in dem Versuch, Carrie zur Vernunft zu bringen, aber es war, als ob sie gegen eine Wand reden würden. Sie machten ihrer Freundin klar, daß sie Mr. Greene anlügen mußte, wenn sie ihren Plan verwirklichen wollte, und eine ihrer Maximen war immer gewesen, die Männer, die eine Braut suchten, nie zu belügen. Sie würden niemals einem Mann, der sich eine sanftmütige Frau wünschte, mit einer Furie bekannt machen, und Mr. Greene hatte geschrieben, daß er eine Frau wollte, die arbeiten konnte, und er sollte bekommen, was er gefordert hatte.

»Er wird von mir ganz bestimmt nicht enttäuscht sein«, wehrte Carrie mit einem selbstbewußten Lächeln alle Einwände ab.

Ratlos ließen sich die Mädchen auf die Stühle sinken und sahen Carrie ungläubig an. Sie war so schön, daß sie überall Aufsehen erregte und die Männer ihr nachsahen, und sie hatte etwas an sich, wofür andere Frauen ihre Seele verkauft hätten, wenn sie es besitzen könnten. Die Männer mochten Carrie. Sie *bewunderten* sie. Vielleicht war sie so geworden, weil sie mit sieben Brüdern aufgewachsen war, die ihr ebenso wie ihr Vater viel beigebracht hatten. Aber was auch immer der Grund für Carries Beliebtheit war – Tatsache war, daß sie jeden Mann, den sie sich wünschte, um den Finger wickeln konnte. Sie hätte unter Hunderten wählen können.

Zwei ganze Tage taten die Freundinnen nichts anderes, als zu versuchen, Carrie von ihrem Vorhaben abzubringen, aber als nichts fruchtete, gaben sie auf. Sie waren es leid, immer neue Argumente anführen zu müssen, während Carrie hartnäckig blieb und kein bißchen nachgab. Als Carrie merkte, daß der Elan der Freundinnen erlahmte, beschwor sie sie, ihr zu helfen. Wenn sie echte Freundinnen wären, behauptete Carrie, würden sie sie unterstützen und nach einem Weg suchen, wie sie Mr. Greene heiraten konnte, so daß er keine Möglichkeit mehr hatte, es sich anders zu überlegen, wenn er die Wahrheit über sie herausfand. »Er wird vermutlich ein wenig ... na ja, aufgeregt sein, wenn ihm klar wird, daß ich die Wahrheit, was meine Fähigkeiten betrifft, etwas beschönigt habe. Vielleicht wird er auch wütend und will mich zurückschicken, bei Männern weiß man nie so genau, was sie tun. Wenn sie glauben, daß man sie beschwindelt hat, benehmen sie sich manchmal wirklich dumm. Ich möchte ihn zwingen, mir eine Chance zu geben – ich muß ihm beweisen, daß ich die einzig richtige Frau für ihn bin.«

Die Mädchen hatten ihre eigenen Ansichten darüber, was Mr. Greene mit Carrie anstellte, wenn er ihre Lügen durchschaute und entdeckte, daß er nur, weil er in eine Ehe gelockt werden sollte, die er gar nicht wollte, aufs schändlichste betrogen worden war. Aber Carrie blieb immer noch eisern, und nach einer Weile erklärten sich ihre Freundinnen bereit, ihr bei der Täuschung zu helfen. Immerhin war das alles aufregend und sehr romantisch.

Zunächst versuchten sie, alles über das Leben auf einer Farm zu erfahren. Alle Mädchen waren im Wohlstand aufgewachsen und hatten Bedienstete, die all ihre Wünsche erfüllten. Sie waren der Meinung, daß das Essen aus der Küche kam, aber wie es dorthin gelangte, blieb ihnen ein absolutes Rätsel. Nur Sarah behauptete, daß ein Lieferant die Nahrungsmittel an der Hintertür abgab.

Die Frauen versuchten so zielbewußt, als hinge ihr Leben davon ab, alles über die Farmarbeit zu lernen. Aber nach ein paar Tagen merkten sie, daß die Bücher, die sie aufgetrieben hatten, ausgesprochen langweilig waren. Deshalb fragten sie die Witwe eines Farmers, die zu ihnen gekommen war, weil sie die Dienste des Heiratsinstituts in Anspruch nehmen wollte, über ihr Leben aus und baten sie, einen Brief zu schreiben, in dem sie ihre Fähigkeiten schilderte. Carrie schrieb diesen Brief in ihrer eigenen Handschrift ab und schickte einen Boten, den sie mit dem Geld ihres Vaters bezahlte, in die kleine Stadt Eternity, die im fernen Colorado lag.

Carrie und ihre Freundinnen hatten eine abenteuerliche Geschichte erfunden, die dem ahnungslosen Mr. Greene klarmachen sollte, daß es eine perfekte Frau für ihn gab, die er auf die Entfernung heiraten sollte, bevor sie persönlich nach Eternity kommen würde.

Carrie hatte sich erkundigt, daß eine Ehe auch dann Gültigkeit hatte, wenn der Bräutigam nicht selbst bei der Zeremonie anwesend war und sich vertreten ließ. Wenn sich Mr. Greene mit dieser Vorgehensweise einverstanden erklärte und die Papiere, die sie dem Brief beigelegt hatten, unterzeichnete, würde die Eheschließung in Warbrooke stattfinden. Wenn Carrie dann nach Colorado fahren würde, wäre sie schon seine rechtmäßig angetraute Ehefrau.

»Dein Vater wird dir die Erlaubnis verweigern und die Papiere niemals unterzeichnen«, gab Euphonia zu bedenken.

Carrie wußte, daß sie recht hatte – ihr Vater würde seiner Jüngsten sogar verbieten, einen Mann zu heiraten, den sie nie getroffen hatte und der ihm nicht vorgestellt worden war. Wenn sie ihm die Sache erklärte, würde er sie höchstens auslachen, weil sie sich in eine Fotografie, auf der ein Mann und zwei Kinder zu sehen waren, verliebt hatte.

»Ich werde schon einen Ausweg finden«, behauptete Carrie mit mehr Zuversicht, als sie tatsächlich empfand.

Nachdem sie den Brief an Josh abgeschickt hatte, mußte sie monatelang auf seine Antwort warten, denn ein Bote brauchte sehr lange, bis er den weiten Weg nach Colorado zurückgelegt hatte. Carrie hatte ihren Brief noch einmal abgeschrieben, damit sie eine Kopie hatte, und je länger die Wartezeit wurde, desto kritischer betrachtete sie jeden Satz. Vielleicht hätte sie dies gar nicht erwähnen und jenes anders ausdrücken oder noch etwas hinzufügen sollen?

Sie mochte ihre Zweifel an dem Stil ihres ausführlichen Schreibens haben, aber ihre Entscheidung stellte sie während der langen Monate nicht ein einziges Mal in Frage. Jeden Abend vor dem Zubettgehen küßte sie ihre Fingerspitzen und berührte zärtlich das Abbild ihrer zukünftigen Familie, und ihre Gedanken waren täglich bei ihnen. Sie kaufte Stoffe, um später für ihre kleine Tochter, die sie bald bekommen würde, Kleider nähen zu lassen, und sie erstand ein Segelboot für den Jungen. Sie suchte Bücher, Spiele und Süßigkeiten aus und entschied sich für acht Hemden, die sie Josh mitbringen wollte.

Als Carrie – sechs Monate später – eines Morgens in das alte Haus kam, standen ihre sechs Freundinnen erwartungsvoll im Salon und sahen ihr entgegen. Ihre Gesichter leuchteten vor Neugier und Erregung, so daß sie Carrie gar nicht sagen mußten, daß ein Brief von Josh eingetroffen war. Schweigend streckte Carrie die Hand aus, um den Umschlag entgegenzunehmen. Mit zitternden Fingern riß sie ihn auf und überflog in aller Eile den Brief, um sich sofort den Papieren zu widmen, die eine Fernheirat möglich machten, wenn sie vom Bräutigam unterschrieben waren. Als ob sie plötzlich jegliche Kraft verloren hätte, sank Carrie auf einen Stuhl. »Er hat unterzeichnet«, hauchte sie halb ungläubig, halb erleichtert.

Im ersten Moment wußten die anderen Mädchen nicht, ob sie sich freuen oder weinen sollten.

Carrie strahlte. »Ihr könnt mir gratulieren, ich bin fast eine verheiratete Frau.«

Sie wünschten ihr Glück, aber zur selben Zeit machten sie deutlich, daß sie Carrie für verrückt hielten, und betonten wohl zum tausendstenmal, daß Mr. Greene mit Sicherheit außer sich vor Wut sein mußte, wenn er die Täuschung entdeckte.

Carrie achtete nicht auf ihr Gerede, sie konnte ihr Glück kaum fassen. Jetzt mußte sie nur noch erreichen, daß ihr Vater die Heiratserlaubnis und die anderen Papiere unterschrieb – sie selbst war noch zu jung, um solche schwerwiegenden Entscheidungen ohne den Segen ihrer Eltern treffen zu können, aber wenn sie auch diese Hürde genommen hatte, dann würde sie sicher, mit Hilfe einer gewissen Geldsumme, einen Geistlichen finden, der diese Fern-Eheschließung vollzog.

Carrie löste dieses Problem auf die gleiche Weise, wie sie Joshua Greene überzeugt hatte – mit Betrug.

Sie ging ins Büro der Warbrooke-Schiffswerft, die der Familie Montgomery gehörte, und bat ihren Vater, ohne mit der Wimper zu zucken, einen Stapel Papiere, die sie vor ihn auf den Tisch legte, zu unterzeichnen. Zwischen den Geschäftspapieren steckten das Formular für die Heiratserlaubnis und die Eheurkunde, und Carries Vater setzte seine Unterschrift unter alle Papiere, ohne sie durchzulesen. Jetzt mußte nur noch ein Pfarrer aufgetrieben werden.

An einem Morgen im Spätsommer, es war ein Jahr nach Kriegsende, wurde Carrie Montgomery bei einer rechtsmäßigen Zeremonie Joshua Greens Frau. Euphonia vertrat den Bräutigam.

Nach der Eheschließung umarmte Carrie ihre Freundinnen und versicherte ihnen, daß sie sie vermissen würde, wenn sie in den Westen fuhr, aber sie war überzeugt, daß sie ihr Glück gefunden hatte. Die Mädchen vergossen wahre Tränenfluten, bis die Vorderseite von Carries neuem Kleid ganz naß war.

»Und wenn er dich schlägt?«

»Was tust du, wenn er trinkt?«

»Vielleicht ist er ein Bankräuber oder ein Spieler und hat schon einmal im Gefängnis gesessen. Er könnte ja auch ein Mörder sein!«

»Ihr habt keinerlei Bedenken gehabt, als ihr die vielen anderen Frauen zu den Männern geschickt habt, warum sorgt ihr euch so sehr um mich? Dazu besteht wirklich kein Grund.« Carrie war enttäuscht, daß sich ihre Freundinnen nicht mit ihr freuen konnten.

Die Mädchen schluchzten nach dieser Bemerkung nur noch heftiger in ihre Taschentücher.

Verglichen mit dem, was Carrie noch bevorstand, war alles, was sie bis jetzt erreicht hatte, sehr einfach gewesen: Sie mußte so rasch wie möglich ihren Eltern alles erzählen. Als sie sich ein Herz faßte und ihnen gestand, was sie getan hatte, zeigte sich ihre Mutter wesentlich ungerührter als ihr Vater. Die Mutter warf Mr. Montgomery einen mißbilligenden Blick zu. »Ich habe ja immer gesagt, daß ihr sie alle zu sehr verwöhnt, und *das* ist das Ergebnis«, lautete ihr Kommentar.

Carrie fürchtete fast, daß ihr Vater in Tränen ausbrechen würde. Er betete sein jüngstes Kind an, und ihm war nie der Gedanke gekommen, daß Carrie jemals erwachsen werden oder gar heiraten und Hunderte von Meilen entfernt von ihm leben könnte.

Als Carries Mutter vorschlug, die Eheschließung für illegal erklären zu lassen oder die Ehe zu annullieren, erklärte Carrie unerschütterlich und ruhig: »Dann werde ich durchbrennen.«

Die Mutter musterte lange das ernste Gesicht ihrer Tochter und nickte. Alle Montgomerys waren bekannt dafür, besonders starrköpfig zu sein, und sie war überzeugt, daß Carrie verheiratet bleiben würde, wenn sie es sich in den Kopf gesetzt hatte.

»Ich wünschte, Ring wäre hier«, seufzte ihr Vater. Ring war sein ältester Sohn.

Carrie lief ein Schauer über den Rücken. Wenn ihr

ältester Bruder zu Hause gewesen wäre, hätte sie mit ihrer Eröffnung bis nach seiner Abreise gewartet. Ring war bei weitem nicht so weichherzig wie ihre Eltern und zeigte sich selten nachsichtig, wenn seine Schwester etwas ausgeheckt hatte. Wenn Carrie es sich genau überlegte, dann mußte sie zugeben, daß sie ihre Eltern nie über ihre Pläne in Kenntnis gesetzt hätte, wenn sich überhaupt einer ihrer Brüder in der Nähe aufgehalten hätte.

»Ich sehe keine Möglichkeit, Carrie von dieser Torheit abzuhalten«, sagte Mr. Montgomery zu seiner Frau und fügte an Carrie gewandt voller Trauer hinzu: »Wann wirst du uns verlassen.«

»Sobald ich meine Sachen gepackt habe«, erwiderte Carrie.

Mrs. Montgomery blinzelte und sah dann ihr jüngstes Kind an. »Und was willst du in diese Wildnis mitnehmen?«

»Alles«, lautete Carries Antwort auf diese, wie sie fand, merkwürdiges Frage. »Ich habe mir vorgenommen, alles, was ich besitze, mit nach Colorado zu nehmen.«

Carries Eltern brachen unvermittelt in Gelächter aus, und Carrie war verwirrt.

Sie straffte ihre Schultern und stand auf. »Wenn ihr mich jetzt bitte entschuldigen wollt, ich gehe in mein Zimmer und fange an zu packen, damit ich so früh wie möglich die Reise zu meinem Mann antreten kann.« Dann verließ sie mit unsicheren Schritten den Raum.

3. Kapitel

Mrs. Joshua Greene wedelte sich mit einem Federfächer, der einen echten Elfenbeingriff hatte, Luft zu und streichelte den kleinen Hund, der neben ihr saß, während sie versuchte, ihr wild klopfendes Herz zu beruhigen. In ein paar Minuten würden sie und die anderen Passagiere der Postkutsche in Eternity ankommen – ganze vier Tage später als geplant. Sie fragte sich, ob ihr Ehemann zur Poststation kommen würde, um sie abzuholen.

Jedesmal, wenn ihr das Wort *Ehemann* in den Sinn kam, lächelte sie und dachte an die Freude, die Joshs Miene ausdrücken würde, wenn er begriff, daß seine neue Frau keine Figur wie ein Ackergaul hatte, sondern ein junges Mädchen war, das ... na ja, das anziehend war.

Als sie überlegte, wie wohl die erste gemeinsame Nacht werden würde, fächelte sie sich noch heftiger kühle Luft zu. Auch wenn ihre Brüder der Meinung waren, daß ihre kleine Schwester rein wie frischgefallener Schnee war und keine Ahnung hatte, was in der Welt geschah, hatte Carrie eine Menge gelernt, wenn sie still in einer Ecke gesessen und den Bemerkungen ihrer Brüder über das Jungesellenleben gelauscht hatte. Sie war überzeugt, daß sie viel mehr über diese Dinge wußte als jedes andere Mädchen in ihrem Alter. Und eines war ganz sicher: Sie hatte keinerlei Angst vor dem, was zwischen einem Mann und einer Frau geschah. Diese Angelegenheit mußte, wie sie aus den Kommentaren und dem Gelächter ihrer Brüder schließen konnte, sehr aufregend, vergnüglich und erstrebenswert sein, und Carrie sah diesem Ereignis mit Vorfreude entgegen.

Als die Kutsche endlich in Eternity ankam und auf die Poststation zufuhr, sah sie ihn, noch ehe das Gefährt hielt.

»Ist er da?« fragte die Frau, die Carrie gegenübersaß.

Carrie lächelte scheu und nickte. Sie und diese Frau hatten die letzten siebenhundert Meilen gemeinsam zurückgelegt, und Carrie hatte ihr erzählt, daß sie zu ihrem frischangetrauten Ehemann fuhr. Sie hatte ihr natürlich nicht alle Details der Vorgeschichte anvertraut und verheimlicht, daß ein Brief voller Lügen dazu geführt hatte, daß Josh in die Fernheirat eingewilligt hatte – sie hatte statt dessen auf blumige Weise eine romantische Geschichte von zwei Menschen erfunden, die sich während eines regen Briefwechsels ineinander verliebt und auf die Entfernung geheiratet hatten. Zum Schluß hatte sie gestanden, daß sie ihren Mann am Ende ihrer Reise zum erstenmal sehen würde.

Die Frau, die mit Mann und vier Kindern in Kalifornien lebte, beugte sich vor und tätschelte Carries Hand. »Er wird sich nur noch mehr in Sie verlieben, wenn er Sie erst zu Gesicht bekommt. Er kann sich glücklich schätzen.«

Carrie starrte auf ihre Hände und wurde puterrot.

Als die Kutsche schließlich anhielt, überkam Carrie mit einemmal Angst, und all die Warnungen und Prophezeiungen ihrer Freundinnen und ihrer Eltern schossen ihr in diesem Augenblick durch den Kopf. Was, in aller Welt, hatte sie nur getan?

Zwei Männer stiegen aus der Kutsche aus, aber Carrie blieb sitzen und schob den ledernen Vorhang ein wenig zur Seite, um durch den Spalt den jungen Mann, der mit unbeweglichem Gesicht auf der Veranda der Poststation stand, zu betrachten.

Sie hätte ihn überall erkannt. Das war Josh, ihr Ehemann. Insgeheim und ohne von ihm gesehen zu werden, musterte sie ihn prüfend. Er war kleiner als ihre Brüder, knapp einsachtzig, aber er war ebenso kräftig gebaut wie sie und hatte breite Schultern und schmale Hüften. Er sah wirklich sehr gut aus. Der Blick aus seinen dunklen Augen wirkte durchdringend, während er an der Wand des Hauses lehnte und die Postkutsche intensiv anstarrte. Er machte den Eindruck, als ob ihn die ganze Welt nichts angehen würde. Carrie registrierte mit Kennerauge, daß der schwarze Anzug, den er trug, exzellent geschneidert war und einmal sehr teuer gewesen sein mußte, jetzt allerdings war er abgetragen und an manchen Stellen zerschlissen.

Carrie wischte ihre Handflächen nervös an ihrem Rock ab und hörte, wie der Kutscher das Gepäck vom Wagendach ablud, aber sie rührte sich immer noch nicht von der Stelle und hielt Choo-choo auf ihrem Schoß fest. Sie ließ Josh dabei nicht aus den Augen, weil sie sichergehen wollte, daß ihre Gefühle sie nicht getäuscht hatten, als sie das Foto betrachtet hatte. Jetzt sah sie ihn wirklich und fragte sich, was für ein Mann er wohl war.

Er blieb regungslos stehen, sogar dann noch, als es so schien, daß niemand mehr die Kutsche verlassen würde. Er stand einfach nur da, beobachtete seine Umgebung und wartete.

Er weiß, daß ich hier sitze, dachte Carrie, er weiß es und wartet auf mich. Bei diesem Gedanken wurde sie ruhiger und lächelte ebenso wie die Frau, die ihr gegenübersaß. Sie wickelte Choo-choos Leine um ihr Handgelenk, stand auf und wandte sich zur Tür.

In dem Augenblick, in dem Josh einen Rock im Innern der Kutsche aufblitzen sah, trat er vor, doch als Carrie ganz zu sehen war, hielt er mitten im Schritt inne.

In dem Moment, in dem sich ihre Blicke kreuzten, wußte Carrie ohne jeden Zweifel, daß sie keinen Fehler gemacht hatte. Mr. Joshua Greene gehörte zu ihr, und er würde für den Rest ihres Lebens an ihrer Seite sein.

Sie schenkte ihm ein zaghaftes Lächeln, ihr Herz pochte bis zum Hals, und mit einemmal fiel es ihr schwer, auch nur einen klaren Gedanken zu fassen.

Ohne eine Miene zu verziehen, ging Josh rasch auf sie zu, und von seinem hübschen Gesicht war nicht abzulesen, was er empfand – das einzige Anzeichen für seine Nervosität war, daß er beinahe den Kutscher umgerannt hätte, als er mit zielstrebigen Schritten auf Carrie zustürmte. Er legte seine starken Hände um ihre Taille, um ihr beim Aussteigen behilflich zu sein.

Als Joshs Hände Carrie berührten – in dem Moment, in dem sie zum erstenmal aufeinander trafen –, waren beide wie versteinert. Er hielt sie umklammert und sah zu ihr auf, und plötzlich wurde die Spannung zwischen ihnen fast unerträglich. Carries Herz klopfte so heftig, daß es ihr Mieder zu zersprengen drohte.

Eine schier endlose Zeit blieben sie so stehen, während der Josh ihre Taille nicht los ließ und Carries Füße kaum noch die Stufen der kleinen Trittleiter streiften, als sie sich anstarrten. Auf einen Außenstehenden mußten sie wie Statuen wirken, nur wer genauer hinsah, merkte daß ihr Atem heftiger ging und der Pulsschlag beschleunigt war.

»Wollt ihr zwei Turteltauben mir nicht endlich aus dem Weg gehen?« brummte der Kutscher und versuchte, Josh zur Seite zu schieben. Aber Josh blieb stehen, als ob er Wurzeln geschlagen hätte.

Erst Carries strahlendes Lächeln brach den Bann. Und als Josh ebenfalls den Mund verzog, schmolz sie dahin. Auf der ganzen Welt konnte es kein schöneres Lächeln geben – seine Zähne waren gleichmäßig und blendendweiß und seine Lippen perfekt geschwungen.

Der Kutscher beobachtete mit mißbilligenden Blikken, wie Josh Carrie langsam vom Trittbrett hob und auf die Füße stellte. Dann löste Josh den Griff um ihre Taille, und seine Hände glitten höher, bis zu ihren Armen. Als seine Handflächen kaum merklich über ihre Brüste strichen, war Carrie einer Ohnmacht nahe.

Als Carrie – im wahrsten Sinne des Wortes – wieder festen Boden unter den Füßen hatte, trat Josh einen Schritt beiseite und legte einen Finger an seine Hutkrempe. »Ma'am«, sagte er leise.

Wenn Carrie nicht schon längst ihr Herz an ihn verloren hätte, dann hätte sie sich sicherlich auf der Stelle in ihn verliebt, nachdem sie seine Stimme gehört hatte. Es war seltsam, aber obwohl sie im vergangenen Jahr nahezu unaufhörlich an ihn gedacht hatte, hatte sie sich niemals überlegt, wie seine Stimme klingen würde. Sie war so tief und wohltönend wie die Stimme eines Sängers.

Carrie war klar, daß sie sich hätte vorstellen müssen, aber ihr blieben die Worte im Hals stecken. Was hätte sie auch sagen sollen? – »Hallo, ich bin Ihre Frau« oder »Meinen Sie wirklich und im Ernst, daß Sie eine Farmersfrau brauchen?« Oder sollte sie das sagen, was ihr bei seinem Anblick als erstes durch den Kopf geschossen war: »Küß mich!«?

Nachdem sie all diese Möglichkeiten verworfen hatte, fiel ihr nichts mehr ein, und sie entfernte sich schweigend von der Kutsche. Choo-choo folgte ihr hechelnd, als sie auf die schattige Veranda der Poststation zustrebte. Nachdem sie an ihrem Ziel angelangt war, nahm sie ihren wertvollen Fächer und versuchte sich ein wenig Kühlung damit zu verschaffen, während sie beobachtete, wie Josh erneut zur Kutschentür ging.

Carrie sah, daß die Frau, die mit ihr gereist war, aus dem Gefährt stieg und Josh ihr höflich die Hand reichte, um sie zu stützen. Die Frau hatte etwa fünfzig Pfund Übergewicht und war um einiges älter als Josh.

»Sind Sie Miss Montgomery?« hörte Carrie ihn fragen. »Ich meine, Mrs. Greene?«

Die Frau lächelte Josh an. »Sie brauchen sich keine Sorgen zu machen, junger Mann, ich bin nicht Ihre Braut.«

Josh zog seinen Hut und verbeugte sich, und Carrie bewunderte sein dichtes Haar, als er sagte: »Es wäre mir eine Ehre gewesen, Mylady, und ich hätte mich glücklich schätzen können.«

Die Frau, die dem Alter nach beinahe seine Mutter hätte sein können, wurde rot und kicherte.

Carrie lächelte. Wenn sie noch irgendwelche Zweifel an ihrer Vorgehensweise gehabt hätte, dann wären sie in dem Moment verflogen, in dem sie Joshs zuvorkommene Haltung gesehen hätte. Jetzt hatte sie die Pflicht, Josh einzugestehen, daß sie seine Frau war und daß sie zusammengehörten, aber sie wollte dabei mit ihm allein sein.

Josh spähte in die leere Kutsche, dann ging er zum Kutscher stellte ihm einige Fragen und erfuhr, daß sonst keine anderen Passagiere mitgekommen waren.

Carrie nahm auf der schmutzigen Bank unter dem

Verandadach Platz und sah zu, wie Josh ihren Brief aus der Jackentasche zog und ihn las. Seine Hände waren faszinierend, und Carrie erinnerte sich an seine Berührung.

Nachdem der Postkutscher verkündet hatte, daß die Weiterfahrt unmittelbar bevorstand, stiegen die Reisenden einer nach dem anderen wieder ein. Josh drehte sich zu Carrie um und sah sie fragend an. Sie ahnte, daß er ihre Anwesenheit die ganze Zeit über gespürt hatte.

»Kann ich Ihnen in die Kutsche helfen?« fragte er sanft, und schon allein sein Blick beschleunigte Carries Herzschlag. Irgendwie brachte sie es fertig, den Kopf zu schütteln, aber es schien ihr die Sprache verschlagen zu haben.

Der Kutscher brüllte und trieb die Pferde an, und das Gefährt entfernte sich in einer riesigen Staubwolke. Carrie und Josh waren allein.

Josh hatte Carrie den Rücken zugedreht und sah der Postkutsche nach. Als sie außer Sicht war, wandte er ihr wieder sein Gesicht zu und zog sich in die Schatten der Veranda zurück. Er blieb ein paar Schritte vor ihr stehen. »Warten Sie auf jemanden?« erkundigte er sich.

»Auf meinen Mann«, erwiderte sie und lächelte insgeheim über seinen niedergeschlagenen Gesichtsausdruck. »Und Sie? Haben Sie jemanden erwartet?«

»Meine . . .« Er brach ab und räusperte sich. »Meine Frau.«

»Hmm«, machte sie. »Wie heißt sie?«

Er starrte Carrie so intensiv an, daß er einen Moment lang keinen klaren Gedanken fassen konnte. »Wer?«

»Ihre Frau. Wie ist der Name Ihrer Frau?«

Er faßte in seine Jackentasche, zog den Brief heraus und wandte offensichtlich widerstrebend seinen Blick von Carrie, um vorzulesen: »Carrie. Sie heißt Miss Carrie Montgomery.«

»Sie scheinen nicht viel über sie zu wissen«, neckte Carrie ihn vorsichtig.

»O doch.« Seine Stimme klang so ernst, daß Carrie kaum ein Kichern unterdrücken konnte. »Sie kann vier Hektar Acker an einem einzigen Tag pflügen, Schweine aufziehen und mästen. Außerdem kann sie Tiere und Kinder verarzten, wenn ein Notfall eintritt, und kochen, Schafe scheren, Stoffe weben und zu Kleidern verarbeiten. Sie kann sogar bei einem Hausbau helfen, wenn es sein muß.«

»Gütiger Himmel«, sagte Carrie, »das klingt, als ob sie wirklich sehr geschickt wäre. Ist sie hübsch?«

»Ich glaube nicht«, murmelte er und musterte Carrie von Kopf bis Fuß. In seinem Blick lag eine solche Sehnsucht, daß Carrie der Schweiß im Nacken ausbrach.

»Offenbar haben Sie sie noch nie gesehen.«

»Noch nicht«, antwortete er und trat einen Schritt näher.

Ausgerechnet diesen Augenblick hatte sich Choochoo ausgesucht, um sich von der Leine loszureißen und einem Kaninchen nachzujagen, das über die Wiese gehoppelt war und jetzt floh. Carrie sprang auf und rannte hinter dem Hund her, der ihr inzwischen lieb und teuer geworden war.

Trotzdem hatte Josh noch schneller als sie reagiert, er lief hinter dem Hund her, als ob es um sein Leben ginge, und hetzte über ein Feld.

Carrie hatte ihre Röcke gerafft, um rascher laufen zu können, aber Josh war ihr schon weit voraus und fing den kleinen Hund ein, bevor er im Bau des Kaninchens verschwinden konnte. Zum Dank dafür schnappte Choo-choo nach seiner Hand und biß zu.

»Böser Hund!« tadelte Carrie, aber sie nahm trotzdem Choo-choo auf den Arm und drehte sich erst dann zu Josh um. »Vielen Dank, daß Sie ihn gerettet haben. Er hätte sich verletzen können.«

Josh hielt sich die blutende Hand und lächelte. »Hier gibt es Klapperschlangen. Sie sollten ihn besser an der Leine halten.«

Sie nickte und band die Leine an Choo-choos Halsband fest, ehe sie ihn auf den Boden setzte, dann kramte sie ihr Taschentuch hervor und sagte: »Lassen Sie mich Ihre Hand sehen.«

Nach einem halbherzigen Protest streckte er seine Hand aus, und sie hielt sie fest.

Carrie war ganz und gar nicht darauf vorbereitet, daß diese Berührung Stromstöße durch ihren Körper jagte. Sie standen im Schatten einer Pappel, die Bergluft duftete süß und frisch, und um sie herum herrschte friedvolle Stille. Sie waren allein, und in diesem Augenblick fühlten sich beide, als ob niemand außer ihnen auf der Welt existieren würde.

Carrie bemühte sich ohne nennenswerten Erfolg, ein Zittern zu unterdrücken, als sie die Blutstropfen von Joshs Hand tupfte. »Ich . . . ich glaube, die Wunde ist nicht sehr tief.«

Josh starrte auf Carries goldenen Haarschopf. »Er hat zu kleine Zähne, um richtig zubeißen zu können.«

Carrie sah auf und strahlte ihn an, und in dieser Sekunde war sie überzeugt, daß er sie küssen wollte. Sie verwandte all ihre Energie darauf, ihm mit ihren Gedanken zu signalisieren, daß er sie in die Arme nehmen und küssen sollte, bis sie aufgab.

Josh wandte sich abrupt von ihr ab und marschierte los. »Ich muß gehen und herausfinden, was mit meiner ... mit meiner ...«

»Frau«, half Carrie nach.

Er nickte zustimmend, sprach das Wort aber nicht aus. »Ich muß gehen«, wiederholte er noch einmal und machte sich auf den Weg zur Poststation.

»Ich bin Carrie Montgomery!« rief sie ihm nach.

Josh blieb wie vom Blitz getroffen stehen, ohne sich zu ihr umzudrehen.

»Ich bin Carrie Montgomery«, rief sie wieder, diesmal ein bißchen lauter.

Als sich Josh ihr langsam zuwandte, lächelte sie und wartete ungeduldig, daß sich seine Miene vor freudiger Überraschung aufhellte.

Aber sein Gesicht glich einer steinernen Maske. »Was wollen Sie damit sagen?« fragte er leise.

»*Ich* bin Carrie Montgomery. Ich bin die Frau, die Sie erwarten. Ich bin ...« Ihre Stimme erstarb, und sie senkte den Blick. »Ich bin Ihre Frau«, flüsterte sie und spürte, ohne daß sie seine Schritte hörte, wie er auf sie zuging. Er kam ihr so nahe, daß sie meinte, seinen Atem auf ihrem Gesicht zu fühlen, und sie sah zu ihm auf. Das Lächeln, das sie erwartet hatte, zeigte sich nicht, und wenn Carrie ehrlich war, dann mußte sie zugeben, daß er eher wütend als glücklich aussah.

»Sie haben nie in Ihrem Leben einen Pflug in den Händen gehabt«, stellte er tonlos fest.

Carrie lächelte. »Das stimmt.«

Mit zitternden Händen holte Josh erneut den Brief hervor. »Sie hat mir geschrieben, was sie alles kann und daß sie von Kindesbeinen an auf einer Farm gearbeitet hat.«

»Vielleicht habe ich die Wahrheit ein wenig beschönigt«, erklärte Carrie zaghaft.

Josh kam noch näher. »Sie haben gelogen. Sie haben mich verdammt noch mal betrogen!«

»Ich denke, das ist ein grausames Wort. Ich glaube, Sie . . .«

Er kam noch einen Schritt näher, und Carrie wich zurück, als er sie anherrschte: »Ich habe um eine Frau gebeten, die arbeiten kann, nicht um jemanden . . ., um ein Gesellschaftsdämchen, das eine Ratte bei sich hat, die sie für einen Hund hält.«

Als ob Choo-choo begriffen hätte, daß er beleidigt worden war, fing er an zu kläffen. »Hören Sie . . .«, begann Carrie.

Aber Josh ließ sie nicht ausreden. »Hatten Sie vor, Ihre Scherze mit mir zu treiben?« Er preßte seine Hand an die Stirn, als könnte er all das nicht fassen, und ging erneut einen Schritt auf sie zu. »Was, in aller Welt, soll ich jetzt nur tun? Ich war natürlich skeptisch, als ich diese Heiratspapiere unterschrieben habe, aber ich hatte eigentlich nur davor Angst, daß meine Zukünftige häßlich wie die Nacht sein könnte. Aber mit der Zeit habe ich mich an den Gedanken gewöhnt.« Er taxierte Carrie mit einem geringschätzigen Blick. »Aber Sie! Ich war beileibe nicht auf jemanden wie *Sie* vorbereitet.«

Carrie versuchte, Choo-choo zum Schweigen zu bringen, und sah an sich herunter. Sie fragte sich, ob sie sich plötzlich in einen Frosch verwandelt hätte, denn einen so vernichtenden Blick hatte sie in ihrem ganzen Leben noch nicht ertragen müssen. »Was ist falsch an mir?« fragte sie.

»Was *ist nicht* falsch, wäre eine treffendere Frage«, erwiderte er. »Haben Sie je eine Kuh gemolken? Wissen Sie, wie man ein Huhn schlachtet und ausnimmt? Können Sie überhaupt kochen? Wer hat Ihre Kleider geschneidert? Eine französische Modistin?«

Carries Schneiderin in Warbrooke war tatsächlich Französin gewesen, aber das war doch vollkommen unwichtig. »Ich wüßte wirklich nicht, was all diese Dinge für eine Rolle spielen sollten. Wenn Sie mich ausreden ließen, könnte ich Ihnen alles erklären.«

Josh lehnte sich mit dem Rücken an den Stamm der Pappel und verschränkte die Arme vor der Brust. »Also, ich höre.«

Carrie holte tief Luft, um sich zu beruhigen, und erzählte ihm ihre Geschichte. Sie begann damit, wie sie und ihre Freundinnen das Eheanbahnungsinstitut gegründet und organisiert hatten, und hoffte, daß ihm das zeigen würde, welchen Dienst sie der Menschheit erwiesen hatte und daß sie eine ganze Menge vollbringen konnte. Er sagte kein Wort zu all dem, und auch von seinem Gesicht war nicht abzulesen, was er dachte, während sie fortfuhr und ihm gestand, daß sie sich auf den ersten Blick in ihn verliebt hatte, als sie und ihre Freundinnen sein Foto bekommen hatten. »Ich spürte, daß Sie und Ihre Kinder mich brauchen. Ich habe es an Ihrem Blick erkannt.«

Er zuckte nicht einmal mit der Wimper.

Sie berichtete ihm in allen Einzelheiten, daß sie zuerst unschlüssig gewesen war und sehr lange über alles nachgedacht hatte – schließlich wollte sie nicht, daß er sie für eine leichtsinnige Person hielt, die ohne zu überlegen handelte. Als sie meinte, daß sie alle Bedenken dieser Art aus dem Weg geräumt hatte, erklärte sie ihm, wie kompliziert all die Arrangements gewesen waren, die sie hatte treffen müssen, um die Heiratserlaubnis zu erhalten, und als sie den Abschied von ihrer Familie und ihren Freunden schilderte, war sie den Tränen nahe.

»Ist das alles?« fragte Josh kurz.

»Ich denke schon«, hauchte Carrie und fügte selbstsicherer hinzu: »Sie sehen, daß ich nicht aus Niedertracht so gehandelt habe. Ich habe gefühlt, daß Sie mich brauchen. Ich spürte . . .«

»*Sie* haben gefühlt«, unterbrach er sie brüsk und machte einen Schritt vorwärts. »*Sie* haben sich entschieden. Sie, und Sie allein, haben beschlossen, das Schicksal Ihrer Mitmenschen in die Hand zu nehmen. Sie haben keinen einzigen Gedanken daran verschwendet, was andere empfinden. Sie haben Ihrer Familie und Ihren Freunden die Hölle bereitet, nur weil Sie romantische Flausen im Kopf hatten und sich einbildeten, ein Mann, den Sie niemals gesehen haben, könnte Sie –« er funkelte sie wütend an – »*brauchen.*« Das letzte Wort klang so spöttisch, daß sie errötete.

Er beugte sich so weit zu ihr herunter, daß sie den Kopf nach hinten biegen mußte, um ihn anzusehen. »Nur zu Ihrer Information, Sie kleines verwöhntes Gör: Was ich tatsächlich *brauche*, ist eine Frau, die sich auf einer Farm bewährt. Wenn ich ein hohlköpfiges, wertloses Biest wie Sie *brauchen* würde, könnte ich es in jedem Winkel dieser Erde finden. Ich könnte ein halbes Dutzend Frauen, die wie Sie sind, hier in Eternity heiraten. Ich möchte keine muntere Bettgefährtin haben, ich brauche eine Frau, *die arbeiten kann*!« Nach diesen heftigen Worten, drehte er sich auf dem Absatz um und marschierte wütend auf die Poststation zu.

Carrie blieb wie angewurzelt stehen, sie war völlig verwirrt. Kein Mensch hatte jemals zuvor so mit ihr gesprochen wie dieser Mann, und so ein rüpelhaftes Benehmen würde sie keinesfalls dulden. Sie zupfte ihr Mieder zurecht, als würde sie dadurch ihre Entschlossenheit zurückgewinnen, und lief ihm nach. Es war nicht einfach, ihn einzuholen, aber als es ihr gelang, stellte sie sich ihm in den Weg.

»Ich habe keine Ahnung, wie Sie auf den Gedanken kommen, daß Sie alles über mich wüßten, das tun Sie nicht. Ich . . .«

»Ihre Erscheinung«, schnitt er ihr das Wort ab. »Ich habe Sie nach Ihrem Aussehen beurteilt. Haben Sie das nicht auch getan – mich nach meinem Aussehen beurteilt? Sie haben sich mein Foto angesehen und beschlossen, den Kurs meines Lebens zu bestimmen. Sie haben nicht einmal im Traum daran gedacht, daß es mir zuwider sein könnte, wenn jemand über mein Leben bestimmt.«

»Es war nie meine Absicht, über Ihr Leben zu bestimmen. Ich hatte mich nur entschieden . . .«

»Ja?« fragte er mit blitzenden Augen. »Wozu hatten Sie sich entschieden, wenn nicht dafür, mein Leben zu verändern? Und das Leben meiner Kinder.« Er lachte böse. »Ich habe meinen Kindern erzählt, daß ich jemanden mit nach Hause bringen würde, der ihnen das Abendessen zubereitet, und ich habe ihnen versprochen, daß sie nie wieder das essen müßten, was ich gekocht habe.« Er faßte grob nach ihren Händen und betrachtete sie so kritisch, als wären sie seine Feinde. Carries Hände waren gepflegt und weich, die Nägel perfekt manikürt und gefeilt. »Ich bin fast sicher, daß ich in meinem Leben mehr Mahlzeiten zubereitet habe als Sie.« Er stieß ihre Hände zurück, als würde er sich vor ihnen ekeln, und wollte wieder davonstürmen.

Wild entschlossen stellte sich Carrie ihm wieder in den Weg. »Aber Sie *mochten* mich doch. Ich weiß, daß Sie mich mochten. Ich habe mich Ihnen nicht sofort zu erkennen gegeben, weil ich herausfinden wollte, wie Sie reagieren.«

Bei dieser Eröffnung verzog sich Joshs wütendes Gesichts zu einem boshaften Lächeln. »So sah also Ihr feiner Plan aus. Sie dachten, ich wäre von Ihrer Schönheit so betört, daß ich übersehen könnte, wie nutzlos Sie für mich sind. Sie glaubten, ich wäre so verblendet, daß ich gar nicht auf den Gedanken käme, Sie könnten ein Mädchen sein, das sich nur im Salon eines reichen Herrn wohl fühlt. Meinen Sie wirklich, daß ich so begierig darauf bin, Sie in mein Bett zu ziehen, daß ich meine hungrigen Kinder vergesse und ihr Weinen nicht höre?«

»Nein«, erwiderte Carrie leise, aber sie mußte insgeheim zugeben, daß er der Wahrheit gefährlich nahe gekommen war. »Das glaubte ich nicht. Ich dachte . . .«

Er wurde noch zorniger. »Sie haben überhaupt nichts gedacht. Es scheint ihnen nicht einmal in den Sinn gekommen zu sein, daß ich mir genauso gut eine Frau hier hätte nehmen können. Glauben Sie, daß mich keine der Frauen von Eternity hätte heiraten wollen? Halten Sie mich für zu häßlich, um eine Frau zu finden?«

»O nein, ich halte Sie . . .«

Er fiel ihr erneut ins Wort. »O ja, natürlich. Alle Frauen reagieren wie Sie. Ich kann jede Frau bekommen, die ich will, aber ich habe keine Zeit, einer den Hof zu machen und um sie zu werben, aber das wollen alle, egal wie unansehnlich sie sind. Ich habe die Dienste Ihres Eheinstituts in Anspruch genommen, um Unterstützung auf meiner Farm zu bekommen, um mich und meine Kinder ernähren zu können. Ich brauche kein Mädchen, das den Kopf voll von Schwärmereien hat.« Mit einem Schnauben schätzte er sie noch einmal vom Scheitel bis zur Sohle ab. »Und jetzt, Miss Montgomery«, fuhr er fort und tippte mit einem Finger an die Krempe seines Huts, »wünsche ich Ihnen einen guten Tag. Leben Sie wohl. Ich hoffe, daß Sie in Zukunft erst denken und dann handeln.«

Er ließ sie einfach stehen und ging davon.

Carrie war ratlos. Daß ihre erste Begegnung so ausgehen könnte, hatte sie sich in ihren schlimmsten Träumen nicht ausmalen können. Sie fragte sich, wann wohl die nächste Postkutsche, die sie wieder nach Hause bringen könnte, durch Eternity kam. Es war ein entsetzlicher Gedanke, nach Warbrooke zurückzukehren, aber ihr blieb offensichtlich keine andere Wahl. Niedergeschlagen sah sie Josh nach, doch plötzlich faßte sie einen Entschluß.

»Mrs. Greene«, sagte sie leise, dann rief sie lauter: »Zufällig ist mein Name Greene, Mrs. *Joshua* Greene!« Die letzten Worte klangen schrill und durchdringend.

Josh blieb stehen und drehte sich zu ihr um.

Carrie kreuzte trotzig die Arme vor ihrem Busen und hielt seinem Blick eisern stand.

Mit wütenden Schritten kehrte er zu ihr zurück. Sein Gesicht war so verzerrt, daß Carrie unwillkürlich Abstand zu ihm hielt.

»Wenn Sie mich anrühren, werde ich . . .«

»Es ist noch keine halbe Stunde her, daß Sie sich nichts sehnlicher gewünscht haben. Sie haben mich praktisch darum gebeten, Sie zu berühren, und wenn ich Ihnen die Kleider vom Leib gerissen hätte, wären Sie kaum auf den Gedanken gekommen, zu protestieren.«

»Das ist nicht wahr«, wehrte sie sich, während ihr Gesicht puterrot wurde, trotzdem setzte sie hinzu: »Das ist eine Lüge.«

»Sie wissen ja mit Lügen besser Bescheid als jeder andere«, spottete er und umklammerte mit einer Hand ihren Arm. Als er sich wieder auf den Weg machte, zerrte er Carrie hinter sich her.

»Lassen Sie mich augenblicklich los. Ich fordere Sie auf . . .«

Er blieb stehen und drehte sich ihr so heftig zu, daß ihre Nasen beinahe zusammenstießen. »Sie selbst haben mich doch gerade daran erinnert, daß ich mit Ihnen verheiratet bin, nachdem ich mich von Ihnen habe so betrügen lassen. Sie werden bis nächste Woche in meinem Haus bleiben – dann kommt die Kutsche wieder durch Eternity, und ich werde Sie zurück zu Ihrem Vater schicken.«

»Sie können nicht . . .«

»Ich kann, und ich werde es tun«, versetzte er und zog sie weiter. Als sie die Poststation erreicht hatten, blieb er stehen. »Wo ist Ihr Gepäck?« erkundigte er sich.

Carrie gab den Versuch auf, sich aus seinem Griff zu winden, und sah sich um. Während sie weggewesen waren, war die Kutsche mit dem Gepäck angekommen. Sie stand neben der Veranda.

»Dort«, sagte Carrie und deutete mit dem Kopf auf den vollbeladenen Wagen. »Ich kann mich selbst um alles kümmern. Ich kann . . .« Ein Blick in sein Gesicht genügte, um sie zum Schweigen zu bringen. Er sah aus, als wäre er einem Ungeheuer begegnet, und starrte erschrocken und ungläubig auf den Gepäckwagen. Carrie hatte keine Ahnung, was daran so ungewöhnlich sein konnte.

Josh betrachtete die Berge von Koffern und Taschen, die mit einem dicken Seil auf dem schweren Gefährt, das von vier kräftigen Pferden gezogen wurde, festgezurrt waren. Er bezweifelte ernsthaft, daß alle Bewohner von Eternity zusammengenommen so viel besaßen wie die Person, die neben ihm stand.

»Der Himmel steh mir bei«, raunte er und warf Carrie einen Blick zu. »Was, um alles in der Welt, haben Sie mir angetan?«

4. Kapitel

Während Carrie sich auf dem Kutschbock von Joshs altem Wagen niederließ, wünschte sie, sie hätte die Fotografie, die so viele Ereignisse zur Folge gehabt hatte, nie zu Gesicht bekommen. Josh war so wütend auf sie, daß er sie keines Blickes würdigte und nicht ein Wort zu ihr sagte. Er brüllte den Pferden Befehle zu und ließ die Zügel auf ihre Rücken klatschen, als hätten die armen Tiere all diese Probleme verursacht. Sie rollten der untergehenden Sonne entgegen, und das Fuhrwerk mit Carries Gepäck folgte ihnen.

»Ich wollte wirklich nicht . . .«, begann Carrie, aber Josh schnitt ihr das Wort ab.

»Schweigen Sie. Sagen Sie kein Wort. Ich muß über alles nachdenken.«

»Sie könnten mir die Chance geben, mich zu beweisen«, erwiderte sie im Flüsterton.

Als Josh diese leisen Worte hörte, warf er ihr einen

so verächtlichen Seitenblick zu, daß Carrie ihre Lippen aufeinander preßte, um das, was ihr auf der Zunge lag, zurückzuhalten.

Nach einer langen Fahrt über die staubige, holprige Straße bogen sie in einen von Unkraut überwucherten Weg ein, der kaum breiter als ein Pfad war. Links und rechts wuchsen hohe Bäume. Erst ist nach einer Weile kamen sie auf eine Lichtung, und Carrie konnte das Haus erspähen.

Nie in ihrem Leben hatte sie eine so erbärmliche, elende Behausung gesehen wie diese halbverfallene Hütte. Natürlich hatte es auch in Warbrooke arme Leute gegeben, sogar einige ihrer Taggert-Kusins hatten keinerlei Vermögen, aber ihre Häuser sahen bei weitem nicht so vernachlässigt und heruntergekommen aus wie dieses.

Auf dem Boden rund um die Hütte wuchs keine Pflanze, nicht einmal Gras, und die Fensterhöhlen waren, statt mit Glasscheiben versehen, mit Ölpapier verklebt. Ein trüber Lichtschimmer drang durch das schmierige Papier, aber Rauch drang nicht aus dem Kamin auf dem Dach.

Das Haus war eigentlich nicht mehr als eine Scheune mit einer Tür und je einem Fenster auf jeder Seite, an die Rückseite war ein quadratischer Schuppen angebaut, und Carrie überlegte, ob sich dort ein Schlafraum befand.

Als sie sich Josh zuwandte, erkannte er im Mondlicht ihre entsetzte Miene. In ihren kühnsten Träumen konnte sie sich nicht vorstellen, daß der Mann, der neben ihr saß, an einem solchen Ort lebte.

Josh wandte sich mit steinernem Gesicht ab und vermied ihren Blick, aber Carrie wußte, daß er ihren ungläubigen Blick spürte.

»Jetzt sehen Sie selbst, warum ich mir eine Frau gewünscht habe, die zupacken kann. Könnten Sie in so etwas leben?« fragte er leise.

Carrie fand es äußerst seltsam, daß er, obwohl er das Elend erkannte, nichts dagegen unternahm. Ihre Taggert-Kusins wohnten auch nicht gerade in vornehmen Häusern, aber sie schienen sich wohl zu fühlen, und wenn sie einmal einen Besuch im Montgomery-Haus machten, war ihnen so unbehaglich zumute, daß sie es kaum erwarten konnten, wieder weggehen zu können.

Josh war immer noch ärgerlich und erweckte sogar den Anschein, daß er ihr für den Zustand seines Heims die Schuld geben würde. Er brachte die Pferde vor dem Haus zum Stehen und stieg vom Kutschbock. Von hier aus sah Carrie, daß alles noch viel schlimmer und verkommener war, als sie aus der Entfernung vermutet hatte. Auf dem Dach fehlten etliche Schindeln, und sie fragte sich, ob es nicht hindurchregnete. Die Haustür hing, als ob sie betrunken wäre, schief an nur noch einer Angel. Da es keine Veranda und auch keinen befestigten Weg gab, befand sich direkt vor der Tür aufgewühlter Schlamm.

Josh, der seine aggressive Stimmung, die Carrie schon für eine seiner typischen Charaktereigenschaften hielt, noch immer nicht überwunden hatte, stapfte auf ihre Seite des Wagens und hob sie vom Kutschbock. Diesmal hielten seine Hände ihre Taille nicht länger als nötig fest. Ja, er sah sie nicht einmal an, bevor er sich umdrehte und dem Gepäckwagen zuwandte, der in diesem Augenblick anrollte.

Carrie warf noch einen erstaunten Blick auf das Haus und ging ebenfalls zum Gepäckwagen, um den Kutscher zu bitten, ihr die zwei Reisetaschen, die leicht zugänglich ganz vorn lagen, zu reichen. In eine hatte sie die Dinge gepackt, die sie für die Nacht brauchte, und die andere enthielt die Geschenke für die Kinder.

»Sind die Kinder im Haus?« fragte sie Josh.

»Sie warten in der Kälte und Finsternis«, bestätigte er und fügte hinzu: »Ich bin sicher, daß sie Hunger haben.« Der zornige, bittere Unterton in seiner Stimme wirkte wie eine Anklage, und bei Carrie verstärkte sich der Eindruck, daß er sie für den Zustand des Hauses und seiner Umgebung verantwortlich machte.

Sie würdigte ihn keines Wortes, als sie auf das Haus zuging. Es war nicht ganz einfach, die beiden Taschen zu tragen und gleichzeitig Choo-choo im Arm zu halten, aber Josh machte keine Anstalten, ihr zu Hilfe zu kommen. Er gab dem Kutscher des Gepäckwagens Anweisungen, wo er Carries Schrankkoffer abladen sollte, und jeder, der in Hörweite war, erfuhr, wie er über diese Fuhre nutzloser Dinge dachte. Die zerbrochene Türangel machte es beinahe unmöglich, ins Haus zu gelangen, und als Carrie die Tür endlich aufbekam, hätte sie sich beinahe den Kopf daran angeschlagen. Doch sie kämpfte beharrlich weiter, und schließlich gelang es ihr, ins Haus zu kommen.

Schon von außen war der Anblick entsetzlich, aber Carrie war nicht auf das vorbereitet, was sie im Inneren der Hütte erwartete. Grausig, dachte sie, ein finsterer, verwahrloster und erbärmlicher Ort, an dem sich die Bewohner gar nicht anders als elend fühlen konnten. Die blanken Bretterwände waren rußgeschwärzt, und in der Mitte des Raumes stand ein schmutziger Tisch mit vier altersschwachen Stühlen – einer von ihnen neigte sich gefährlich zur Seite, da eins seiner Beine zu kurz war.

In einer Ecke befand sich offenbar die Küche des Hauses, denn an der Wand war ein Bord angebracht, auf dem angeschlagenes Geschirr stand, das offensichtlich lange nicht gespült worden war – eine dicke Staubschicht hatte sich darauf abgesetzt, und Carrie glaubte sogar, eingetrocknete Essensreste zu sehen.

Carrie blieb fassungslos neben der Tür stehen und betrachtete das trostlose Zimmer. Im ersten Augenblick bemerkte sie die Kinder, die im Schatten standen, nicht. Die beiden drückten sich an der gegenüberliegenden Tür herum, die, wie Carrie vermutete, zum Schlafzimmer führte. Sie gaben keinen Laut von sich und beobachteten gespannt, was als nächstes passieren würde.

Die Kinder waren hübsch, sogar noch viel hübscher, als sie auf der Fotografie ausgesehen hatten. Dem Jungen war jetzt schon anzumerken, daß er später einmal noch besser als sein Vater aussehen würde, und das kleine Mädchen würde in ein paar Jahren zu einer blendenden Schönheit erblühen.

Trotzdem machten die Kinder einen ebenso erbärmlichen Eindruck wie das Haus. Beide hatten ihr Haar offensichtlich seit Tagen nicht gekämmt, und obwohl sie selbst sauber waren, sahen ihre Kleider schmutzig und so fadenscheinig aus, als wären sie schon mindestens hundertmal gewaschen worden.

Als Carrie die beiden schweigend musterte, wußte sie plötzlich, daß sie recht gehabt hatte: Diese Familie brauchte sie.

»Hallo«, sagte Carrie schließlich so freundlich, wie es ihr möglich war. »Ich bin eure neue Mutter.«

Die Kinder sahen erst sich, dann wieder Carrie an, und ihre Augen wurden kugelrund vor Staunen.

Carrie ging zum Tisch und stellte ihre Taschen ab,

nicht ohne zu registrieren, daß die Tischfläche verschmiert war und dringend abgewischt werden mußte. Choo-choo schnüffelte an ihren Beinen und bettelte darum, freigelassen zu werden. Als sie ihm die Leine abnahm, lief er sofort schwanzwedelnd auf die Kinder zu, die ihn verwundert ansahen. Keiner von beiden bewegte sich, um den Hund zu streicheln.

Nachdem Carrie eine der Taschen geöffnet hatte, zog sie eine wunderhübsche Puppe mit einem zierlichen Porzellankopf und kostbaren handgenähten Seidenkleidern hervor. »Die ist für dich«, sagte sie zu dem kleinen Mädchen und wartete eine Ewigkeit, wie es ihr schien, bis das Kind nähertrat und das Geschenk genauer betrachtete. Das Mädchen war so scheu und schien es gar nicht zu wagen, diese elegante Puppe zu berühren, aber schließlich konnte es nicht mehr widerstehen.

Carrie nahm das Segelboot aus der Tasche. »Und das ist für dich«, verkündete sie und hielt dem Jungen das Boot hin. Sie sah an seinem Blick, daß er nichts lieber tun würde, als das Geschenk anzunehmen, und er kam sogar einen Schritt auf sie zu, aber dann wich er zurück und schüttelte den Kopf.

»Ich habe es extra für dich mitgebracht«, redete sie ihm gut zu. »Meine Brüder fahren mit Segelbooten von Maine aus in die ganze Welt, und dieses kleine Boot sieht genau so aus wie eins ihrer Schiffe. Ich würde mich freuen, wenn du es behalten würdest.«

Der Junge erweckte den Eindruck, als würde er einen inneren Kampf ausfechten. Im Grunde wollte er dieses Geschenk mehr als alles andere auf der Welt, aber aus irgendeinem Grund hielt er sich eisern zurück.

Schließlich preßte der Junge die Lippen zusammen,

und Carrie hätte fast gelacht, weil er in diesem Augenblick seinem Vater so ähnlich sah. »Wo ist Papa?« fragte er kampflustig.

»Ich glaube, er hilft beim Abladen meines Gepäcks.«

Der Junge nickte knapp und lief durch die Tür ins Freie. Offensichtlich war er schon so an die windschiefe Tür gewöhnt, daß er sie öffnen konnte, ohne sich dabei halb umzubringen.

»Oh«, machte Carrie und setzte sich auf den Stuhl, der noch am stabilsten aussah, »ich glaube, er ist böse auf mich. Weißt du, warum?«

»Papa hat gesagt, daß du häßlich bist und daß wir nicht darüber sprechen sollen. Er hat gesagt, daß eine Menge Dinge häßlich sind, aber daß niemand etwas dafür kann«, erklärte das Mädchen und legte den Kopf schief, um Carrie eingehend zu studieren. »Aber du bist überhaupt nicht häßlich.«

Carrie lächelte. Dafür, daß das Kind nicht älter als fünf war, konnte es sich schon sehr deutlich ausdrükken. »Mir scheint es ein wenig ungerecht zu sein, daß jemand ärgerlich ist, nur weil der andere nicht häßlich ist.«

»Meine Mutter ist wunderschön.«

»Oh, ich verstehe«, sagte Carrie, und sie verstand wirklich. Wenn ihre eigene wunderschöne Mutter nicht mehr am Leben wäre und sich ihr Vater entschließen würde, eine andere schöne Frau zu heiraten, wäre sie auch alles andere als begeistert. Wenn sich ihr Vater in einem solchen Fall wiederverheiraten würde, wäre sie viel glücklicher, wenn seine neue Frau häßlich wie die Nacht wäre.

»Dir macht es nichts aus, daß ich nicht so scheußlich aussehe, wie dein Vater gesagt hat, oder? Aber ich kann auch fürchterlich aussehen, wenn du willst.« Carrie schnitt eine Grimasse, zog ihre Augenlider mit den Fingern herunter und drückte mit dem Daumen auf ihre Nase.

Das Mädchen kicherte.

»Meinst du, daß mich Temmie besser leiden kann, wenn er mich so sieht?«

Das Kind lachte noch immer und nickte.

»Warum kommst du nicht zu mir, damit ich dir das Haar bürsten kann? Inzwischen könntest du dir überlegen, welchen Namen du der Puppe geben willst.«

Während das Kind noch nachdachte, ob sein Vater etwas dagegen haben könnte, nahm Carrie eine Haarbürste mit silbernem Griff aus ihrer Tasche. Das Mädchen seufzte ehrfürchtig, als es die hübsche Bürste sah, und nahm bereitwillig zwischen Carries Knien auf dem Boden Platz. Das Kind wehrte sich nicht, als sie sanft sein Haar bürstete.

»Und dein Name ist Dallas, stimmt's?« fragte Carrie, ohne innezuhalten. »Das ist ein sehr ungewöhnlicher Name.«

»Mutter hat gesagt, daß ich dort gemacht worden bin.«

»Wie in einer Fabrik?« erwiderte Carrie, ohne nachzudenken, dann räusperte sie sich verlegen und war froh, daß das Mädchen nicht sehen konnte, wie rot sie geworden war. »Oh, ich verstehe. Wie wirst du genannt? Dallie?«

Das Kind schien einen Moment zu überlegen. »Du kannst mich Dallie nennen, wenn du willst.«

Carrie lächelte insgeheim. »Ich freue mich wirklich sehr, daß du mir die Erlaubnis gibst, dich mit einem Namen anzusprechen, den sonst niemand benützt.«

»Wie heißt er?« fragte Dallie und deutete auf Choochoo.

Carrie sagte es ihr. »Ich habe ihm den Namen gegeben, weil er, als mein Bruder ihn mir geschenkt hat, dauernd geniest hat. Das hat so ähnlich geklungen wie ›Choo-choo‹. Es ist wirklich komisch, aber er hat seit diesem ersten Tag nie wieder geniest.«

Als Dallas keine Miene verzog und bedächtig nickte, wurde Carrie das Herz schwer. Es war einfach nicht richtig, daß ein so kleines Kind wie Dallas so ernst war. »So«, erklärte Carrie, »jetzt ist dein Haar sehr hübsch, du hast wundervolles Haar. Möchtest du es dir ansehen?« Als Carrie den silbernen Handspiegel in die Höhe hielt, faßte Dallie danach und betrachtete sich so aufmerksam, als hätte sie ihr Spiegelbild lange nicht gesehen.

»Du bist sehr hübsch«, versicherte Carrie ihr.

Dallie nickte. »Aber nicht so schön wie meine Mutter«, sagte sie und gab Carrie den Spiegel zurück.

Wie merkwürdig, daß ein Kind so etwas sagte, dachte Carrie und sah sich in dem kalten, trübseligen Raum um. »Sollen wir uns um das Abendessen kümmern? Gibt es in diesem Haus irgendwelche Vorräte?«

»Papa hat uns erzählt, daß du uns Abendessen machen würdest. Er hat gesagt, daß du ganz toll kochen kannst und daß du nicht zulassen würdest, daß wir Hunger haben.«

Carrie lächelte. »Dann muß ich mich ja wirklich daran machen, etwas auf den Tisch zu bringen.« Sie stand auf und ging zum Küchenschrank. Sie öffnete alle Türen und erschrak, weil sie kaum etwas Eßbares fand. Als sie den halben alten Brotlaib und die drei Dosen sah, in denen offensichtlich Erbsen waren, wurde sie plötzlich wütend auf Josh. Selbst wenn sie die beste Köchin der Welt gewesen wäre, hätte sie mit diesen spärlichen Zutaten kaum ein anständiges Essen zubereiten können.

Sie suchte auf dem Geschirrbord weiter und entdeckte ein Glas mit selbsteingemachter Erdbeermarmelade. Sie holte das Glas herunter und lächelte. »Heute abend veranstalten wir ein Fest mit Brot und Marmelade. Ich habe ein großes Paket mit chinesischem Tee in meiner Tasche. Unsere Teeparty wird bestimmt sehr elegant.«

»Das können wir nicht essen«, behauptete Dallas und deutete auf das Marmeladenglas. »Papa sagt, daß wir die Marmelade für eine besondere Gelegenheit aufheben sollen. Tante Alice hat sie gemacht und uns geschenkt.«

Carrie strahlte das Kind an. »Jeder Tag ist etwas Besonderes. Es gibt keinen einzigen Tag, an dem es nicht irgend etwas zu feiern gibt, und gerade heute gibt es eine Menge Dinge, die wir feiern können. Ich bin hier angekommen, und du hast eine neue Puppe, Temmie hat auch ein neues Spielzeug, und . . .«

»Er wird es nicht mögen, wenn du ihn Temmie nennst. Er heißt Tem.«

»Oh, ich verstehe. Er ist zu alt für Temmie, habe ich recht?«

Dallas nickte ernst.

»Ich werde versuchen, immer daran zu denken«, versprach Carrie lächelnd. »Aber jetzt sollten wir den Tisch decken.«

Es war offensichtlich, daß das Kind keine Ahnung hatte, was Carrie mit ›Tisch decken‹ meinte. Carrie nahm ihre Reisetaschen vom Tisch und zauberte einen großen schillernden Schal hervor. Die rote Seide mit den pinkfarbenen Tupfen glänzte in dem düsteren

Raum, der nur von einer einzigen Kerze, die auf dem Kaminsims stand, erhellt wurde. Dallas' Augen wurden groß, als sie zusah, wie Carrie ein paar Zeitungen von dem Stapel neben der Feuerstelle nahm und auf dem Tisch ausbreitete, bevor sie den Schal darüberlegte. Als nächstes suchte Carrie nach sauberen Tellern, aber sie hatte kein Glück. Sie sah zwar, daß ein paar Teller im Spülbecken standen, aber sie dachte nicht weiter darüber nach. Zu Hause wurden die schmutzigen Teller aus dem Speisezimmer geschafft, und später brachte jemand das saubere Geschirr zurück, aber was in der Zwischenzeit geschah, wußte Carrie nicht.

Da sie nicht das fand, was sie suchte, kramte Carrie in ihrer Tasche und brachte vier Leinentaschentücher zum Vorschein.

»Wir machen ein Picknick«, kündigte sie an, als sie die Taschentücher auf dem Tisch verteilte und vier silberne Becher aus der Tasche nahm. Wenn sie auf Reisen war, hatte sie immer ein paar bei sich, weil ihre Mutter ihr verboten hatte, aus den Tassen, die andere Menschen benutzt hatten, zu trinken.

Dallas beobachtete alles fasziniert, und als Carrie die vier Silberbecher auf den Tisch gestellt hatte, riskierte das Kind einen Blick in die Taschen, die verzaubert zu sein schienen und wie im Märchen alles, was man sich auf der Welt wünschte, enthielten.

Schon im nächsten Augenblick holte Carrie eine Kristalldose, in der sie normalerweise ihre Haarnadeln aufbewahrte, hervor und wischte sie mit einem sauberen Taschentuch aus, dann füllte sie die Erdbeermarmelade hinein. So etwas hatte Dallas noch nie gesehen, bis jetzt hatten immer die Einmachgläser, Dosen und Töpfe auf dem Tisch gestanden, wenn sie gegessen hatten, und es war ihr gänzlich neu, daß man die Speisen in hübschen Schüsseln oder Schälchen anrichtete. Carrie schnitt das Brot in Scheiben und plazierte es auf einem weiteren Taschentuch in die Mitte des Tisches, dann trat sie einen Schritt zurück, um ihr Werk zu begutachten.

»Sehr hübsch, findest du nicht?«

Dallas nickte sprachlos. Das Kerzenlicht spiegelte sich in den Silberbechern und dem Kristall, und die Farben des Schals schimmerten und leuchteten. Das war der schönste Tisch, den Dallas je gesehen hatte. Und überhaupt – gleich nach dieser Frau, die behauptet hatte, ihre neue Mutter zu sein, nach der Puppe, die sie im Arm hielt, und dem kleinen Hund, war der Tisch das Allerschönste, was Dallas je in ihrem Leben zu Gesicht bekommen hatte.

Als Dallas strahlend zu ihr aufblickte, lächelte Carrie.

In diesem Moment kamen Josh und sein Sohn ins Haus. Carrie bemerkte sofort, daß das Abladen von einigen zwanzig Koffern voll mit Frauenkleidern Joshs Laune keinesfalls verbessert hatte. »Sie sind alle in der Scheune aufgestapelt«, erklärte er mit unbeweglicher Miene. »Natürlich haben wir jetzt keinen Platz mehr für das Pferdefutter, und die Geräte und Werkzeuge mußten wir auch ins Freie schaffen. Wenn es heute Nacht regnet, gibt es eine Katastrophe, aber Ihre Koffer stehen alle im Trockenen und sind sicher.« Er schaute auf den Tisch, den sein Sohn schon seit geraumer Zeit mit offenem Mund anstarrte. »Was soll das sein?«

»Abendessen«, entgegnete Carrie stolz und wartete insgeheim auf sein Geständnis, daß er sich in ihr getäuscht hatte. Er hatte seinen Kindern versprochen, daß sie an diesem Abend ein Essen zubereiten würde, und genau das hatte sie getan. »Die Kinder müssen hungrig sein«, fügte sie hinzu.

Josh nahm stirnrunzelnd das Schälchen mit der Marmelade in die Hand und betrachtete das ordentlich geschnittene Brot, das auf einem mit gesticktem Monogramm versehenen Taschentuch lag. »Brot und Marmelade«, schnaubte er verächtlich. »Das ist nicht unbedingt ein geeignetes Abendessen für Kinder, oder?«

Carrie funkelte ihn wütend an, offenbar war er unfähig, zuzugeben, daß er sie falsch beurteilt hatte. »Ich mußte mich mit dem behelfen, was im Haus war«, versetzte sie. »Niemand, nicht einmal dieses perfekte arbeitsame Wesen, das Sie erwartet haben, hätte aus den spärlichen Vorräten ein Essen kochen können.«

»Wir haben einige Konserven«, beharrte Josh, ohne auch nur einen Zoll nachzugeben. »Sie hätten uns etwas warm machen können. Und weshalb brennt kein Feuer? Hier drin ist es sehr kalt, und Sie hätten wirklich ein wenig einheizen sollen.«

Die Kinder sahen verwirrt von ihrem Vater zu Carrie und wieder zurück. Er hatte ihnen mehrmals eingeschärft, nett zu der Frau zu sein, die zu ihnen kommen und auf sie achtgeben sollte, und jetzt war er selbst alles andere als nett.

Carrie schaute Josh unverwandt an, ohne sich mit einem Wort gegen seine Anklagen zu wehren.

Schließlich schüttelte Josh ungläubig den Kopf. »Jetzt verstehe ich. Sie haben keine Ahnung, wie man eine Dose öffnet, stimmt's? Und ich vermute, daß Sie auch nicht wissen, wie man Feuer macht.«

Er hatte recht, aber Carrie hatte nicht vor, ihm das

zu sagen. Statt dessen ließ sie ihn nicht aus den Augen und blieb schweigend stehen.

Dallas war den Tränen nahe. »Papa, ich *mag* Marmeladebrot«, rief sie. »Möchtest du dir meine neue Puppe anschauen? Du kannst ihr einen Namen aussuchen, wenn du willst, aber es wäre schön, wenn dir Elsbeth gefallen würde.«

Joshs Gesichtsausdruck veränderte sich sofort, als er seine Tochter ansah. Bis jetzt hatte Carrie ihn nur wütend erlebt, seit er herausgefunden hatte, wer sie war – vorher hatte er sie begehrlich betrachtet, aber jetzt wirkte sein dunkles hübsches Gesicht liebevoll – dieses Gesicht kannte sie von der Fotografie. Sie beobachtete, wie sich sein Mund zu einem Lächeln verzog, bevor er sich setzte und fragte, ob er die Puppe sehen könnte. Carrie hörte erstaunt zu, wie genau Dallas ihm die Puppe beschrieb und ihrem Vater die Unterwäsche und die Arme und Beine aus Leder zeigte. Carrie hatte gar nicht bemerkt, daß das Kind das Spielzeug so genau betrachtet hatte.

»Ich denke, daß der Name Elsbeth wunderbar zu ihr paßt«, sagte Josh sanft und strich seiner Tochter über das Haar. Er merkte, daß es frisch gebürstet und ordentlich war, und für den Bruchteil einer Sekunde sah er Carrie dankbar an.

»Ich habe Tem auch etwas mitgebracht«, sagte Carrie und nahm das Segelboot vom Kaminsims, wo sie es abgestellt hatte.

Tem sah es sehnsüchtig an, aber dann drehte er sich zu seinem Vater um, als wollte er erst seine Erlaubnis einholen, ehe er das Geschenk annahm. Carrie merkte es Joshs Gesicht an, daß er etwas dagegen hatte, wenn seine Kinder irgend etwas von ihr annahmen, aber sie spürte auch, daß es ihm viel bedeutete, wenn sie glücklich waren und sich freuten. Lächelnd nickte Josh seinem Sohn zu.

Tem machte zögernd einen Schritt nach vorn und nahm das Boot in beide Hände. Gleich darauf ging er zurück, stellte sich neben seinen Vater und versteckte seine neue Errungenschaft auf dem Rücken, als wagte er nicht, sie genauer zu betrachten. Aber Carrie merkte, daß er mit den Fingern vorsichtig darüberstrich.

»Papa«, meldete sich Dallas wieder zu Wort, »ich habe Hunger.«

Seufzend schaute Josh auf den Tisch und bedeutete seinen Kindern mit einem Nicken, daß sie sich setzen sollten.

»Wenn Sie eine Teekanne haben, könnte ich Tee kochen«, schlug Carrie leise vor. Sie war bereit, Josh all seine Launen zu verzeihen. Dieser Mann, der seine Kinder so liebevoll anschaute, war der Mann, den sie auf dem Foto gesehen und in den sie sich verliebt hatte. Dieses Mannes wegen hatte sie nahzu alle Welt belogen, nur um ihn heiraten zu können.

Aber als sich Josh Carrie wieder zuwandte, wich der zärtliche Ausdruck aus seinem Gesicht. »Sie können Tee kochen?« spottete er. »Vermutlich ist das eine Angelegenheit, die eine feine Dame beherrscht, nicht wahr?« Wütend stand er auf, entfachte das Feuer und setzte einen Eisenkessel mit Wasser auf den Herd. Dann stöberte er in dem schmutzigen Geschirr herum, bis er eine angeschlagene Kanne fand, und stellte sie auf den Tisch.

Alle vier saßen schweigend da, starrten verdrießlich auf die Taschentücher, die sich statt Tellern auf dem Tisch befanden, und warteten darauf, daß das Wasser kochte.

Es ist wirklich lächerlich, dachte Carrie, als sie aufblickte und die drei musterte. Es ist absurd, daß Menschen, die gesund und munter sind, so traurig sein können. Armut und ein heruntergekommenes Haus sind noch lange kein Grund, trübsinnig zu sein.

»Ich habe sieben ältere Brüder«, erzählte sie strahlend, um das entsetzliche Schweigen zu brechen. »Und jeder von ihnen ist so hübsch wie ein Prinz aus einem Märchen. Sie reisen mit ihren Schiffen durch die ganze Welt. Vor einigen Monaten, kurz bevor euer Vater und ich geheiratet haben –« sie ignorierte Joshs bestürzten Blick –, »hat mir mein Bruder Jamie Choochoo aus China mitgebracht. Wollt ihr ein paar Geschichten, die er mir von den Orten, die er besucht hat, erzählte, hören?«

»Ja, o bitte, ja«, rief Dallas, und ihr kleines Gesichtchen flehte förmlich darum, endlich aus dieser schrecklichen Traurigkeit befreit zu werden.

Carrie warf Tem einen Blick zu, und obwohl er sich so gab, als würde ihn das alles nicht sonderlich interessieren, merkte sie, daß seine Augen vor Neugierde blitzten. Schließlich nickte er zustimmend.

Carrie sah Josh an und wartete – dadurch zwang sie ihn, an dem, was sie für Familienleben hielt, teilzunehmen.

»Wenn es den Kindern Spaß macht«, brummte er grimmig.

Mit Begeisterung begann Carrie das zu erzählen, was sie von Jamie über China erfahren hatte, und beschrieb vor allem die Orte, die hübschen Seidenstoffe und die Verzierungen an Häusern und Tempeln. Vielleicht übertrieb sie ein wenig, aber Jamie hatte bestimmt nicht alles preisgegeben, was es zu erzählen gab. Sie beugte sich über den Tisch und berichtete mit einer Stimme, die normalerweise Gruselgeschichten vorbehalten war, von dem Brauch der chinesischen Frauen, ihre Füße so zu binden, daß sie möglichst klein blieben.

Inzwischen kochte das Wasser in dem Kessel. Carrie stand auf, streute ein paar Löffel von ihrem köstlichen Tee in die Kanne und goß Wasser darauf. Dann strich sie dick Marmelade auf die Brotscheiben und reichte sie den Kindern und Josh. Als Carrie von den gebundenen Füßen der Chinesinnen sprach, hörte Josh ihr genauso gebannt zu wie seine Kinder und vergaß, ihr zu sagen, daß er sich sehr wohl selbst bedienen konnte.

Carrie redete unaufhörlich während der Mahlzeit und erzählte sogar ein chinesisches Märchen von einer romantischen Liebesbeziehung, die plötzlich endete. Die unglückliche Frau in dem Märchen wurde zu einem Geist. Als Brot und Marmelade aufgegessen waren, stand sie auf, nahm eine Schachtel mit Pralinen aus ihrer Tasche und gab jedem zwei davon, während sie ihre Geistergeschichte beendete.

Als auch der Tee ausgetrunken war, hörte Carrie auf zu reden, und für einen langen Moment schwiegen alle.

»Toll«, hauchte Dallas und sah Carrie mit riesengroßen Augen an.

»Ist von diesen Geschichten irgend etwas wahr?« fragte Tem und versuchte dabei so skeptisch wie möglich zu klingen.

»Natürlich, alles ist wahr. Meine Brüder waren schon überall auf der ganzen Welt, und sie haben mir noch viel ungewöhnlichere Geschichten erzählt. Ihr solltet erst mal hören, wie es in Indien aussieht oder in den Wüstenländern und Ägypten! Zwei meiner Brüder haben sogar schon einmal gegen angreifende Piraten gekämpft.«

»Piraten!« Tem schnappte nach Luft, aber er versuchte, sich so schnell wie möglich wieder zu fassen.

»Und eincr meiner Brüder war in der Armee und hat gegen Indianer gekämpft, aber er sagt, daß er die Indianer mehr schätzt als die meisten Soldaten. Ich habe einige Dinge dabei, die meine Brüder mir auf ihren Reisen gekauft, gestohlen oder eingetauscht haben.«

»Deine Brüder haben *gestohlen*?« fragte Dallas entsetzt. »Onkel Hiram sagt, daß Stehlen eine Sünde ist.«

»Manchmal ist es eine Sünde, manchmal aber auch nicht«, erklärte Carrie. »Einer meiner Brüder hat einem Sklavenhändler eine hübsche junge Frau gestohlen, aber das ist eine Geschichte, die ich euch an einem anderen Abend erzählen möchte. Jetzt, glaube ich, ist es Zeit, ins Bett zu gehen.«

Wieder herrschte Schweigen, bis Josh sagte: »Ja, natürlich. Es ist höchste Zeit, daß ihr ins Bett kommt. Beeilt euch.«

Carrie sah zu, wie die Kinder ihren Vater umarmten und ihm einen Gutenachtkuß auf die Wange drückten, dann wandten sie sich unsicher, was sie jetzt tun sollten, ihr zu.

»Lauft, ab in die Falle«, rief sie lächelnd und befreite die beiden so aus ihrem Dilemma.

Tem lehnte eine Leiter an die Wand neben dem Kamin, und die beiden kletterten hinauf. Kurze Zeit später hörte Carrie, wie sie in der offenbar winzigen Mansarde herumrumorten, bis sie in ihren Betten lagen.

Carrie lächelte immer noch, als sie sich Josh zuwandte, aber all das Vergnügen und die Freude, die er vor wenigen Augenblicken noch empfunden hatte, waren verschwunden, und sein Gesicht war so ernst, daß Carrie erschrak.

»Ich werde aufräumen«, murmelte sie.

»Das wäre schön, es sei denn, Sie möchten diese Arbeit dem Dienstmädchen, das Sie normalerweise verwöhnt, überlassen.«

Sie knirschte mit den Zähnen und hielt mitten in der Bewegung inne. »Ich würde zu gern wissen, was Sie an mir am meisten stört. Sind Sie wütend, weil ich bis jetzt – entgegen all Ihren Erwartungen – erfolgreich war?«

Sie setzte sich wieder auf den Stuhl, faltete die Hände auf der Tischplatte und sah ihn an. »Ich gebe ja zu, daß es nicht ganz fair war, wie ich die Kinder beeinflußt habe, aber ich finde, Sie sollten mir eine Chance geben. Sie beurteilen mich ganz falsch.«

Einen Moment lang glaubte sie, die Sehnsucht, die ihr von ihrer ersten Begegnung noch so gut in Erinnerung war, in seinen Augen zu sehen, und ihr Nakken kribbelte, aber dann warf er ihr einen kühlen Blick zu. »Ich möchte Ihnen etwas erklären Miss Montgomery, ich . . .« Er hob die Hände, als sie etwas einwerfen wollte. »Also schön, Mrs. Greene. Meine Kinder bedeuten mir mehr als alles andere auf der Welt. Sie sind *alles* für mich, und ich möchte ihnen das Beste bieten, was in meiner Macht steht. Damit meine ich in erster Linie ein geregeltes Leben. Ich möchte, daß sie einen Vater und eine Mutter haben und auf dem Land in der frischen Luft aufwachsen. Ich will, daß sie gut ernährt – mit selbstgekochten Speisen ernährt werden. Um meinen Kindern diese Dinge bieten zu können, würde ich mich auf viele Dinge einlassen. Beispielsweise hätte ich eine Frau, die wie ein Ackergaul aussieht, geheiratet, wenn ich damit sichergestellt hätte, daß die beiden gut versorgt werden. Verstehen Sie?«

»Aber was ist mit Liebe?« fragte Carrie leise. »Spielt denn die Liebe in Ihrem und in dem Ihrer Kinder keine Rolle?«

Er sah ihr direkt in die Augen, als er antwortete. »Ich liebe meine Kinder mehr, als ein Dutzend andere Personen es könnten. Was sie *brauchen*, ist nahrhaftes Essen, ein geputztes Haus und saubere Kleidung.«

»Ich verstehe. Und Sie haben bereits die Entscheidung getroffen, daß ich ihnen nichts von alldem geben kann. Sie kennen mich erst seit ein paar Stunden, aber trotzdem glauben Sie, genau zu wissen, wie ich bin.«

Er bedachte sie mit einem gönnerhaften Lächeln. »Sehen Sie sich doch an. Wieviel hat Sie dieses Kleid, wieviel haben Sie die Perlen, die sie tragen, gekostet? Sie brauchen mir gar nicht zu antworten. Ich habe schließlich ihr Gepäck selbst abgeladen. Halten Sie mich wirklich für so dumm, daß ich glauben könnte, jemand wie Sie würde hier ein glückliches Leben führen können? Hier, in dieser . . .«, er umfaßte mit einer Geste die Umgebung, »in dieser Bruchbude?« Er beugte sich über den Tisch und fuhr fort: »Sie wissen doch, was ich denke, Miss Montgomery, ja, Sie werden immer *Miss Montgomery* bleiben, denn ich habe nicht vor, sie tatsächlich zu meiner Frau zu machen, wenn Sie wissen, was ich meine.«

Unwillkürlich warf Carrie einen Blick auf die Tür zum Schlafzimmer, das sie bis jetzt noch nicht gesehen hatte.

»Genau davon spreche ich«, bestätigte Josh. »Ich bin überzeugt, daß das Ganze für Sie ein großes Abenteuer ist. Vermutlich sind Sie zeit Ihres Lebens verwöhnt und von Ihren fabelhaften Brüdern verhätschelt worden, so daß Sie jetzt der Ansicht sind, Sie könnten alles tun, was Sie sich in den Kopf gesetzt haben. Im Moment bilden Sie sich ein, Sie müßten einem armen Mann und seinen Kindern Wohltätigkeiten angedeihen lassen wie eine gute Fee. Aber was geschieht, wenn Sie uns satt haben? Sind sie nur in unsere Leben getreten, um uns mit Ihren Geschichten zu erfreuen und die Kinder und ...« Er seufzte, »... und die Kinder dazu zu bringen, Sie zu lieben. Vielleicht, wollen Sie erreichen, daß auch ich Ihnen Bewunderung entgegenbringe, ehe Sie zu Ihrem Vater und Ihren faszinierenden Brüdern zurückkehren. Das hatten Sie doch geplant, nicht wahr?«

»Nein«, erwiderte sie heftig und setzte zu einer Verteidigungsrede an, aber er ließ sie wieder einmal nicht ausreden.

»Wie alt sind Sie, Miss Montgomery? Achtzehn? Neunzehn? Allerhöchstens zwanzig, vermutlich.«

Carrie schwieg, offensichtlich hatte er sich alles schon ganz genau zurechtgelegt, und es hatte kaum einen Sinn, ihn von etwas anderem überzeugen zu wollen.

»Sie sind noch nicht alt genug, um viel vom Leben zu kennen oder Erfahrungen gesammelt zu haben. Sie haben sich unsterblich in eine Fotografie verliebt und beschlossen, es einmal mit einer Ehe zu versuchen. Wie aufregend und romantisch es für Sie gewesen sein muß, den weiten Weg in den Westen anzutreten mit hundert Kleidern im Gepäck und ...«

Er brach plötzlich ab und sprang auf. »Zum Teufel, es hat ja gar keinen Zweck, überhaupt darüber zu reden. Sie würden mich in einer Million Jahren nicht verstehen.« Er stöhnte resigniert. »Schön, Miss Montgomery, jetzt werde ich Ihnen sagen, wie alles abläuft. Sie können hierbleiben, bis in einer Woche die Postkutsche wieder durch die Stadt kommt. Dann schicke ich Sie – genauso intakt, wie Sie hier angekommen sind – zu Ihrem Vater zurück. Sie waren so schlau, diese Ehe zu arrangieren, also werden Sie bestimmt keine Schwierigkeiten haben, sie wieder annullieren zu lassen.«

Carrie stand ebenfalls auf. »Sind Sie jetzt fertig? Haben Sie mich und meine Familie jetzt genug beleidigt? Vielleicht sollte ich Ihnen etwas über die Stadt, aus der ich komme, erzählen, damit Sie auch die schlechtmachen können. Es ist wahr, daß meine Familie vermögend ist, aber soweit ich weiß, muß man nicht arm sein, um Liebe zu geben oder zu empfangen. Und ob Sie mir glauben oder nicht, Liebe ist der einzige Grund, der mich hierhergeführt hat. Ich . . .« Sie hielt inne, weil sie ihre Tränen kaum noch zurückhalten konnte. Wenn sie an ihre Hoffnungen dachte, die sie an diesen Mann, in den sie geglaubt hatte, verliebt zu sein, geknüpft hatte, und dann die Wirklichkeit betrachtete, blieb ihr nichts anderes übrig, als zu weinen.

Mit all der Würde, die sie noch aufbringen konnte, nahm sie ihre Reisetasche in die Hand, hob Choochoo hoch und ging auf das Schlafzimmer zu. »Ich werde eine Woche hierbleiben, Mr. Greene – nicht Ihretwegen, aber um der Kinder willen, sie verdienen ein wenig Freude, und vielleicht kann ich ihnen diese Freude in der mir verbleibenden Woche bereiten. Das wäre besser als gar nichts. Am Ende der Woche fahre ich, ganz wie Sie es wünschen, zu meinem Vater zurück.« Sie betrat das Schlafzimmer, blieb aber in der Tür stehen. »Wenn Sie mich in dieser Woche nicht anrühren, dann ist das *Ihr* Verlust.« Nach diesen Worten knallte sie die Tür hinter sich zu.

Es gelang ihr noch genau drei Minuten, ihre Wut aufrechtzuerhalten, dann warf sie sich auf das nicht allzu saubere Bett und weinte bitterlich. Choo-choo schleckte ihr Gesicht ab und war ebenso traurig wie sie.

5. Kapitel

Am nächsten Morgen wachte Carrie so früh auf, daß es ihr vorkam, als wäre noch nicht einmal die Sonne aufgegangen. Sie wachte jeden Morgen früh auf, aber gewöhnlich drehte sie sich dann noch einmal um und schlief weiter, nur heute war alles anders. Sie brauchte einige Zeit, um sich daran zu erinnern, wo sie war. Ihre Augen waren geschwollen, weil sie sich am Abend in den Schlaf geweint hatte, und leichte Kopfschmerzen plagten sie.

Widerstrebend verließ sie das warme Bett, öffnete die Tür und ging ins Wohnzimmer, wenn man diesen Raum überhaupt so nennen konnte. Sie verzog den Mund zu einem Lächeln, als sie sah, daß niemand da war. Gut, dachte sie, ich bin vor ihnen wach. Aber dann entdeckte sie den Zettel auf dem Tisch. Sie konnten doch noch nicht aufgestanden und schon weggegangen sein, oder? Der Tag war kaum angebrochen.

Sie beachtete den Zettel nicht weiter und ging zurück ins Schlafzimmer, während sie sich alle Mühe gab, die armselige Umgebung nicht genauer in Augenschein zu nehmen. Eine Kommode, die so aussah, als würde sie nicht einmal gutes Brennholz abgeben, stand an einer Wand. Darauf lag eine Taschenuhr, die offenbar Josh gehörte. Carrie blinzelte ins grelle Morgenlicht und warf einen Blick auf die Uhr. Acht Uhr. Gütiger Himmel, sie war in ihrem ganzen Leben noch nicht so früh auf den Beinen gewesen. Sogar als sie noch zur Schule mußte, hatte ihr Privatlehrer die erste Stunde nie vor elf Uhr abgehalten.

Sie gähnte, ging in das große Zimmer und nahm den Brief vom Tisch. Als sie Joshs Handschrift erkannte, fühlte sie sich sofort nach Maine und in die Zeit zurückversetzt, in der sie seinen Brief immer und immer wieder gelesen hatte, und später hatte sie sein Schreiben, in dem er sich mit der Fernheirat einverstanden erklärt hatte, ständig bei sich getragen. Carrie setzte sich, nahm Choo-choo auf den Schoß und las Joshs Nachricht.

Liebe Miss Montgomery,

in der letzten Nacht habe ich nicht viel geschlafen, weil ich über unsere Unterhaltung nachgedacht habe – wenn man es überhaupt so nennen kann. Was auch immer geschehen ist, ich bin jetzt überzeugt, daß Sie es gut gemeint haben. Ich glaube, daß Sie tatsächlich nichts Übles im Sinn hatten, und vielleicht haben Sie ja auch recht, und meine Kinder brauchen wirklich mehr als nur anständige Mahlzeiten und saubere Kleider. Aber, was auch immer Ihre Absichten sind, diese Dinge sind wichtig für die Kinder.

Zweimal haben Sie mich gebeten, Ihnen eine Chance zu geben, sich zu beweisen und mir zu zeigen, daß Sie nicht so sind, wie ich Sie beurteile. Ich habe mich dazu entschlossen, Ihnen diese Chance zu geben. Sie werden sich selbst den Beweis liefern, ob Sie fähig sind, für meine beiden Kinder zu sorgen, wie eine Mutter es tun würde. Während des Frühstücks konnten die Kinder kaum den Blick von der Schlafzimmertür wenden. Ich muß also zugeben, daß Sie es ihnen schon jetzt angetan haben, aber ich frage mich, ob Sie die Pflichten bewältigen können, die von einer Farmersfrau erwartet werden.

Ich habe eine Liste erstellt von den Dingen, die in dieser Woche erledigt werden müssen. Wenn Sie damit zu Rande kommen, bin ich bereit, noch einmal über die Zukunft nachzudenken und darüber, ob Sie meinen Kindern eine gute Mutter sein könnten.

Ergebenst
Ihr
Joshua Greene

Nachdem sie den Brief zu Ende gelesen hatte, nahm Carrie den anderen Zettel in die Hand. Ihr Mund blieb offen stehen, als sie die ellenlange Liste betrachtete. Fünf Frauen hätten all diese Dinge nicht in sechs Wochen erledigen können.

Sie lehnte sich zurück, und ihre Augen verengten sich zu Schlitzen. »Du willst also darüber nachdenken, ob ich deinen Kindern eine gute Mutter sein kann«, zischte sie leise. »Kein Wort davon, daß ich deine Frau sein könnte, nur eine Mutter!«

Sie schmiß die beiden Zettel auf den Tisch und kraulte Choo-choos Kopf. »Es ist genau wie in ›Rumpelstilzchen‹. König Joshua stellt unlösbare Aufgaben wie der König im Märchen, der einen Raum mit Stroh gefüllt und dem Mädchen befohlen hatte, Gold daraus zu spinnen. Nur wenn das Mädchen diese Aufgabe erfüllte, würde sie die Frau des Königs werden, und ich werde, wenn ich mich bewähre, die Mutter der Königskinder.«

Carrie sah sich um. Es war kaum zu glauben, aber der Raum wirkte bei Tageslicht noch verwahrloster als im gnädigen Schein einer Kerze. »Ich frage mich wirklich, was sie zum Frühstück gegessen haben. Erbsen?« Carrie schüttelte sich angewidert, stand auf und setzte Choo-choo auf den Boden. »Sollen wir uns aufmachen und unser Rumpelstilzchen suchen?« fragte sie den Hund. »Wir brauchen auch jemanden, der uns dabei hilft, die Aufgaben, die uns der König gestellt hat, zu bewältigen.«

*

Als Mrs. Joshua Greene, geborene Montgomery, eine Stunde später auf Joshs altem Ackergaul durch die Straße von Eternity ritt, trug sie das hübscheste Kostüm, das man westlich vom Mississippi je gesehen hatte. Die kleine Stadt war bei ihrem Anblick wie gelähmt, und alle Einwohner hielten, als sie vorbeikam, mitten in ihren Tätigkeiten inne und starrten dieses zauberhafte Wesen ungläubig an. Ihr Kostüm war dunkelrot und mit schwarzem Samt abgesetzt, und sie trug ein kleines Hütchen mit Schleier, den sie keck über ein Auge gezogen hatte.

»Guten Morgen«, grüßte Carrie jede Person, an der sie vorbeikam. »Guten Morgen.«

Die Leute nickten sprachlos und waren unfähig,

sich zu rühren, als diese atemberaubende modische Erscheinung an ihnen vorbeiritt.

Carrie zügelte den armen alten Gaul vor dem einzigen Laden von Eternity, und der Kaufmann, der gerade die Veranda fegte, riß Mund und Augen auf und starrte sie reglos an. Carrie nickte ihm zu, wünschte ihm einen guten Morgen und betrat das kühle, abgedunkelte Geschäft.

Als der Kaufmann seine Fassung zurückgewann, lehnte er den Besen an die Wand, strich sein Hemd glatt und ging ebenfalls in den Laden.

Carrie hatte es sich inzwischen auf einem Stuhl in der Nähe der hölzernen Verkaufstheke bequem gemacht und streifte ihre Handschuhe ab.

»Was kann ich für Sie tun, Miss . . .«

»Mrs. Greene«, half sie ihm selbstbewußt. »Mrs. Joshua Greene.«

»Ich wußte gar nicht, daß Josh geheiratet hat. Hiram hat mir kein Wort davon erzählt.«

Schon zum zweitenmal hörte Carrie diesen Namen. Sie hatte keine Ahnung, wer Hiram sein sollte, aber das würde sie den Mann nicht wissen lassen. »Es ging alles sehr schnell«, erklärte sie geziert und gab sich alle Mühe, den Eindruck zu erwecken, daß Josh und sie so von der Liebe überwältigt worden waren, daß sie sich sofort verheiratet hatten.

»Ich verstehe«, erwiderte der Kaufmann. »Womit kann ich Ihnen dienen?«

Während dieser kurzen Unterhaltung hatte sich fast die Hälfte der Stadtbewohner entschlossen, einige Einkäufe zu tätigen, und die Menschen drückten sich so leise wie möglich durch die offene Ladentür. Sie stellten sich an der gegenüberliegenden

Wand auf und betrachteten Carrie, als hätten sie eine Zirkusprinzessin vor sich.

»Ich würde gern einiges erledigen«, sagte Carrie.

Josh meinte, daß sie nichts zustande brachte, weil sie nicht wußte, wie man Geschirr abwusch oder Dosen öffnete, aber eine Begabung hatte sie zweifellos: Sie konnte das Geld so ausgeben, daß sie auch wirklich das, was sie wollte, dafür erhielt. Manche Menschen verschleuderten ihr Vermögen, weil sie sich nicht genau überlegten, in welche Dinge sie investieren sollten – sie heuerten beispielsweise unfähige Leute an oder kauften wertlosen Plunder statt Kunstgegenstände.

Nun, Carrie wußte genau, wie sie ihr Geld anlegen mußte und daß sie möglichst viel dafür fordern konnte. In Warbrooke erzählte man sich, daß man für jeden Montgomery arbeiten konnte, nur nicht für Carrie, da sie doppelt so viel Arbeit für die Hälfte des Lohns verlangte. Wenn sie die Leute aus ihren großen blauen Augen ansah, dann überschlugen sie sich fast, um ihr all ihre Wünsche zu erfüllen.

»Ich frage mich, ob es in dieser hübschen Stadt jemanden gibt, der mir helfen kann«, sagte sie unschuldig. »Mein Mann hat mir aufgetragen, einige Arbeiten auszuführen, und ich weiß wirklich nicht, was ich zuerst tun soll.«

Als sie die Liste vorzeigte, die Josh zusammengestellt hatte, pfiff der Ladenbesitzer durch die Zähne und reichte den Zettel weiter, so daß ihn sich alle ansehen konnten.

»Gütiger Himmel, Sie armes kleines Ding«, rief eine Frau, die gerade die Liste in der Hand hielt. »Was, in aller Welt, hat sich Josh nur dabei gedacht?«

Carrie seufzte. »Ich bin erst ganz kurz verheiratet

und habe keine Ahnung, wie man all diese Dinge macht. Ich weiß nicht einmal, wie man eine Dose öffnet.«

»Ich würde Ihnen gern zeigen, wie das geht«, murmelte ein Mann, aber seine Frau stieß ihn sofort mit dem Ellbogen in die Rippen.

»Ich bin zwar nicht in der Lage, all die Dinge zu erledigen, die mein Mann von mir verlangt, aber ich dachte, daß ich jemanden finden könnte, der mir hilft, zurechtzukommen.«

Alle bekundeten ihr Mitgefühl, aber niemand meldete sich freiwillig, das Dach von Joshs Schuppen zu reparieren. Mitleid war eine Sache, aber schweißtreibende Arbeit eine ganz andere.

Carrie löste das Band ihrer prallgefüllten Geldbörse von ihrem Handgelenk. »Mein Vater hat mir ein wenig Geld mitgegeben, als ich mein Heim verließ. Ich dachte, ich könnte vielleicht einige Leute für ihre Unterstützung bezahlen.« Sie öffnete die Börse und schüttete einige Münzen auf ihre kleine Handfläche. »Spielt es eine Rolle, daß ich nur Goldmünzen besitze?«

Die Anwesenden hielten gleichzeitig überrascht die Luft an, doch nur einen Augenblick später brach die Hölle los. Alle drängten sich nach vorn, schubsten sich gegenseitig weg und schrien durcheinander, um Carrie für alles, was sie von ihnen verlangte, ihre Hilfe anzubieten. Sie waren zu ihren Sklaven – oder besser gesagt zu ihren gutbezahlten Bediensteten – geworden.

Carrie erhob sich und ging ans Werk. Mit honigsüßer Stimme erteilte sie ihre Befehle. Zuerst heuerte sie ein halbes Dutzend Frauen an, die den Schweinestall, den Josh ein Haus nannte, von unten bis oben putzen sollten, dann trat sie mit zwei anderen in Verhandlung, die ihr für Joshs dreckiges, angeschlagenes Geschirr drei Rosenbüsche, die vor ihren eigenen Häusern wuchsen, neben Joshs Häuschen pflanzen sollten.

Sie kaufte fast jeder Frau selbsteingemachtes Obst und Gemüse ab, und sie erstand auch einige frische Nahrungsmittel. Mit Mrs. Emmerling machte sie aus, daß sie täglich für die Familie Greene kochen und die Mahlzeiten zu ihnen bringen sollte. Für diesen Dienst bezahlte Carrie einen Monat im voraus.

Als sie sich genügend weibliche Unterstützung gesichert hatte, wandte sie sich den Männern zu. Sie stellte sicher, daß das Dach und die Scheune repariert wurden und ein Schreiner sich die Haustür ansah. Als sie fragte, ob zufällig jemand vorhatte, seine eigene Veranda zu erneuern, und die alte vor Joshs Haus aufbauen könnte, entstand ein erbitterter Streit zwischen den Männern, weil alle ihre Veranda zur Verfügung stellen wollten. Carrie entschied sich für eine mit weißen Pfosten, und das brachte sie auf die Idee, das Haus frisch streichen zu lassen.

»Wann soll denn das alles fertig werden?« fragte einer der Männer.

Carrie lächelte süß. »Für jede Arbeit, die heute bei Sonnenuntergang fertig ist, zahle ich zwölf Prozent mehr Lohn, als wir ausgemacht haben.«

Ungefähr zwanzig Menschen versuchten gleichzeitig aus dem Laden zu stürmen.

»Jetzt«, sagte Carrie und wandte sich dem Kaufmann zu, »möchte ich noch einige Besorgungen machen.«

Sie kaufte von jeder Konserve, die er vorrätig hatte, eine, entschied sich für Schinken, Speck und Mehl und nahm alles mit, was ihr die Frau des Kaufmanns empfahl. Lächelnd, als ob sie genau wüßte, was sie tat, suchte sie sich einen Dosenöffner aus, ein merkwürdiges Gerät, mit dem sie überhaupt nichts anfangen konnte, und kaufte einen Herd, auf dem, wie der Kaufmann behauptete, jeder kochen konnte. Carrie hatte selbst die Vorhänge und Fensterscheiben nicht vergessen, die am Nachmittag ein Handwerker anbringen sollte.

Während der ganzen Zeit kamen Leute in den Laden, die Carrie irgend etwas zum Kauf anboten – Eternity war eine arme Stadt, und die Bewohner mußten jede Gelegenheit, Geld zu verdienen, nutzen. Carrie erstand Teppiche, noch mehr Rosenbüsche, ein solides Küchenbuffet aus Eichenholz, vier intakte Stühle, die sie gegen Joshs alte eintauschte, Decken, Kissen und Bettwäsche sowie Geschirr und versilbertes Besteck, das ihr ein Witwer anbot. Zum guten Schluß fand sie noch eine Frau, die sich bereit erklärte, sich einmal in der Woche um die Wäsche der Greenes zu kümmern.

Als ein Fuhrwerk mit der Habe einer Familie, die von Eternity wegzog, vor dem Laden hielt, kam Carrie auf die Idee, ihnen ihre Badewanne abzukaufen.

Etwa um zwei Uhr ritt Carrie durch die Stadt, die jetzt wie ausgestorben wirkte, zurück. Die meisten Bewohner von Eternity waren längst bei der Arbeit, um Joshs Haus zu verschönern. Als zwei junge starke Burschen, die offenbar das ganze Spektakel versäumt hatten, auf Carrie zukamen und fragten, ob sie nicht noch einen Auftrag für sie hätte, schickte sie sie in die Berge, um vier junge Bäume zu holen, die sie dann auf Joshs Hof pflanzen sollten.

Es war fast drei Uhr, als Carrie wieder in Joshs Haus war. Um sie herum herrschte das reinste Chaos: Die

Frauen putzen und pflanzten, die Männer führten die Reparaturarbeiten aus und strichen die Wände. Alle hatten es eilig, und sie stritten um das Handwerkszeug, nur um schneller fertig zu werden und das versprochene Geld in Empfang nehmen zu können.

Carrie ließ sich am Rand des Geschehens nieder, aß ein Butterbrot und fütterte Choo-choo mit einigen Bissen. Eine Weile später bezahlte sie die Leute, die ihre Aufgaben schon erfüllt hatten. Sie machte sich keine Sorgen, daß sie betrogen wurde, denn die Leute schauten sich gegenseitig sehr genau auf die Finger.

Es war Sommer, deshalb ging die Sonne ziemlich spät unter, und als der westliche Horizont in rotem Licht glühte, war das Haus nicht mehr wiederzuerkennen. Rauch kräuselte sich aus dem reparierten Kamin, und obwohl es überall nach frischer Farbe roch, verbreitete sich das Aroma von gebratenem Fleisch im Haus.

Es war schon fast dunkel, als die letzte erschöpfte Hilfskraft den Lohn entgegennahm und das Haus verließ. Zum Glück hatten sich Josh und die Kinder noch nicht sehen lassen. Carrie stand auf und ging ins Haus. Sie sehnte sich nach einem langen heißen Bad, und das hatte sie sich auch nach diesem anstrengenden Tag verdient. In weiser Voraussicht hatte sie jemanden gebeten, Wasser heiß zu machen und die Eimer neben der Badewanne, die die Arbeiter ins Schlafzimmer gebracht hatten, abzustellen, so daß sie kaum mehr tun mußte, als sich auszuziehen. Aber schon allein diese Aufgabe konnte sie kaum allein bewältigen. Sie plagte sich mit all den Knöpfen und Haken, aber schließlich konnte sie sich in der warmen Wanne entspannen.

Sie seufzte wohlig und lächelte. Sie freute sich

schon darauf, daß Josh sie um Verzeihung bitten mußte, weil er sie falsch eingeschätzt hatte.

6. Kapitel

Als Josh mit den Kindern – alle saßen auf einem Pferd – auf die Lichtung kam, hielt er an und starrte staunend auf die Szenerie. Im ersten Moment glaubte er, daß er den falschen Weg genommen hatte, und wendete sein Pferd, aber dort an der Ecke stand die Espen-Gruppe, die er kannte, und in der Nähe sah er auch den alten Zaunpfosten – er war richtig. Er drehte erneut um, ritt auf das Haus zu und hielt vor der Tür an.

Der Mond spendete ein fahles Licht, und das kleine Gebäude schimmerte und glänzte. Das war nicht der Schuppen, den er am Morgen verlassen hatte. Dieses Haus hatte eine Veranda, war weiß gestrichen und nicht mehr grau und trist, und Rosen wuchsen neben dem Eingang. In den Fensterhöhlen blitzten und funkelten echte Glasscheiben.

»Ob uns eine gute Fee besucht hat?« fragte Dallas und rieb sich die Augen, weil sie den Verdacht hatte, daß sie das alles nur träumte.

»Etwas in der Art wird's wohl gewesen sein«, brummte Josh und biß die Zähne aufeinander. »Eine gute Fee mit viel Geld. Mit Geld, das ihrem *Vater* gehört.«

Josh half den Kindern vom Pferd und öffnete die Haustür – eine Tür, die in frischgeölten Angeln hing und sich ganz leicht öffnen ließ.

Im Wohnzimmer standen mehrere brennende Kerzen und Laternen, und an der Wand befand sich ein neuer Herd, der aussah, als wäre er sehr teuer gewesen. Die einst grauen Bretterwände waren mit einer schimmernden Tapete, die mit einem Rosenmuster bedruckt war, beklebt. Auf dem Boden lagen Teppiche, es gab neue Möbel, und der Tisch war mit einem Tischtuch und hübschen Porzellantellern gedeckt.

»Es ist ein Märchenschloß«, hauchte Dallas, und Josh zuckte zusammen. Das Kind war noch so klein, daß es sich nicht mehr daran erinnerte, daß sie nicht immer in dieser Bruchbude gelebt hatten. Und es wußte auch nicht mehr, daß die Mahlzeiten früher üppiger gewesen waren. Dallas konnte sich nicht mehr daran erinnern, daß ihr Vater einmal glücklicher und alles andere als ein Außenseiter gewesen war und ihr alles, was sie brauchte, hatte bieten können.

Als Josh seinen Sohn ansah, merkte er, daß Tem ebenso beeindruckt von all den neuen Dingen war, und er wurde ärgerlich, weil er nicht derjenige gewesen war, der den Kindern diese alltäglichen Dinge wie gutes Essen und ein hübsches, gepflegtes Heim möglich gemacht hatte. Statt dessen war eine reiche hohlköpfige Person mit dem Vorsatz, die arme Familie aus den Bergen mit Wohltätigkeiten zu überschütten, in ihr Leben getreten. Sie war bestimmt sehr zufrieden mit sich, weil sie die gute Fee, wie Dallas sie nannte, spielen konnte. Wenn Carrie abreiste, konnte sie sich immerhin rühmen, ein gutes Werk vollbracht und eine armselige Familie für eine Woche glücklich gemacht zu haben. Auf diese Weise brauchte sie kein schlechtes Gewissen zu haben, wenn sie sie wieder verließ, und alle Schuldgefühle waren ausgelöscht, denn sie wußte ja, daß sie für die armen Geschöpfe so viel getan hatte. Aber Josh hatte dann die Pflicht, seine Kinder zu trösten, wenn sie ihr nachtrauerten und weinten, weil sie sie verlassen hatte.

Er warf einen Blick auf die geschlossene Schlafzimmertür, preßte die Lippen zusammen und drehte den Türknauf. In dem Augenblick, in dem er die Tür aufgerissen hatte, verflog sein Ärger – die kleine Wohltäterin saß in der Badewanne, bis zum Hals mit duftendem Schaum bedeckt. Ihr Gesicht war von dem heißen Wasser gerötet, und ihr langes Haar hatte sie sich lose auf dem Kopf festgesteckt, so daß sich die Locken wild um ihr Gesicht kräuselten. Ihre Brüste schimmerten hell und rein in dem Badeschaum, der kaum verhüllte. Josh rührte sich nicht von der Stelle und brachte kein Wort heraus.

»Guten Abend«, sagte Carrie lächelnd und schob eine Locke aus ihrem Gesicht. Wieder lag dieser sehnsüchtige Ausdruck in seinen Augen, und es tat so gut, einmal nicht seine hochmütige oder wütende Miene sehen zu müssen. »Hatten Sie und die Kinder einen schönen Tag?« fragte sie, als säßen sie im Wohnzimmer bei einer Tasse Tee. Carrie registrierte, daß Joshs abgetragene Arbeitskleidung schmutzig war, und dachte daran, wie gut ihm der Anzug im Vergleich zu diesen Lumpen gestanden hatte. Manche Männer sahen in Drillichhose und Baumwollhemd gut aus, aber zu Josh paßten sie nicht, und er sah eher so aus, als hätte er sich verkleidet, um ein anderer zu sein.

Während Josh noch darum kämpfte, die Kontrolle über sich zurückzugewinnen, wurde ihm klar, daß sein Leben ganz anders verlief, als es sollte. Schon lange hatte ihn keine Frau mehr in ihrer Badewanne begrüßt, und er war nicht mehr so frei und ungezwungen, mit einer solchen Frau zu tun, was er sich wünschte. Jetzt war er ein ernster Mann, der Verantwortung trug – ein Vater –, und er mußte sich mit ernsthafteren Dingen befassen. Er durfte nicht das tun, was er in diesem Augenblick am liebsten getan hätte, nämlich die Tür zu schließen und zu dieser verführerischen, zauberhaften Frau in das schaumige Wasser klettern.

Er straffte seine Schultern. »Ich würde gern mit Ihnen reden«, verkündete er, so streng es ihm möglich war. In diesem Moment fiel ihr eine feuchte Locke über ein Auge, und Carrie versuchte, sie mit einer seifigen Hand wegzustreichen. Sie wird Seife ins Auge bekommen, dachte Josh, man müßte ihr helfen.

Dallas stürmte ins Schlafzimmer und blieb verwundert stehen. Auch hier waren Tapeten an den Wänden, und ein neues Messingbett mit weichen Daunendekken stand unter dem kleinen Fenster. »Es ist wunderschön«, schwärmte Dallas.

Carrie lächelte. »Ich bin so froh, daß es dir gefällt, aber ich fürchte, dein Vater ist nicht damit einverstanden.«

Dallas betrachtete ihren Vater ungläubig. »Aber es ist doch wirklich wunderbar«, rief sie mit tränenerstickter Stimme. »Dürfen wir das alles behalten?«

Josh nahm seine Tochter in die Arme. »Natürlich werden wir es behalten. Wir können ja die Tapeten nicht von den Wänden kratzen.« Er spähte über Dallas' Schulter und funkelte Carrie wütend an, die unbeeindruckt lächelte.

Carrie musterte Dallas und Tem, der hinter seinem Vater stand und vorsichtig ins Zimmer spähte. »Vielleicht solltet ihr Kinder jetzt ins Wohnzimmer gehen, ich glaube euer Vater möchte mit mir sprechen.«

Josh hatte ihr tatsächlich etwas zu sagen, eine ganze Menge sogar, aber er hatte nicht vor, mit ihr allein zu sein, solange sie in der Badewanne saß. So wie er sie einschätzte, war sie imstande, plötzlich aufzustehen und ihn um ein Handtuch zu bitten. Wenn das geschah, dann war er verloren, das war ihm klar. »Was ich Ihnen zu sagen habe, kann warten«, sagte er so schroff wie möglich und stellte Dallas auf den Boden.

Die Kleine ging zur Badewanne, berührte mit einer Hand den Schaum und sah Carrie fragend an.

»Das kommt vom Badesalz«, erklärte Carrie. »Es stammt aus . . .«

»Lassen Sie mich raten«, warf Josh sarkastisch ein. »Frankreich. Einer Ihrer geliebten Brüder hat es Ihnen mitgebracht.«

»Das stimmt, Sie haben recht, er hat mir noch dazu sechs neue Kleider geschenkt«, entgegnete sie zuckersüß. Sie dachte gar nicht daran, ihre Brüder gegen den Spott dieses Mannes zu verteidigen.

»Wie wunderbar für Sie, daß Sie im Wohlstand aufgewachsen sind. Der Rest der Bevölkerung lebt wie Sklaven und muß für seinen Lebensunterhalt arbeiten, und . . .« er sah sich im Zimmer um, » . . . wir müssen Geld verdienen, um uns Teppiche, Tapeten und Kleidung kaufen zu können.«

Carrie strahlte ihn an. »Mir scheint, daß es die Pflicht der Reichen ist, ihr Vermögen mit anderen zu teilen, meinen Sie nicht?«

»Vielleicht, aber für Almosen haben wir nicht viel übrig.«

Carrie konnte nicht zulassen, daß er sie in Rage brachte. Im Grunde hätte sie ihn gern daran erinnert, daß sie verheiratet waren und daß das, was ihr gehörte, genauso ihm zur Verfügung stand. Sie hatte all das, was sie heute vollbracht hatte, schließlich für ihre eigene Familie getan, und wenn sie nicht hätte fürchten müssen, daß sie seinen Stolz zu sehr verletzte, hätte sie sogar ein Haus in der Stadt gekauft – es stand zufälligerweise ein sehr hübsches zum Verkauf –, aber sie hatte sich dafür entschieden, lieber sein eigenes Heim zu verschönern.

Sie schluckte ihren Zorn über seine Ungerechtigkeit hinunter und bot statt dessen Dallas an, zu ihr in die Wanne zu kommen. Das kleine Mädchen sah seinen Vater flehentlich an, und als er kaum merklich nickte, zog es sich, so schnell es konnte, aus, und Josh hob es ins warme Wasser. Während es sich Dallas bequem machte und freudig jauchzte, stellte Carrie zufrieden fest, daß Josh düster die Stirn runzelte, ehe er sich abwandte und den Raum verließ.

Als Josh die Tür schloß, atmete er befreit auf, aber seine Erleichterung währte nicht lange, als er sich in dem vollkommen veränderten Wohnzimmer umsah. Alles hier trug Carries Stempel. Wo er auch hinsah, erkannte er ihre Handschrift, und als er Tem einen Blick zuwarf, der den großen Topf, der auf dem Herd stand, anstarrte, wußte er, daß sein Sohn ebenso dachte wie er. Tem zuckte schuldbewußt unter dem Blick seines Vaters zusammen. Der Junge ahnte, daß es seinem Vater nicht recht war, wenn er sich darüber freute, was Carrie für sie getan hatte.

Josh ging zum Kamin. Das Feuer knisterte munter, und keinerlei Rauchschwaden waren im Zimmer – Carrie hatte offensichtlich den Schornstein ausputzen lassen. Unwillkürlich ließ sich Josh in einem der beiden neuen Schaukelstühle nieder, die vor dem Feuer standen, lehnte sich an das hübsch gemusterte Kissen und betrachtete seine neue Umgebung mit einer gewissen Freude, die er sich eigentlich selbst nicht gestatten wollte. Tem, der seinen Vater beobachtet hatte, nahm vorsichtig auf dem anderen Schaukelstuhl Platz.

Josh schloß die Augen, und träumte davon, daß sein

Leben ab jetzt tatsächlich so verlief, wie er es sich vorgestellt hatte. Er hörte seine Frau und seine Tochter im Schlafzimmer herumplanschen, und ihr Lachen erfüllte den Raum – und ihn – mit Wärme. Essensduft lag in der Luft, und der Topf mit dem Eintopf brodelte auf dem Herd, in dem ein lustiges Feuer brannte. Josh drehte sich seinem Sohn zu, der es sich in dem Sessel gemütlich gemacht hatte, und erkannte, daß er sich alles genauso erhofft hatte. Von einem solchen Leben hatte er geträumt, als er den Brief geschrieben hatte, in dem er um eine Frau, die kochen, saubermachen und Farmarbeit leisten konnte, gebeten hatte. Er hatte das Beste für seine Kinder gewollt und hätte sein eigenes Glück geopfert, nur um ihnen das zu verschaffen, was sie brauchten.

Aber er war sich nur allzu bewußt, daß das alles nur eine Illusion war, das war nicht die Wirklichkeit, und es würde nicht lange Bestand haben. Josh merkte, daß Tem schon halb in dem Schaukelstuhl schlief, und dachte daran, daß er die Tränen seiner Kinder trocknen und ihnen neuen Mut machen mußte, wenn Carrie das Leben auf einer Farm langweilig wurde und sie sie verließ. Josh hatte dann die Pflicht, den beiden zu erklären, wie selbstsüchtig manche Erwachsene sein konnten, und er war sicher, daß er diese Aufgabe diesmal genauso gut bewältigen könnte wie damals, als ihn die Mutter der Kinder im Stich gelassen hatte.

Josh sah auf, als sich die Schlafzimmertür öffnete und Dallas in einem sauberen weißen Baumwollnachthemd, das sicherlich heute morgen noch im Regal des Kaufmanns gelegen hatte, erschien. Wieder machte sich Wut in Josh breit. Es war schon lange her, seit er das letzte Mal so viel Geld besessen hatte, um seinen Kindern Geschenke machen zu können.

Aber Josh vergaß seinen Ärger, als er Carrie in ihrem altrosafarbenen Seidennachthemd, über dem sie einen Morgenrock aus Kaschmir trug, sah. Ihre feuchten Lokken fluteten über ihren Rücken. Josh schluckte schwer bei ihrem Anblick, und seine Hände umklammerten die Armlehnen des Schaukelstuhls so fest, daß seine Knöchel weiß hervortraten. Mehr als alles andere in der Welt wünschte er sich, er könnte diesen Seidenstoff von ihren Schultern streifen und ihren frischen weißen Hals küssen.

»Und jetzt«, sagte Carrie und hielt zwei Schildpattkämme in die Höhe, »frisieren uns die Männer.« Sie sah von Josh zu Tem, dann wieder zu Josh und lächelte, als sie sein langes Gesicht musterte.

Tem protestierte. »Das kann ich nicht tun. Das ist doch nur was für Mädchen.«

Josh befahl seinem Sohn, still zu sein. »Es gibt keinen vernünftigen Grund, der dagegen spricht, daß du deiner Schwester das Haar kämmst.«

Dallas strahlte, als sie es sich zwischen den Knien ihres Bruders bequem machte und er vorsichtig ihr feuchtes Haar entwirrte.

Carrie stand noch immer in der Tür und hielt Josh auffordernd den Kamm hin.

»Ich glaube nicht ...«, begann Josh, hielt aber inne, als er Tems fragenden Blick bemerkte. Es war klar, daß er sofort aufhören würde, Dallas zu kämmen, wenn sich sein Vater nicht mit Carries Haar beschäftigte.

Carrie ging zu Josh, reichte ihm den Kamm und setzte sich auf den Boden zwischen seine Knie. Obwohl sich Josh nach Kräften bemühte, nur mit ihren Haarsträhnen und nicht mit ihrer Haut in Kontakt zu kommen, wurden Carrie bei seiner ersten Berührung zwei Dinge klar: Sie spürte erstens, daß die Luft zwischen ihnen vibrierte, und zweitens merkte sie, daß er nicht zum erstenmal das Haar einer Frau frisierte. Er zog den Kamm so geschickt und vorsichtig durch ihre verwirrten Locken, daß er seine Erfahrung in diesen Dingen nicht verbergen konnte.

Carrie beobachtete Tem aus den Augenwinkeln und sah, daß er seinem Vater sehr genau zuschaute, um zu lernen, was er tun mußte. In diesem Augenblick berührte Joshs Hand versehentlich ihre Stirn, und Carrie vergaß augenblicklich alles andere. Sie lehnte sich an ihren Mann, schloß die Augen und hielt den Atem an, als sie fühlte, wie ihr Körper bebte.

Josh strich ihr das Haar aus dem Gesicht, und als seine Fingerspitzen ihre Wange streiften, erstarrten beide. Nach einer Weile drehte Carrie ihren Kopf ein wenig, und Joshs Finger berührten federleicht ihren Mundwinkel. Carrie verspürte ein seltsames inneres Zittern, und nach ein paar endlos scheinenden Sekunden faßte sie sich ein Herz und hauchte einen Kuß auf seine Fingerkuppe.

Josh fuhr langsam die Konturen ihrer Lippen nach. Carrie öffnete ihren Mund ein wenig, und Josh strich über die Innenseite ihrer Lippen und die Zähne.

»Josh«, flüsterte Carrie atemlos und knabberte vorsichtig an seinen Fingerspitzen, dann küßte sie seine Handfläche und liebkoste sein Handgelenk.

Er beugte den Kopf, bis sein Mund an ihrem Ohr war, und sein Atem, der warm über ihre Haut strich, erregte Carrie mehr als alles andere.

»Toll«, sagte Dallas und sah den Erwachsenen mit kugelrunden Augen zu.

Plötzlich wurde sowohl Carrie als auch Josh bewußt, wo sie sich befanden. Josh unternahm den Versuch, sich so weit wie möglich von Carrie zu entfernen, aber sie ließ es nicht zu – sie lehnte sich an sein Knie, und ihm blieb nichts anderes übrig, als sich wieder ihrem Haar zu widmen.

Tem und Dallas starrten sie immer noch verblüfft an, und Carrie bemühte sich, ein mütterliches Lächeln zustande zu bringen. »Manchmal tun verheiratete Leute . . .«, begann sie.

»Schweigen Sie«, schnitt Josh ihr das Wort ab. »Gibt es heute abend denn überhaupt etwas zu essen? Hier, ich denke, Ihr Haar ist schön genug gekämmt.« Er sah Tem an. »Was ist mit deiner Schwester?«

Tem war immer noch sprachlos vor Staunen. Er wußte, daß sich etwas Wichtiges zwischen den Erwachsenen abgespielt hatte, aber er hatte keine Ahnung, was das bedeuten sollte.

»Hast du deine Schwester fertig gekämmt?« erkundigte sich Josh mit lauter scharfer Stimme, um Tem aus der Erstarrung zu reißen.

»O ja«, murmelte Tem und sah seinen Vater an.

»Sehr schön, dann können wir ja essen.« Josh fuhr noch einmal beinahe geschäftsmäßig mit dem Kamm durch Carries Locken. »Das Essen ist doch fertig, oder?«

»Natürlich«, erwiderte Carrie freundlich und begann, als hätte sie ihr Leben lang nicht anderes getan, ihrer Familie das Essen zu servieren. Fast wie am Abend zuvor bestritt Carrie die Unterhaltung während der Mahlzeit allein, aber heute fiel es ihr leichter, weil die Kinder Fragen stellten und, statt ihr Interesse an dem, was sie von den Reisen ihrer Brüder erzählte, zu verbergen, zeigten sie ihre Neugier ganz offen.

Später, als die Kinder gute Nacht wünschten, schlang Dallas die Arme um Carries Hals und küßte sie ebenso wie ihren Vater. Tem stand verlegen daneben und vergrub die Hände in den Taschen seiner schmutzigen Hose.

»Komm schon«, knurrte Josh barsch und deutete mit dem Kopf auf Carrie, was offenbar soviel war wie eine Erlaubnis, ihr einen Kuß zu geben.

Schüchtern beugte sich der Junge vor und drückte einen raschen Kuß auf Carries Wange. Er war ein wenig rot geworden, aber sein Lächeln wirkte selbstsicher und auch ein wenig stolz, als er die Leiter hinaufhuschte.

Als die Kinder weg waren, herrschte tiefes Schweigen im Wohnzimmer. Josh stand auf und ging zum Kamin, um stumm in die Flammen zu starren. Carrie räumte den Tisch ab und stellte das schmutzige Geschirr in die Spüle. Sie hatte keine Ahnung, was sie jetzt damit anfangen sollte, und ganz bestimmt auch keine Lust, es zu lernen. Sie mochte schöne Dinge, und dreckiges Geschirr war beileibe nichts Schönes.

Schließlich wandte sie sich Josh zu. »Möchten Sie mit mir hinausgehen?« fragte sie.

»Weshalb?« erkundigte sich Josh argwöhnisch. Er hatte die Arme vor der Brust verschränkt und machte den Eindruck, als wäre er wild entschlossen, keinerlei Gefühle mehr preiszugeben.

»Draußen können Sie mich anschreien. Ich habe doch deutlich gespürt, daß Sie sich nichts mehr gewünscht haben, als Sie nach Hause kamen. Sie haben das doch inzwischen nicht vergessen, oder? Vielleicht haben Sie ja auch Ihre Meinung geändert, oder Sie wollen mir hier im Haus eine Standpauke halten, wo unsere Kinder alles mitanhören können.«

»Meine Kinder.«

»Also, wollen Sie, daß sie zuhören?«

Josh ergriff Carries Arm und zerrte sie aus dem Haus in die kühle, sternenfunkelnde Nacht.

Sie strebte dem Schutz der Bäume zu, aber Josh blieb wie angewurzelt stehen. Sie kehrte zu ihm zurück und seufzte. »Also, ich bin bereit.«

»Was Sie getan haben, war falsch«, fing er an. »Sie haben mich vor der ganzen Stadt lächerlich gemacht.«

»Ich glaube eher, daß die Leute Sie für einen beneidenswert glücklichen Mann halten, aber sie haben ja auch keinen so tiefen Einblick in meinen Charakter, wie Sie ihn zu haben glauben«, entgegnete sie höhnisch.

»Ihr Charakter hat mit all dem nichts zu tun. Sie hätten ebensogut allen erzählen können, daß ich nicht in der Lage bin, selbst für meine Familie zu sorgen.«

»Sie lieben Ihre Kinder mehr als sonst jemand, den ich kenne. Sie scheinen nur nicht genügend Geld zu besitzen, um ihnen mehr zu bieten. Ich hingegen habe mehr Geld als Liebe.«

Josh wußte nicht, ob er sie erwürgen oder anbrüllen sollte. Es war ganz gleichgültig, was er sagte, sie schien nie richtig zuzuhören, und erst recht begriff sie nicht, was er meinte. Als er erneut zu sprechen begann, klang seine Stimme gefährlich ruhig. »Ein Mann muß das Gefühl haben, daß er seine Familie nähren und kleiden kann und daß seine Frau ... ich meine, seine ...«

»Ja, nur zu. Was bin ich für Sie, wenn nicht Ihre Frau?«

Er schwieg.

Carrie seufzte wieder. »Schön, König Joshua, ich habe meine erste Aufgabe erfüllt – nicht ganz nach den Regeln, das gebe ich zu, aber ich habe alles getan, was Sie von mit verlangt haben. Wie sieht die zweite Aufgabe aus, die Sie mir stellen? Ich hoffe, daß es nicht mehr als drei sein werden.«

Josh sah sie verwirrt an.

»In den Märchen werden den Prinzessinnen immer drei Aufgaben gestellt«, erklärte Carrie. »Heute morgen haben Sie mir eine Liste von Arbeiten gegeben, die ein einzelner Mensch niemals hätte ausführen können, aber ich habe es fertig gebracht, daß alles erledigt ist – natürlich mit Hilfe von Rumpelstilzchen. Mein Rumpelstilzchen waren die Bewohner von Eternity. Also, Sire, wie sieht meine zweite Aufgabe aus?«

Josh zog eine Grimasse, als ihm klarwurde, was sie meinte. »Es ist genauso, wie ich vermutet hatte. Für Sie ist das alles nur ein großer Spaß, und wenn Sie nach Maine zu Ihren Freunden zurückkehren, dann haben Sie viel zu erzählen und können Sie zum Lachen bringen.«

»Und *Sie* scheinen alles im Leben trübsinnig zu finden. Was muß ich tun, um sie von der Aufrichtigkeit meiner Absichten zu überzeugen?« Sie hielt inne. »Nein, warten Sie. Eine Sache habe ich bei der Geschichte von Rumpelstilzchen nie verstanden: Mir ist schleierhaft, warum die junge Frau den König überhaupt zum Mann haben wollte. Er hat ihr doch angedroht, sie zu töten, wenn sie das Stroh nicht zu Gold spinnen könnte. Wie konnte sie glücklich sein, wenn sie an der Seite eines solchen Widerlings leben mußte?«

»Es gibt kein Glück nach solchen Ereignissen, das versuche ich ja die ganze Zeit, Ihnen zu erklären.«

»Mag sein, daß Sie nicht daran glauben, aber ich tue es«, versetzte Carrie heftig. »Und ich bin sicher, daß ich glücklich werde. Ich bitte Sie vielmals um Entschuldigung, Mr. Greene, daß ich Ihnen so übel mitgespielt, sie angelogen und geheiratet habe. Da Sie dem Geld offenbar eine so große Bedeutung beimessen, bitte ich Sie, das, was ich für Ihr Haus angeschafft habe, als Wiedergutmachung für meine Machenschaften anzusehen. Wenn Sie mich jetzt bitte entschuldigen wollen, ich muß meine Sachen packen.«

Bevor sie ins Haus laufen konnte, ergriff Josh ihren Arm. »Mitten in der Nacht können Sie nirgendwohin gehen.«

»O doch, ich kann. Wenn Sie mir Ihr Pferd borgen, reite ich in die Stadt. Nachdem ich heute so viel Geld an die Stadtbewohner bezahlt habe, wird mir sicherlich jemand ein Bett für die Nacht zur Verfügung stellen. Denken Sie nur daran, Sir, wie zufrieden Sie sein können, wenn Sie Ihren Kindern erzählen, daß ich fort bin. Sie können Ihnen eine wertvolle Lektion über die Untreue der Frauen erteilen.«

»Carrie«, sagte Josh und streckte die Hand nach ihr aus.

»Oh, Sie kennen also meinen Namen? Ich hatte ja keine Ahnung, daß ich das überhaupt wert bin. Ich war doch tatsächlich der Meinung, daß ich für Sie nur Miss Montgomery bin. Aber jetzt, nach allem, was geschehen ist, wird mein Name das einzige sein, was Sie von mir kennenlernen werden.«

Als Carrie über die Veranda marschierte und die Tür aufriß, sahen ihr zwei blasse, erschrockene Kindergesichter entgegen. Offensichtlich hatten sie jedes Wort ihrer Auseinandersetzung gehört.

»Du gehst doch nicht weg?« fragte Dallas mit tränenerstickter Stimme.

Nach einem kurzen Blick auf Josh, dessen Gesicht auszudrücken schien: ›Habe ich's nicht gleich gesagt?‹, entschied sich Carrie, den Kindern die ganze Wahrheit zu sagen. Sie hatte schon oft darüber nachgedacht, daß Erwachsene den Kleinen Angst einjagten, wenn sie behaupteten, daß es Dinge gab, für die sie zu jung seien. Wenn sie Bescheid wußten, konnten sie vielleicht alles besser verstehen.

»Wenn ihr euch brav hinsetzt und mir zuhört, werde ich euch alles erklären«, sagte sie.

Genau wie sie es vorausgesehen hatte, erhob Josh Einwände, aber sie wies ihn wütend zurecht. »Ob es Ihnen gefällt oder nicht, ich bin vor dem Gesetz ein Teil dieser Familie.«

Die Kinder setzten sich an den Tisch und hörten Carrie schweigend zu. Sie erzählte ihnen ganz genau, weshalb und wie sie zu ihnen nach Eternity gekommen war.

»Du hast uns auf dem Bild gesehen und mochtest uns sofort?« fragte Dallas.

»Ja«, antwortete Carrie. »Aber jetzt muß ich wieder fort, weil euer Vater Angst hat, daß ich euch sehr weh tue, wenn ich noch länger bleibe.«

»*Möchtest* du denn weggehen?« wollte Tem wissen, und obwohl er sich Mühe gab, sich nichts anmerken zu lassen, klang seine Stimme ängstlich.

»Euer Vater und ich . . ., wir lieben uns nicht, und deshalb ist es besser, wenn ich abreise. Ich fürchte, daß ich eurem Vater einen häßlichen Streich gespielt habe, und er ist sehr böse auf mich.«

Tränen schwammen in Dallas' Augen. »Bitte, Papa, sei ihr nicht böse.«

Carrie nahm das Kind auf den Schoß und umarmte es. »Dein Vater hat keine Schuld, er hat vermutlich sogar recht – vielleicht würde ich mich langweilen, wenn ich in dieser kleinen Stadt leben müßte. Zu Hause in Maine gab es immer viel zu lachen und Parties, und wir haben oft getanzt.« Sie log, aber sie verfolgte damit einen guten Zweck. Sie hätte es nicht ertragen können, wenn die Kinder ihren Vater für ihre Abreise verantwortlich gemacht hätten. Es war weit besser, wenn sie sie verabscheuten und nicht ihren Vater.

Als sich Dallas an Carrie klammerte, sah Josh zur Seite. Ein fünf Jahre altes Kind war fast noch ein Baby, auch wenn Dallas manchmal für ihre Jahre ungewöhnlich reif war.

»Wenn du noch diese eine Woche bei uns bleibst, werden wir nicht weinen, wenn du wegfährst, das verspreche ich«, sagte Tem. Diesmal hatte er seinen Vater nicht mit einem Blick um seine Zustimmung gebeten.

Alle wandten sich dem Jungen zu.

»Ich glaube nicht . . .«, begann Josh.

»Sie kann bleiben!« schrie Tem, und es war nicht zu übersehen, daß er den Tränen nahe war.

Carrie faßte sich schließlich nach einer Weile ein Herz. »Temmie«, begann sie sanft, »ich fühle mich aufrichtig geschmeichelt, daß du mich in dieser kurzen Zeit so liebgewonnen hast, aber ich glaube, ich weiß, was du denkst. Du meinst, daß ich vielleicht für immer bleibe, aber das kann ich nicht. Das einzige, was mich dazu bringen könnte, hierzubleiben, wäre, daß ich mich in deinen Vater verliebe, aber das ist äußerst unwahrscheinlich. Es war sehr dumm von mir, daß ich geglaubt habe, ich würde deinen Vater kennen, nur weil ich eine Fotografie von ihm gesehen habe. Dein Vater ist ein selbstgerechter Dickschädel, der alles besser weiß und keinerlei Sinn für Humor hat, und so einen Menschen kann ich nicht lieben.«

Josh sah Carrie erschrocken an, und die Kinder musterten ihren Vater aufmerksam, als würden sie darüber nachdenken, ob Carrie mit ihrer Beurteilung recht hatte.

»Papa hat früher oft gelacht«, erklärte Tem ernst. »Aber seit Mutter . . .«

»Jetzt ist's genug«, unterbrach Josh ihn scharf.

»Bleib bei uns«, flehte Dallas. »Bitte, bleib. Alles ist viel schöner, seit du hier bist.«

Carrie umarmte erneut das Kind und blinzelte, um die Tränen zurückzuhalten. Diese Kinder hatte sie, als sie das Foto gesehen hatte, sofort in ihr Herz geschlossen, und die beiden waren genau so, wie sie es sich vorgestellt hatte. Sie war sich im klaren, daß es ihr noch schwerer fallen würde, sie zu verlassen, wenn sie die Woche in diesem Haus verbrachte. »Ich denke, es ist für uns alle das beste, wenn ich gleich von euch fortgehe«, sagte Carrie leise.

»Wir stimmen ab«, schlug Tem nach einem fragenden Blick auf seinen Vater vor.

Josh brauchte einen Moment, aber schließlich nickte er zustimmend. Carrie war sicher, daß diese Abstimmung unentschieden ausgehen würde, aber als Tem fragte, wer für Carries Bleiben war, hoben beide Kinder die Hand, und Josh tat es ihnen zögernd nach.

Carrie sah ihn erstaunt an.

»Ich möchte, daß meine Kinder glücklich sind«, erklärte Josh unsicher, »auch wenn es nur für ein paar Tage ist.«

Carrie seufzte. Sie war sicher, daß sie einen großen Fehler beging – sie liebte diese Kinder schon jetzt, und in ein paar Tagen würde alles nur noch viel schlimmer für sie werden.

»Manchmal hat die Postkutsche Verspätung«, verkündete Tem hoffnungsvoll.

Carrie lächelte und nahm seine Hände in die ihren.

Ja, dachte sie, wer konnte schon wissen, was in einer Woche alles passierte? »Gut«, sagte sie, »ich werde bleiben, solange es mir möglich ist.«

7. *Kapitel*

»Was tun die Menschen, wenn sie sich verlieben?« fragte Dallas ihren Bruder.

Es war noch früh am Morgen. Seit Carries Ankunft hatte Josh versucht, bei Dallas in dem schmalen Bett zu schlafen, aber das Kind schlief, wie Josh fand, sehr unruhig. Deshalb war er an diesem Morgen sehr früh aufgestanden, um Holz für den neuen Herd zu hacken, damit Carrie Frühstück machen konnte. Dallas hatte gehört, wie ihr Vater vor sich hin gemurmelt hatte, daß die Idee, Carrie könnte irgend etwas kochen, ziemlich lustig sei, aber komischerweise hatte er dabei nicht gelacht.

»Ich weiß nicht«, sagte Tem, aber er hatte eine vage Ahnung, »ich glaube, ein Mann schenkt einer Frau Blumen, und dann halten sie sich an den Händen und heiraten. Ich weiß nicht, was sonst noch geschieht.«

»Könnten wir nicht jemanden fragen? Tante Alice vielleicht?«

»Ich denke, daß Onkel Hiram darüber nicht Bescheid weiß«, überlegte Tem laut, und Dallas nickte. Es war wirklich nicht einfach, an Onkel Hiram und an Liebe gleichzeitig zu denken.

Tem stand auf und zog seine schmutzige Arbeitskleidung an, ehe er Dallas half, in ihr einfaches, abgetragenes braunes Kleid zu schlüpfen. Dann stiegen beide die Leiter hinunter.

Die Kinder bemühten sich, nicht im Weg zu stehen, während Carrie und ihr Vater das Frühstück zubereiteten. Tem wußte, daß Dallas noch zu klein war, um zu begreifen, was da vor sich ging, noch dazu war sie viel zu sehr damit beschäftigt, das Rosenmuster auf der Tapete zu bestaunen, aber Tem war sich nur allzu bewußt, was sich zwischen Carrie und seinem Vater abspielte.

Josh und Carrie benahmen sich wie Hund und Katze. Josh behauptete, daß Carrie nicht kochen könne, und beschuldigte sie, zu nichts anderem nütze zu sein, als für das Geld ihres Vaters einen teuren Herd zu kaufen. Und Carrie erwiderte spitz, daß er ihr ja beibringen könne, wie man kocht.

Tem stöhnte insgeheim – nach allem, was er bis jetzt hatte essen müssen, wußte er, daß sein Vater der schlechteste Koch der Welt war. Wenn sich die Frauen der Stadt und speziell Tante Alice ihrer nicht erbarmt hätten, weil die Kinder von Tag zu Tag dünner wurden, wären sie sicher schon längst verhungert. Einmal hatte Josh Eier in einen Topf getan, um sie zu kochen, dann war ihm eingefallen, daß er die Pferde füttern mußte, und als er wieder ins Haus gekommen war, hatte er feststellen müssen, daß er die Eier zerbrochen hatte, als er sie unsanft ins Wasser geschmissen hatte. An diesem Tag hatte es weißes verwässertes Eiweiß zum Frühstück gegeben.

Und jetzt fragte Carrie allen Ernstes, ob Josh ihr das Kochen beibringen konnte. Tem erwartete eigentlich, daß sein Vater Carrie beichten würde, daß er selbst nicht mehr über das Kochen wußte als sie, aber er verschwieg ihr die Wahrheit und erklärte statt dessen in barschem Ton, daß er sie nicht fragen würde, wie man Farmarbeit erledigte, also hätte sie ihn auch nicht um

Anweisungen, wie sie ihre Pflichten erfüllen solle, zu bitten. Josh fügte noch hinzu, daß sie in ihrem Brief schließlich behauptet hätte, perfekt kochen zu können. Er drohte sogar damit, eine Ziege mit nach Hause zu bringen, damit Carrie sie schlachten und alles andere tun könne, um sie zu braten. Tem wußte ganz genau, daß sein Vater selbst nicht die geringste Ahnung hatte, was man mit einer Ziege tun mußte, bis man sie als Braten auf den Tisch bringen konnte, aber seine Stimme klang eher so, als wäre er allwissend. Carrie wurde wütend und beschimpfte Josh, und zum Schluß behauptete sie sogar, daß sie froh wäre, wenn sie ihn nicht mehr zu Gesicht bekäme, aber Josh ließ sich davon nicht beeindrucken. Er trieb den Streit noch auf die Spitze, als er ankündigte, ein paar Kaninchen zu kaufen, die seine Frau dann zubereiten solle.

Zu guter Letzt gab es Hafergrütze und Eier mit gebratenem Speck zum Frühstück. Die Hafergrütze war nicht ganz gar und schmeckte fürchterlich. Der Speck war ein wenig verbrannt, und die Eidotter waren so hart wie Steine.

Beide Kinder saßen am Tisch und stocherten in ihrem Essen herum, während Josh Carrie bis ins kleinste Detail erklärte, was an dem Frühstück alles falsch war. Schließlich wies er sie darauf hin, daß die Kinder so etwas unmöglich essen konnten. Bei diesem Satz gab Tem seiner Schwester einen heimlichen Tritt unter dem Tisch, und beide Kinder fielen über ihr Frühstück her, als würden sie vor Hunger sterben und hätten in ihrem ganzen Leben nie etwas Köstlicheres vorgesetzt bekommen. Als Dallas sich über die Hafergrütze beschweren wollte, streute Tem drei Löffel Zucker auf ihren Teller, und das brachte sie zum Schweigen.

Nach dem Frühstück, das Tem gräßlich lang erschienen war, nahm Josh seinen Hut und forderte die Kinder auf, sich für die Feldarbeit bereit zu machen. Dallas zog ein langes Gesicht und sagte, daß sie lieber bei Carrie bleiben wolle, weil sie fürchten, sie könne doch noch abreisen, ohne sich von ihnen zu verabschieden. Tem merkte, daß sein Vater verletzt war, und beeilte sich, ihm zu versichern, daß er ihm sehr gern helfen würde, Rüben zu hacken und die Käfer von den Maispflanzen zu klauben.

Josh funkelte Carrie wütend an und sagte widerstrebend, daß Tem auch bei Carrie bleiben könne. Als Tem protestierte, erklärte Josh, daß er ihn bei der Arbeit nicht brauchen würde, und warf die Tür hinter sich zu.

»Was für ein reizender, freundlicher Zeitgenosse«, murmelte Carrie. »Es ist eine wahre Freude, ihn um sich zu haben.«

Dallas meinte: »Wenn Mutter ...«

Tem versetzte ihr einen Tritt, und sie verstummte augenblicklich. Ihr Vater hatte sie eindringlich beschworen, mit niemandem über die Vergangenheit zu sprechen, aber Dallas war noch zu klein, um sich immer an seine Ermahnungen zu erinnern. Tem wußte, daß ihr Leben nicht immer so ausgesehen hatte wie jetzt und daß sein Vater früher einmal ein sehr glücklicher Mann gewesen war. Der Junge dachte noch manchmal wehmütig an die Zeiten, in denen er in die ausgebreiteten Arme seines Vaters gerannt und mit ihm in den Zirkus und zu anderen Vergnügungen gegangen war. Er erinnerte sich, daß sein Vater oft gelacht hatte, und er wußte noch genau, wie er mit seiner Frau gescherzt hatte – wie er mit *allen* Frauen gescherzt hatte. Tems Mutter hatte immer behauptet, daß Joshs Charme alle Frauen bezaubern würde, aber Tem bezweifelte, daß Carrie seinen Vater ›bezaubernd‹ fand.

Josh benahm sich Carrie gegenüber ganz anders als zu anderen Frauen. Er sprach mit ihr, als würde er sie hassen, aber aus irgendeinem Grund bezweifelte Tem, daß er sie wirklich haßte. Wie hätte er das auch tun können? Tem fand, daß Carrie gleich nach seiner Mutter die schönste Frau auf Erden war, noch dazu war sie lustig und brachte die Leute zum Lachen. So jemanden mußte man doch gernhaben.

Und trotzdem verhielt sich sein Vater äußerst merkwürdig, wenn er in Carries Nähe war. Tem hatte an diesem Morgen dreimal beobachtet, daß sein Vater ganz rot im Gesicht geworden war, als Carrie sich zu ihm gebeugt oder dicht an ihm vorbeigegangen war. Und wenn er etwas Gemeines zu Carrie sagte, wurde er sogar noch röter, und er hatte auch noch Carries kleinen Hund beschimpft.

Außerdem war Tem aufgefallen, daß sein Vater Carrie nicht aus den Augen ließ, besonders nicht, wenn sie ihm den Rücken zudrehte. Es schien fast so, als könnte er den Blick nicht von ihr wenden. Heute morgen, als Josh ins Schlafzimmer gegangen war, um eins der neuen Hemden zu holen, die Carrie ihm mitgebracht hatte, hatte Tem genau gesehen, wie sein Vater in die Schublade gestarrt und etwas, was darin lag, ganz zart berührt hatte. Dabei hatte er ein so seltsames Gesicht gezogen wie damals, als er sich den Fuß verletzt hatte und nicht zugeben wollte, daß es weh tat. Nachdem sein Vater aus dem Raum gegangen war, hatte Tem in die Schublade gespäht und nur Carries Nachthemd entdecken können, das sie am Abend zuvor, als sein Vater ihr Haar kämmte und sie seine Hand küßte, getragen hatte.

All das war sehr verwirrend für Tem. In dem einen Augenblick schien sein Vater Carrie von Herzen zu verabscheuen, und im nächsten benahm er sich ganz und gar nicht so, als könnte er sie nicht leiden. Offenbar mochte er es, sie anzusehen und ihr zuzuhören, wenn sie am Abend Geschichten erzählte, und er mochte es auch, wenn sie ganz nah bei ihm war. Tem konnte beim besten Willen nicht verstehen, warum er dann immer so abscheuliche Dinge zu ihr sagte.

Aber Carrie benahm sich genauso komisch. Auch sie sagte Sachen zu Josh, die gemein waren, aber Tem hatte sie dabei beobachtet, wie sie das Hemd seines Vaters ganz fest an sich gedrückt hatte, und dabei hatte sie, das hätte Tem beschworen, Tränen in den Augen.

»Was sollen wir heute unternehmen?« fragte Carrie. »Wir könnten fischen gehen.«

Tem sah sich in der Küche um. Das dreckige Geschirr stapelte sich bereits, der Boden war schmutzig, und es gab auch einige Kleider, die dringend gewaschen werden mußten. Außerdem war das Vieh noch nicht gefüttert. Er war sich nicht ganz sicher, aber er vermutete, daß sich Carrie besser um den Haushalt kümmern sollte, als fischen zu gehen. Tante Alice war auch eine verheiratete Frau, und sie putzte ständig und sprach dauernd davon, wie stolz eine Frau darauf sein konnte, wenn das Haus in Ordnung und sauber war.

Tem räusperte sich. »Ich kann dir zeigen, wie man Geschirr abwäscht«, sagte er.

Carrie lächelte. »Ich bin fast sicher, daß ich es kann, wenn ich es tun muß, aber jetzt habe ich keine Lust dazu. Du brauchst dir keine Sorgen zu machen, Tem. Hier wird heute noch alles saubergemacht, ich habe eine Frau aus der Stadt gebeten, sich um alles zu kümmern.«

Tem gab sich damit nicht zufrieden. »Aber glaubst du denn nicht, daß *du* das Geschirr spülen solltest?«

»Ich bin sicher, daß dein Vater das von mir erwartet, aber genauso sicher bin ich, daß ich es ihm nie recht machen könnte, auch wenn ich die ganze Woche das Haus schrubben und alles waschen würde. Wenn ein Mensch beschlossen hat, einen anderen nicht zu mögen, dann kann ihn nichts umstimmen. Außerdem kann ich nur noch ein paar Tage mit euch zusammen sein, und mir wäre es lieber, wenn wir fischen gehen würden.« Carrie beobachtete Tem, als er über ihre Worte nachdachte, dann fuhr sie fort: »Tem, du triffst die Entscheidung. Wenn du lieber hierbleiben und putzen möchtest, dann bleiben wir, aber wir gehen sofort los, wenn du es willst.«

»Tem«, jammerte Dallas und flehte ihn mit einem Blick an, ihnen den Spaß nicht zu verderben.

Tem war sich im klaren, daß er sich für das Putzen entscheiden müßte, da sein Vater ganz offensichtlich von einer Frau verlangte, daß sie so etwas tat – das schien ihm sogar ausgesprochen wichtig zu sein –, aber er fragte sich gleichzeitig, ob Carrie nicht recht hatte. Wäre sein Vater tatsächlich glücklicher, wenn das Haus sauber und alles aufgeräumt war? Gestern abend, als Josh nach Hause gekommen war, das Licht und all die hübschen neuen Dinge gesehen hatte, war er eher wütend geworden, und deshalb bezweifelte Tem ernsthaft, daß ein gewischter Boden ihm ein Lächeln entlocken konnte. »Wir gehen fischen«, sagte Tem schließlich, und Dallas machte einen Freudensprung. Sogar Choo-choo war außer Rand und Band.

Tem versuchte nicht an die Schwierigkeiten, die sein Vater und Carrie miteinander hatten, zu denken, aber je weiter der Tag voranschritt, desto mehr Sorgen machte er sich. Es mochte ja stimmen, daß Carrie nicht gut kochen konnte, aber dafür konnte sie bestimmt andere Dinge tun.

Zuerst ging Carrie mit den Kindern in die Scheune, in der ihre Koffer aufgestapelt waren. Als sie diese öffnete, erschien es den beiden, als hätten sie wie Aladin einen riesigen Schatz entdeckt. Es dauerte fast eine Stunde, bis Carrie die Angeln gefunden hatte, die, wie sie den Kindern erzählte, in England angefertigt worden waren.

Nachdem Carrie alle Koffer wieder geschlossen hatte, machten sie sich auf den Weg zum Fluß. Tem war richtig beeindruckt von Carrie, weil sie sehr viel vom Angeln verstand. Sie schien genau zu wissen, wo sich die Forellen versteckten, und sie hatte kein bißchen Angst, die Würmer auf den Angelhaken zu spießen. Während sie angelten, erzählte Carrie, wie sie im Meer gefischt und Hummer und andere seltsame Lebewesen aus dem Wasser geholt hatte.

»Mutter hat uns auch Hummer zu essen gegeben«, sagte Dallas, aber gleich darauf schrie sie gellend auf, weil Tem sie in die Seite boxte.

»Hat man euch verboten, über eure Mutter zu sprechen?« wollte Carrie wissen.

Dallas nickte, und Tem warf ihr einen warnenden Blick zu.

»Macht es euren Vater traurig, wenn ihr eure Mutter erwähnt?« forschte Carrie weiter.

»Nicht traurig«, begann Dallas, verstummte aber sofort, als Tem sie wieder eindringlich ansah.

Tem versuchte den Schaden, den seine Schwester angerichtet hatte, wiedergutzumachen. »Sehr traurig«, behauptete er. »Vielleicht sagt er deshalb so gemeine Sachen zu dir.«

Carrie nickte, vielleicht dachte Josh ja wirklich,

daß niemand den Kindern die Mutter ersetzen konnte.

»Oh, es ist schon spät« rief Carrie plötzlich. »Wir haben fast das Mittagessen versäumt.«

»Papa hat nichts zu essen mitgenommen«, sagte Dallas. »Er hat bestimmt Hunger.«

»Dann sollten wir schnell nachsehen, was Mrs. Emmerling uns zu essen gemacht hat. Ihr könnt eurem Vater etwas davon bringen.«

Als sie zum Haus zurückkamen, sahen sie, daß es immer noch genauso aussah, wie sie es verlassen hatten. Die Frau, die Carrie angestellt hatte, war noch nicht hier gewesen, und Tem fragte sich ernstlich, ob sie überhaupt kommen würde. Wenn ihr Vater nach Hause kommen und die Unordnung vorfinden würde, wurde er sicher böse, und wenn er Hunger hatte und kein Essen vorbereitet war . . .

»Tem«, sagte Carrie lächelnd, »du brauchst kein so trauriges Gesicht zu machen. Das ist doch keine Tragödie. Ich kann deinem Vater etwas zu essen machen – zum Beispiel ein Eier-Sandwich.«

Tem preßte rasch eine Hand auf den Mund seiner Schwester, um ihren Protest zu unterdrücken. »Er mag Eier-Sandwich«, sagte Tem, und beide Kinder lächelten Carrie wie zwei Engelchen an.

Carrie briet Eier, und Tem packte Konserven und ein Glas mit Mixed Pickels in eine Tasche, dann machten sich alle drei mit Choo-choo auf den Weg zu dem Feld, auf dem Josh Tag für Tag arbeitete. Auf dem Weg dorthin plapperte Dallas unaufhörlich und stellte Carrie Fragen über das Meer, über China und ihre Brüder, so daß Tem Zeit hatte, ausführlich nachzudenken – und zu träumen.

Er stellte sich vor, daß sein Vater Carries Eier-Sandwich wundervoll fand und daß er ihr sagte, er würde sie lieben und sich wünschen, daß sie für immer bei ihnen blieb. Carrie würde natürlich ja sagen, und dann wären sie eine richtige Familie. Carrie könnte seinen Vater wieder zum Lachen bringen, und alle wären glücklich. Das einzige, was Tem Sorgen machte, war das schmutzige Geschirr und die Tatsache, daß Carrie nicht kochen konnte, und ihm fiel nichts ein, wie diese Mängel zu beheben waren. Der Gedanke daran trübte seine rosafarbenen Träume.

Seine Träume verloren vollends jeglichen Glanz, als Carrie die drei Felder sah, auf denen Josh arbeitete. Tem kannte Onkel Hirams Felder, die aussahen, als wären sie einem Bilderbuch entsprungen, aber Tem war stolz auf seinen Vater, auch wenn seine Felder voller Unkraut und Ungeziefer und einige Maispflanzen viel zu groß, dafür aber die anderen viel zu klein waren.

Nach einem Blick auf die chaotischen Äcker brach Carrie in Gelächter aus. Tem hatte sich schon daran gewöhnt, daß Carrie an allen Dingen ihren Spaß hatte und vieles lustig fand, aber Josh schien dafür jegliches Verständnis zu fehlen. Tem beobachtete, daß sein Vater immer zorniger wurde, je mehr Carrie lachte, und er wurde noch wütender, als Carrie ihm sagte, daß er ein ebenso schlechter Farmer war wie sie eine schlechte Hausfrau. Wenn der Junge daran dachte, wie das Haus aussah, und dann die Felder betrachtete, mußte er ihr im stillen recht geben.

Aber sein Vater war offensichtlich anderer Meinung, und ihm war beileibe nicht zum Lachen zumute. Er war richtig in Rage, als Carrie immer noch kicherte. Erst als er in Carries Sandwich biß und ein großes Stück Eierschale zwischen seinen Zähnen knirschte, hellte sich seine Miene auf, und jetzt begann er zu lachen und amüsierte sich königlich.

Carrie drehte sich auf dem Absatz um und ging, während Choo-choo Josh wütend anbellte, als wüßte er, daß Josh sein Frauchen tödlich beleidigt hatte. Carrie war jetzt genauso wütend wie vorher Josh.

Die Kinder waren ratlos, ob sie jetzt bei ihrem Vater bleiben oder mit Carrie nach Hause gehen sollten. Josh erlöste sie aus diesem Dilemma, indem er sie zu Carrie schickte. »Ihr scheint mit ihr besser auszukommen als mit mir, also geht zu ihr«, brummte er und stapfte zurück auf das Feld.

Dallas konnte die Tränen nicht zurückhalten und schluchzte, so daß Tem ihre Hand nahm, als sie zum Haus zurückgingen.

Zum Glück war Mrs. Emmerling inzwischen eingetroffen und dabei, aufzuräumen und zu kochen. Carrie ging schnurstracks ins Schlafzimmer und schleuderte die Tür hinter sich zu. Die Kinder waren sich sicher, sie weinen zu hören.

Tem setzte sich auf den Schaukelstuhl vor den Kamin, während Dallas ihre neue Puppe nahm und mit Choo-choo ins Freie ging, um zu spielen. Mrs. Emmerling machte sich in der Küche zu schaffen, wischte und putzte alles, und Tem dachte nach. Nach einer Weile gesellte sich Mrs. Emmerling zu ihm, nahm auf dem anderen Schaukelstuhl Platz und begann, Joshs zerrissene Hemden zu stopfen.

»Du siehst aus, als hättest du ein sehr ernstes Problem«, sagte Mrs. Emmerling. »Kann ich dir irgendwie helfen?«

Tem kannte diese Frau nicht, aber er mochte sie auf Anhieb. Sie war dick und sah nett aus. Ihre Hände und ihr Gesicht waren rot von der anstrengenden Arbeit. Er schüttelte den Kopf.

»Bist du sicher? Ich habe selbst acht Kinder und bin es gewöhnt, ihnen zuzuhören, wenn sie in Schwierigkeiten sind.«

»Wie kann man erreichen, daß sich Menschen ineinander verlieben?« brach es plötzlich aus Tem hervor.

Mrs. Emmerling nähte eine Weile schweigend weiter. »Warum möchtest du das wissen?« fragte sie schließlich.

Tem zwinkerte heftig. Er wollte nicht weinen. Er *würde auf keinen Fall* weinen. »Carrie möchte nicht bei uns bleiben, wenn Papa nicht in sie verliebt ist, und Papa liebt sie nicht, weil sie nicht kochen kann. Könnten sie ihr beibringen, wie man kocht?«

Mrs. Emmerling lächelte. »Kochen hat nichts mit Liebe zu tun. Natürlich hilft es in einer Ehe, wenn eine Frau kochen kann, aber ich habe noch nie gehört, daß ein Mann auch nur einen Gedanken daran verschwendet, ob die Frau, in die er sich verliebt, kochen kann. Und wenn er es doch tut, dann gehört er nicht zu der Sorte Männer, die Frauen gern heiraten würden. Sie möchten einen Mann, der sie und nicht ihren Apfelkuchen gern hat.«

Das half Tem kein bißchen weiter, und auf seinem Gesicht zeichnete sich grenzenlose Verwirrung ab.

»Wenn dein Vater ein so hübsches Mädchen wie Carrie nicht lieben kann«, fuhr Mrs. Emmerling fort, »dann stimmt irgend etwas anderes nicht. Warum erzählst du mir nicht, was vorgefallen ist?«

Tem berichtete alles, so gut er konnte, aber das meiste verstand er selbst nicht. Er sagte, daß sein Vater eine Frau hätte heiraten wollen, die sich auf einer Farm auskannte, aber statt dessen sei Carrie zu ihnen gekommen, und das hätte ihn schrecklich wütend gemacht.

»Dein Vater hat sich jemanden gewünscht, der ihm dabei hilft, für euch Kinder zu sorgen«, sagte Mrs. Emmerling sanft.

»Ja«, stimmte Tem zu. »Aber Carrie kümmert sich ja um uns. Sie erzählt uns Geschichten und bringt uns zum Lachen, und sie kann sehr gut angeln. Aber ...« Tem brach ab und betrachtete seine Zehen.

»Aber was?«

»Aber sie lacht über Papas Felder.«

Mrs. Emmerling mußte sich ein Lächeln verkneifen. Jedermann in der Stadt amüsierte sich über Joshs Felder, aber sie zeigten ihm nicht, daß sie darüber lachten. Niemand in Eternity kannte auch nur einen Menschen, der sich so sehr bemühte und so wenig erfolgreich war wie Josh. Der arme Mann wünschte sich so verzweifelt, seinen Kindern ein guter Vater zu sein und ihnen ein angenehmes Zuhause zu geben.

Mrs. Emmerling sah sich in dem Raum um, der gestern noch so heruntergekommen gewesen war und jetzt richtiggehend hübsch aussah. Sie hatte keinen Zweifel daran, daß Carrie Joshs Stolz sehr verletzt hatte. Sie war in die Stadt gekommen und hatte in einem Tag das fertig gebracht, worum Josh monatelang gekämpft hatte – und auf klägliche Weise gescheitert war.

Mrs. Emmerling hatte keine Hoffnung, daß Josh und Carrie zusammenblieben. Nach ihrer Erfahrung verabscheuten Männer die Frauen, die ihnen in irgend etwas überlegen waren. Sie bedachte Tem mit einem traurigen Blick. Alle in Eternity hatten Mitleid mit diesen beiden armen, mutterlosen Kindern, und alle unverheirateten Frauen hatten versucht, sich den gutaussehenden

Josh zu angeln, aber keine hatte Glück gehabt. Es schien fast so, als hätte er eine Aversion gegen Frauen – zumindest gegen die, die ihn heiraten wollten – entwickelt.

Jetzt war Josh mit der lebenslustigen, fröhlichen Miss Carrie verheiratet, und sie lachte ihn aus, weil seine Felder in einem chaotischen Zustand waren.

»Eins mußt du verstehen, Tem«, begann Mrs. Emmerling, »wenn zwei Menschen heiraten, dann sollten sie davon überzeugt sein, daß der andere der prächtigste Mensch auf der Welt ist. Auch wenn sie ganz gewöhnliche Leute sind, *meinen* sie, daß derjenige, den sie heiraten wollen . . ., na ja, sie glauben, daß er Berge versetzen kann und in jeder Beziehung perfekt ist und daß er sogar die Sonne auf- und untergehen lassen kann.«

Tem sah sie an, als hätte sie den Verstand verloren, er begriff kein Wort von dem, was sie sagte.

»Dein Vater möchte, daß Carrie ihn für den wunderbarsten, besten, mutigsten und fleißigsten Mann hält, den es je gegeben hat. Er möchte, daß sie . . .«

»Aber das *ist* er doch. Mein Vater ist der beste.«

Mrs. Emmerling schmunzelte. »Natürlich ist er das, aber Carrie scheint das noch nicht gemerkt zu haben. Sie sieht nur, daß dein Vater, na ja, daß er kein so guter Farmer wie, sagen wir, Onkel Hiram ist.«

»Niemand ist ein so guter Farmer wie er«, rief Tem. Wenn Onkel Hiram ein Beispiel dafür war, wie Männer sein sollten, dann war er froh, daß sein Vater ein schlechter Farmer war.

»Das stimmt, und ich fürchte, daß Carrie entdeckt hat, daß dein Vater nicht sehr erfolgreich bei seiner Arbeit ist, und dein Vater weiß, daß Carrie das gemerkt hat.«

»Sie glauben, daß sich Carrie in Onkel Hiram verlieben würde?«

»Das bezweifle ich«, sagte Mrs. Emmerling und kicherte.

Tem konnte das alles nicht verstehen. »Ich glaube, daß Carrie Papa zuerst gemocht hat, aber Papa konnte sie nicht leiden. Er sagte, daß sie uns nicht anständig ernähren und unsere Kleider nicht waschen könnte.«

»Aber das ist doch im Grunde genau dasselbe, dein Vater hält Carrie eben auch nicht für die wunderbarste Frau der Welt. Wenn sie nicht anfangen, besser voneinander zu denken, werden sie sich niemals lieben.«

Tem schwieg einen Moment. »Was ist mit dem schmutzigen Geschirr?«

Mrs. Emmerling lachte. »Wenn sich dein Vater in Carrie verliebt, dann wird er sogar selbst abwaschen und alles, was sie gekocht hat, köstlich finden.«

»Sogar ihre Eier?« fragte Tem verblüfft.

»Besonders ihre Eier«, versicherte Mrs. Emmerling und musterte Tem aufmerksam, ehe sie aufstand und zu Ende putzte. Sie war sehr froh, daß Carrie von der Hausarbeit nichts verstand, denn sie und ihre Familie brauchten das Geld, das Carrie ihr bezahlte, dringend.

Nach einigen Minuten stand Tem auch auf und ging ins Freie. Dallas saß unter einem Baum am Waldrand und erzählte ihrer Puppe eine Geschichte. Als Choochoo Tem entdeckte, stürmte er auf ihn zu. Tem setzte sich auf die Veranda, streichelte den Hund und dachte über das, was Mrs. Emmerling gesagt hatte, nach.

Wenn Carrie wegging, dann würde sein Vater bestimmt die Rosen, die sie gepflanzt hatte, eingehen lassen, und er und Dallas mußten wieder jeden Tag mit ihm auf die Felder gehen. Josh verlangte nicht oft von Dallas, daß sie mithalf, aber sie mußte immer in seiner

Nähe bleiben, und manchmal langweilte sie sich entsetzlich.

Wenn Carrie sie verließ, würde alles so sein wie vorher, und diese Vorstellung erschreckte Tem.

»Was kann ich nur tun?« flüsterte er Choo-choo zu. »Wie kann ich es fertig bringen, daß Carrie und Papa sich wunderbar finden?«

*

Tem versuchte es. Er mußte erreichen, daß sein Vater und Carrie sich großartig fanden, und wenn es das letzte war, was er in seinem Leben vollbrachte. Aber als es Zeit war, ins Bett zu gehen, war er noch unglücklicher als zuvor.

Während des Abendessens hatte der Junge alle guten Eigenschaften, die ihm einfielen, an beiden herausgestrichen. Er machte seinen Vater darauf aufmerksam, wie hübsch Carrie war. Er erzählte von ihren vielen Koffern, in denen sich wundervolle Dinge befanden, und schwärmte davon, daß sie all diese Dinge ins Haus bringen konnten, wenn Carrie bei ihnen blieb. An diesem Punkt machte sein Vater ein paar unfreundliche Bemerkungen über Carries Brüder, die sie, wie er meinte, viel zu sehr verwöhnt hatten, und Carrie antwortete, daß ihre Brüder um vieles netter seien, als Josh es je sein könne.

Tem ließ nicht locker und versicherte Carrie, daß sein Vater blendend für ihn und Dallas sorgte. Am liebsten hätte er ihr von der Vergangenheit erzählt, aber das konnte er nicht, weil sein Vater es ihm verboten hatte. »Dieser Teil meines Lebens ist vorbei«, hatte Josh seinen Kindern erklärt, »und ich möchte nicht, daß jemand von uns je wieder davon spricht.«

Dallas schien die Enttäuschung ihres Bruders zu spüren und verkündete: »Papa hält Reden. Er hält sehr schöne Reden, und die Frauen mögen ihn.«

Josh warf seiner Tochter einen Blick zu, der sie zum Schweigen brachte.

Carrie war wie immer sehr interessiert an dem, was Dallas sagte, und stellte einige Fragen, aber Josh schwieg und erlaubte seinen Kindern nicht, ihr zu antworten.

Tem seufzte und versuchte es noch einmal. Er dachte angestrengt nach, was die beiden gemeinsam unternehmen konnten, und schlug vor, daß sie alle zusammen zum Fischen gehen könnten. Josh schnaubte nur und machte allen klar, daß er dafür keine Zeit hätte, weil er arbeiten müßte, um seinen Lebensunterhalt zu verdienen. Das brachte Tem auf eine andere Idee. Er meinte, daß Carrie seinem Vater helfen könnte, die Käfer von den Maispflanzen zu klauben.

»Oh, ich glaube, sie ist zu nichts anderem fähig, als das Geld ihres Daddys auszugeben«, versetzte Josh.

Der Tonfall ihres Vaters brachte Dallas zum Weinen, und als Josh sie in die Arme nahm, beschuldigte er Carrie, das Kind zur Verzweiflung getrieben zu haben.

»Ihre Grobheiten, ganz zu schweigen von Ihrem Starrsinn, haben sie zum Weinen gebracht.«

Josh wurde fuchsteufelswild und öffnete den Mund, um etwas zu erwidern, aber Carrie sprang auf und lief ins Schlafzimmer. »Sie können den Tisch selbst abräumen, wenn es Ihnen so wichtig erscheint, wie Sie immer betonen«, schrie sie, bevor sie die Tür zuschlug.

Tem und Dallas gaben ihrem Vater einen Gutenachtkuß, aber er schien das gar nicht wahrzunehmen, sondern starrte in das Feuer im Kamin.

Als er die Leiter hinaufstieg, um sich zu Dallas ins

Bett zu legen, war Tem noch wach. Er hatte an diesem Tag vieles, worüber er nachdenken mußte.

»Papa?«

»Du solltest schon längst schlafen.«

»Glaubst du, daß Carrie eine wunderbare Frau ist?«

»Ich denke, daß sie ihr ganzes Leben lang bewundert worden ist. Sie mußte nie arbeiten und hat noch niemals etwas entbehrt.« Josh kniete sich neben das Bett seines Sohnes. »Ich weiß, daß du sie magst. Sie ist ja auch immer sehr vergnügt und macht Spaß mit euch, und Gott weiß, daß ihr Kinder es verdient habt, fröhlich und lustig zu sein, nach allem, was ihr in den letzten beiden Jahren durchgemacht habt, aber du mußt mir vertrauen, Tem. Carrie ist nicht die richtige Mutter für euch.«

Tem stützte sich auf die Ellbogen. »Ist sie die richtige Frau für dich? Wenn du uns nicht hättest, würdest du dann mit ihr verheiratet bleiben?«

Josh verzog seinen Mund zu einem Lächeln. »Wahrscheinlich wäre ich dann so dumm, sie bei mir zu behalten. Aber ihr Kinder habt mich klüger gemacht, ich weiß jetzt, daß ich nicht mit einem Schmetterling, wie Carrie einer ist, leben kann. Aber jetzt mußt du schlafen. Du wirst dich gar nicht mehr an sie erinnern, wenn sie einen Monat weg ist.« Er drückte seinem Sohn einen Kuß auf die Stirn und zog sich aus.

Aber Tem konnte nicht einschlafen – er lag auf dem Rücken und starrte an die Decke. Er war schuld daran, daß Carrie und sein Vater sich nicht liebten. Er und Dallas trugen die ganze Schuld.

8. Kapitel

Am nächsten Tag merkten Carrie und Josh erst, als Josh abends nach Hause kam, daß Tem verschwunden war. Da Josh noch immer gekränkt war, weil Carrie ihn ausgelacht hatte und sich seine Kinder, wie er meinte, auf ihre Seite geschlagen hatten, kehrte er erst gegen neun Uhr von seiner Arbeit auf den Feldern zurück.

Die Szene, die ihn erwartete, als er die Tür öffnete, hätte ihn glücklich machen müssen, aber er wurde nur noch wütender, als er ohnehin schon war. Dallas stand auf einem Stuhl, und Carrie steckte den Saum ihres neuen Kleides ab – eines Kleides, das Josh seiner Tochter nicht hatte kaufen können. Das kleine Haus strahlte eine fröhliche Atmosphäre aus und es duftete nach allen möglichen Wohlgerüchen. Carrie, seine Frau, die nicht wirklich seine Frau war, sah wunderhübsch aus. Am liebsten hätte Josh es gesehen, wenn Carrie und Dallas ihm in die Arme gefallen und ihn herzlich begrüßt hätten.

Aber er machte sie nicht einmal auf sich aufmerksam, trat leise ein und hängte seinen Hut an den Haken neben der Tür.

»Papa!« kreischte Dallas, als sie ihn bemerkte, und versuchte vom Stuhl zu springen, wobei ihr Carrie half.

Seine kleine, frisch gebadete Tochter flog ihm in die Arme und schmiegte ihr Gesichtchen an seinen Hals. Erlebnisse wie dieses wiegen all die harte Arbeit auf den Feldern auf, dachte er, das ist jedes Elend und jede Mühsal wert.

»Heute gibt's Roastbeef zum Abendessen, und Mrs. Emmerling hat Plätzchen gebacken. Ich glaube, das Haar von meiner Puppe ist gewachsen.«

Als Josh Dallas über den Kopf strich, freute er sich,

daß sie so hübsch zurechtgemacht und sauber war. Seit er sich um die Farm kümmern mußte, hatte er kaum Zeit gehabt, darauf zu achten, daß seine Kinder immer gewaschen waren und frische Kleider trugen. Er hatte zuviel damit zu tun gehabt, etwas zu essen auf den Tisch zu bringen und das Geld für Kleidung zusammenzukratzen. »Ihr Haar ist gewachsen?« fragte Josh lächelnd. Er war nicht einmal in der Lage gewesen, seiner kleinen Tochter eine Puppe zu schenken.

Carrie beobachtete lächelnd die Szene, und Josh war sich bewußt, daß er nie in seinem Leben eine reizendere Frau gesehen hatte – diese schmale Taille und das blonde Haar und dieser Körper, der nicht ihm gehören durfte.

»Guten Abend«, sagte Josh steif. »Ich nehme an, die Frau, die Sie angestellt haben, hat das Abendessen zubereitet.«

Carries Lächeln war wie weggewischt, und sie wandte sich ab. »Ja«, erwiderte sie. »Wo ist Tem?«

»Er ist doch hier«, sagte Josh in einem Ton, der deutlich machte, daß er sie für ausgesprochen töricht hielt, weil sie nicht einmal gemerkt hatte, daß Tem den ganzen Tag in ihrer Nähe gewesen war.

Carrie sah ihn verwirrt an, dann wich alle Farbe aus ihrem Gesicht. Sie lief ins Schlafzimmer und kam mit einer Nachricht von Tem zurück. Er hatte geschrieben, daß er den ganzen Tag bei seinem Vater bleiben wolle.

Wortlos griff Josh in seine Hemdtasche und zog einen anderen Zettel hervor, auf dem Tem seinen Vater davon in Kenntnis setzte, daß er den Tag mit Carrie verbringen würde.

»Vielleicht wollte er zum Fischen gehen«, mutmaßte Carrie, aber sie glaubte selbst nicht daran. Ihr wurde ohne jeden Zweifel klar, daß Tems Verschwinden, was immer er auch vorhatte oder tat, etwas mit dem Streit zwischen ihr und Josh zu tun hatte.

Josh durchquerte den Raum und packte sie bei den Schultern. »Wo ist er? Wo ist mein Sohn?« schrie er ihr ins Gesicht.

»Ich weiß es nicht«, erwiderte Carrie. »Ich dachte, er ist bei Ihnen.«

Josh schüttelte sie. »Wo ist er?« brüllte er wieder, als könnte seine Lautstärke sie dazu zwingen, sich an irgend etwas zu erinnern, was ihr entfallen war.

»Tu Carrie nicht weh!« wimmerte Dallas und klammerte sich an die Beine ihres Vaters. »Tem kommt zurück. Er hat gesagt, daß er wiederkommt.«

Carrie und Josh drehten sich ihr gleichzeitig zu, und Josh kniete sich vor sie. »Wo ist dein Bruder?« fragte er behutsam.

Dallas wich zurück und versteckte sich hinter Carries Röcken. »Ich mußte ihm schwören, niemandem etwas zu verraten. Er hat gesagt, daß mir etwas Schreckliches passiert, wenn ich etwas sage.«

»Etwas Schreckliches wird ...«, begann Josh, aber Carrie hob das Kind hoch und setzte es auf den Tisch.

»Wann wollte Tem zurückkommen?«

Dallas sah aus, als würde sie jeden Moment in Tränen ausbrechen. »Er hat gesagt, daß er vor Papa zu Hause ist.« Carrie warf Josh über den Kopf des Kindes hinweg einen Blick zu, dann sah sie Dallas wieder an. »Er ist ziemlich spät dran, meinst du nicht?«

»Dallas«, schaltete sich Josh ein, »du mußt mir sagen, wohin Tem gegangen ist. Du mußt ...« Er verstummte, als Dallas zu weinen begann.

Carrie schob Josh beiseite und beugte sich zu Dallas. »Du darfst es uns nicht erzählen, stimmt's? Nicht nur weil Tem dich darum gebeten hat, es ist eine Ehrensache, hab' ich recht? Du weißt doch, was Ehre bedeutet, Dallas.«

»Nein«, schluchzte das Kind.

»Es ist eine Ehrensache, daß man nichts weitererzählt, wenn einem jemand ein Geheimnis anvertraut hat.«

»Um Himmels willen!« rief Josh. »Es donnert. Ein Unwetter zieht auf.«

Carrie beugte sich noch näher zu Dallas. »Aber manchmal muß man ein Geheimnis verraten, wenn man dadurch jemandem helfen kann. Wie jetzt. Wenn du uns alles erzählst, bist du nicht unehrenhaft, aber wenn du das Geheimnis für dich behältst, könnte Tem in ernsthafte Schwierigkeiten geraten.«

Dallas nickte und sah ihren Vater unsicher an.

»Also«, fuhr Carrie fort, »mal sehen, wie du uns alles erzählen kannst, ohne Tem wirklich zu verraten. Du könntest mir eine Geschichte erzählen, wie ich es jeden Abend tue.«

»Nur aus Spaß . . .«, warf Josh ein, aber er schwieg, als ein Blitz über den Himmel zuckte und gleich darauf ohrenbetäubender Donner ertönte.

Dallas quietschte verängstigt, und Choo-choo kroch unter den Tisch.

»Es war einmal ein junger Prinz, der sehr unglücklich war«, begann Carrie. »Vielleicht hatten der König und die Königin Streit, und der Prinz wollte etwas unternehmen, um das Problem zu lösen. Was, glaubst du, würde der Prinz tun?«

»Er sucht Klapperschlangen«, erklärte Dallas ernst.

Carrie holte tief Luft. »Was hat er mit den Klapperschlangen vor?« flüsterte sie kaum hörbar.

»Er legt sie in dein . . . ich meine, in das Bett der Königin, und wenn die Königin Angst hat und erschrickt, kommt der König und rettet sie. Dann weiß sie, daß er ein tapferer, starker Mann ist, und sie lieben sich für immer.«

Langsam drehte sich Carrie zu Josh um und fragte sich, ob sie genauso blaß war wie er. Sie fühlte, wie sie zitterte.

Josh umarmte seine Tochter. »Wo sucht denn der Prinz nach den Klapperschlangen.«

»Auf Starbucks Berg«, sagte das Kind. »Tem, ich meine der Prinz, hat dort oben welche gesehen. Auf dem Berg gibt es ein ganzes Nest von Klapperschlangen.«

Ein weiterer Blitz und ein heftiger Donner erschreckten Dallas.

»Ziehen Sie ihr warme Kleider an«, ordnete Josh an, als er Dallas ins Schlafzimmer trug. »Ich möchte, daß sie bei dem Unwetter nicht friert.«

Carrie faßte nach seinem Arm. »Was haben Sie vor?«

Es war offensichtlich, daß Josh im Augenblick keinerlei Interesse an Carrie hatte. »Ich bringe Dallas zu meinem Bruder und hole mein Pferd. Dann suche ich meinen Sohn«, erklärte er, ohne stehenzubleiben.

Carrie baute sich vor ihm auf. »Ich komme mit.«

Wieder erhellte ein Blitz das Haus, und Carrie sah deutlich die Verachtung auf seinem Gesicht.

Carrie umklammerte mit beiden Händen seine Arme, und ihre Finger gruben sich in seine Muskeln. »Es ist meine Schuld, daß er allein auf den Berg gegangen ist. Wenn ich nicht hergekommen wäre . . .«

»Es ist zu spät, sich darüber Gedanken zu machen.« Er drängte sich an ihr vorbei und stellte Dallas auf das Bett.

Carrie gab nicht auf. »Ich mag zwar in der Küche nutzlos sein, aber es gibt Dinge, bei denen ich sehr gut helfen kann. Sie glauben, daß Sie alles über mich wissen, aber in Wirklichkeit wissen Sie gar nichts. In meiner Familie sind alle Männer Seeleute, und ich weiß über Rettungsaktionen Bescheid, außerdem kann ich auf allem reiten, was vier Beine hat.« Sie reichte ihm ein Wollhemd, und Josh zog es Dallas über.

Josh nahm Dallas auf den Arm und ging durchs Schlafzimmer und auf die Haustür zu, aber Carrie stellte sich ihm in den Weg. »Ob mit oder ohne Ihre Erlaubnis, ich mache mich auf die Suche nach Tem. Ich gehe auf jeden Fall, auch wenn Sie mich nicht mitnehmen.«

Josh musterte sie einen Augenblick. Er hatte keine Zeit zu streiten oder sich um eine verängstigte Frau zu kümmern. Seine einzige Sorge galt jetzt seinem Sohn. »Gehen Sie oder bleiben Sie, mir ist das einerlei. Aber erwarten Sie nicht, daß ich Sie nach Hause bringe, wenn Sie nicht mit mir mithalten können.«

»Sie brauchen mich nicht nach Hause zu bringen. Können Sie mir ein geeignetes Pferd verschaffen – ein besseres als Ihre alten Klepper?«

Er nickte und ging. Als er weg war, packte Carrie Brot und Speck in einen Beutel und suchte die Ausrüstung für eine Rettungsaktion zusammen. Sie hatte ihr ganzes Leben am Meer verbracht und wußte eine Menge darüber, was man bei einer Bergung brauchte. Sie ging in die Scheune, kramte in ihren Koffern, bis sie ihr großes Messer fand und nahm ein langes, dickes Seil von der Wand. Als sie zum Haus zurückging, mußte sie gegen den peitschenden Wind ankämpfen. Sie holte Streichhölzer, riß einen ihrer Unterröcke in Streifen, um, wenn nötig, Verbandsmaterial zur Verfügung zu haben, und stopfte alles zusammen mit Leinentüchern in eine Tasche.

Als sie alles beisammen hatte, zog sie Rock, Reifrock und Unterkleider aus, streifte eine von Joshs dicken Drillichhosen über und band einen seiner breiten Ledergürtel um ihre Taille.

Sie war gerade fertig geworden, als Josh zurückkam. Er musterte sie von oben bis unten, sagte jedoch kein einziges Wort, als er die Tasche nahm und hineinsah – er schien mit dem Inhalt zufrieden zu sein –, dann ergriff er das Seil, das sie ihm reichte.

»Mein Bruder hat jemanden in die Stadt geschickt, der Hilfe holt. In ein paar Stunden wird es in den Bergen von Männern wimmeln, die nach Tem suchen. Sie sollten hierbleiben.«

Sie gab ihm eine dicke mit Butter bestrichene Brotscheibe. »Seien Sie still und essen Sie das auf dem Weg. Wir verschwenden nur wertvolle Zeit.«

Josh nahm das Brot an, nickte zum Dank und unternahm keinen Versuch mehr, sie aufzuhalten. Draußen standen zwei der edelsten Pferde, die Carrie je gesehen hatte – ein mächtiger schwarzer Hengst mit einer weißen Blesse und eine rassige dunkle Fuchsstute.

»Nehmen Sie die Stute«, schrie Josh, um den Sturm zu übertönen. »Und bleiben Sie bei mir. Wenn Sie nicht mitkommen, reiten Sie hierher zurück und warten, bis ich komme. Verstanden?«

Carrie nickte und schwang sich elegant in den Sattel, dann trieb sie das Pferd hinter Joshs Hengst.

Er kann ja wirklich reiten, dachte Carrie, als sie beobachtete, wie er mit halsbrecherischer Geschwindigkeit über den Pfad, der zum Haus führte, sprengte. Aber Carrie hielt sich tapfer dicht hinter ihm. Als sie den Fuß des Berges erreichten, zögerte Josh keinen Moment und ritt den steilen Abhang hinauf. Carrie holte tief Luft, um sich Mut zu machen, und folgte ihm. Er muß Augen wie eine Katze haben, dachte sie, sie selbst sah in der Finsternis so gut wie nichts. Zum Glück hatte Joshs Hengst einen weißen Fleck am Hinterhuf, der immer wieder aufblitzte und an dem sie sich orientieren konnte.

Zweimal scheute die Stute und wollte wieder bergab stürmen, aber Carrie behielt sie unter Kontrolle. Sie ritten über schlüpfrige Felsen, und die Pferde rutschten, dann kamen sie durch dichtes Gestrüpp, das Carries Gesicht zerkratzte und ihre Kleider zerriß.

Carrie merkte, daß Josh querfeldein die kürzeste Strecke zum Gipfel nahm – weit und breit war kein Weg. Er schien sich überhaupt nicht mehr bewußt zu sein, daß sie hinter ihm war, offenbar dachte er nur noch an seinen Sohn. Als Carries Stute auf felsigen Boden kam, rutschte sie aus und wieherte ängstlich, und Carrie brauchte all ihre Kräfte, um das Tier dazu zu zwingen, weiter bergauf zu gehen. Sie preßte sich mit ihrem ganzen Gewicht an den Rücken und die Flanke des Pferdes und zerrte an den Zügeln. Sie wußte, daß das Tier sofort ins Tal laufen würde, wenn sie auch nur einen Augenblick nachgab. Um ihre Angst zu unterdrücken, fluchte Carrie laut, wie es nur ein Seemann konnte. Sie stieß Verwünschungen, die sie von ihren Brüdern gehört hatte, in sechs verschiedenen Sprachen aus.

Als sie schon dachte, ihre Handgelenke würden brechen, gab die Stute ihren Widerstand auf und trabte weiter bergauf. Ein Blitz erhellte die Nacht. Carrie sah, daß Josh oben auf dem Hang stehengeblieben war und sie beobachtete. Sie war nicht ganz sicher, aber sie glaubte, daß er ihr beifällig zugenickt hatte, ehe er weiterritt.

Als sie den Gipfel erreicht hatten, öffnete der Himmel seine Schleusen. Der kalte Regen durchnäßte Carrie im Nu bis auf die Haut. Josh wartete auf sie, besser gesagt, er sah sich um und versuchte sich zu entscheiden, welchen Weg sie jetzt nehmen sollten.

»Wo sind die Klapperschlangen?« überschrie Carrie den prasselnden Regen. »Haben Sie sie auch gesehen?« Diese Frage hätte sie im Grunde viel früher stellen sollen.

Er sah sie kurz an, nickte, nahm die Zügel auf und wandte sich in Richtung Westen. Carrie blieb dicht hinter ihm – jetzt machte ihr Pferd keinerlei Schwierigkeiten mehr. Nach ein paar Minuten hielt Josh an und stieg ab, während er seinen Blick auf einen großen Felshügel heftete. Der Felsen war in der Mitte gespalten, und der Riß verbreiterte sich nach unten. Josh ging auf den Hügel zu, und Carrie ahnte, daß sich das Schlangennest in dem Spalt befand.

Der strömende Regen nahm Carrie die Sicht, und sie merkte erst, daß Josh neben ihr stand, als ihre Stute zu tänzeln anfing. Er legte eine Hand auf ihr Bein und rief: »Falls mir irgend etwas passieren sollte, suchen Sie Tem allein!«

Carrie nickte stumm. Der Regen tropfte von ihrem Gesicht, als sie zuschaute, wie er sich in den Felsspalt zwängte. Als er die Steinwand berührte, zündete er ein Streichholz an und schirmte die kleine Flamme gegen Wind und Regen mit seinem Hut ab.

Das Zischen der Schlangen übertönte sogar den Regenschauer. Carrie sah im schwachen Schein des Zündholzes die sich windenden Körper in der Felsspalte. Sie hielt den Atem an, als Josh sich noch einen Schritt vorwagte, und ließ die Luft erst wieder aus ihren Lungen entweichen, als Josh zurückging und in Sicherheit war.

»Hier ist er nicht«, schrie er ihr zu. »Ich suche die Umgebung ab. Bleiben Sie hier.«

Carrie hatte nicht vor, dieser Anweisung Folge zu leisten. Sie war keine Frau, die nutzlos auf dem Rükken eines Pferdes saß und zusah, wie andere sich abmühten. Joshs wundervoller Hengst stand unangebunden in der Nähe und kümmerte sich weder um die Blitze noch um das Zischen der Schlangen, aber Carrie wußte, daß sie das ihrer Stute nicht zumuten konnte. Sie ritt ein Stück zurück, bis die Schlangen nicht mehr zu hören waren, und band die Zügel an einer großen Pinie fest.

Sie stemmte sich gegen den heftigen Wind, schirmte mit der Hand ihre Augen gegen den Regen ab und folgte Josh. Als sie ihn erreicht hatte, packte er sie an den Schultern. »Ich hab' doch gesagt . . .«

»*Nein*!« schien die passendste Antwort auf alles, was er sagen wollte zu sein, und sie schrie sie ihm ins Gesicht.

Er wollte keine wertvolle Zeit mit einem Wortgefecht vergeuden. »Dort«, brüllte er zurück. »Suchen Sie unter den Bäumen.«

Carrie entfernte sich von ihm und suchte das Wäldchen in immer größer werdenden Kreisen ab, und mit jedem Schritt wurde ihr deutlicher bewußt, wie nutzlos diese Aktion war. Tem konnte nur drei Meter von ihnen entfernt liegen, und bei dem Regen und Wind hätten sie ihn weder gesehen noch gehört. Und wie konnten zwei Menschen den ganzen Berg durchkämmen? Selbst wenn die Männer aus Eternity kamen, konnten sie nicht jeden Felsen und jeden Baum absuchen. Außerdem würde es noch Stunden dauern, bis Hilfe eintraf, denn Carrie bezweifelte, daß die Männer den gleichen Weg wie Josh und sie nehmen würden. Kein Mensch, der noch bei Verstand war, würde das tun.

Sie schrie auf, als Josh eine Hand auf ihre Schulter legte. Sie drehte sich zu ihm um und sah seinem Gesicht an, daß er genauso dachte wie sie und daß er nur noch hoffte, Tem durch Zufall zu finden.

»Ich gehe dort hinauf«, sagte er und deutete auf den Felshügel, in dem sich das Schlangennest befand.

Carrie nickte und setzte ihre zwecklose Suche fort, aber nur einen Augenblick später hörte sie einen Pfiff, den Josh ausgestoßen haben mußte. Sie rannte auf ihn zu, stolperte, riß sich die Hände auf und rutschte über die regennassen Steine.

Josh stand neben einer Felskante, und als sie bei ihm war, hielt er ihr einen blauen Fetzen Stoff entgegen. Sie wußte, daß Tem ein blaues Hemd angehabt hatte.

Josh kletterte weiter, und diesmal blieb Carrie bei ihm.

Sie erreichten die Spitze des Felshügels und sahen, daß auf der anderen Seite ein tiefer Abgrund war. So weit sie sehen konnten, war Finsternis.

»Der Fluß«, rief Josh und deutete nach unten in das schwarze Nichts.

Carrie überlief ein eisiger Schauer. Das Stück Stoff war der Beweis dafür, daß Tem hiergewesen war, aber wenn er hingefallen war, dann mußte er in die Schlucht gestürzt sein.

Josh ging weiter, und Carrie starrte in die endlose Schwärze. Als ein Blitz aufzuckte, drehte sie sich um und schrie vor Schreck auf.

Josh war im Bruchteil einer Sekunde bei ihr. »Was ist?«

Carrie deutete in die Dunkelheit.

Wieder kam ein Blitz, und Josh sah sie auch. Einen Moment lang hatte Carrie befürchtet, daß das kleine Mädchen nur ein Produkt ihrer Phantasie gewesen war, aber es stand in ihrer Nähe. Das Kind war kaum älter als sechs und sah eher wie ein wildes Tier als ein Mensch aus. Trotz des strömenden Regens stand das dichte Haar des Mädchens in alle Richtungen von dem kleinen Kopf ab, und es trug abgeschabte, primitive Lederkleidung und keine Schuhe.

Josh ging auf das Kind zu, aber als erneut ein Blitz die Dunkelheit erhellte, war es verschwunden. »Wo ist er?« schrie Josh in die dunkle Nacht. »Wo ist er?«

Carrie umfaßte seine Schultern und lehnte den Kopf an seinen Rücken.

»Sie weiß, wo Tem ist«, sagte Josh. »Ich bin sicher, daß sie es weiß.«

Beim nächsten Blitz zeigte sich das Kind erneut – diesmal stand es gefährlich nah am Abgrund, und Carrie verschlug es den Atem vor Angst. Das Mädchen deutete nach unten – direkt in die Schlucht.

»Ist Tem dort unten?« rief Josh. Das Mädchen nickte, und gleich darauf wurde es wieder von der Finsternis verschluckt.

»Ich gehe hinunter«, erklärte Josh entschieden, während er sich zu Carrie umdrehte. »Bleiben Sie hier und warten Sie auf mich. Ich hole das Seil. Rühren Sie sich nicht von der Stelle.«

Josh rannte und schlitterte über den Felsen zu den Pferden.

Carrie bewegte sich keinen Zentimeter vom Fleck, weil sie exakt die Stelle markieren wollte, auf die das Mädchen gezeigt hatte. Jedesmal wenn ein Blitz die Dunkelheit zerriß, hielt sie nach dem Mädchen Ausschau, aber sie sah es nicht. Trotzdem hatte sie das Gefühl, daß die Kleine ganz in der Nähe war und sie beobachtete.

Josh kam mit dem Seil zurück, aber als er zu einem Baum ging, um es zu befestigen, kreischte Carrie: »Nein!«

»Ich gehe!« schrie Josh zurück.

Es dauerte einen Moment, bis Carrie ihm klargemacht hatte, daß sie ihn nicht daran hindern, sondern ihm nur zeigen wollte, wie man das Seil richtig sicherte. Sie nahm ihm das dicke Seil ab und band es geschickt und schnell mit einem einzigen Knoten um den Baum, dann knüpfte sie eine Schlinge und befestigte ein anderes Seil daran. Als sie fertig war, erklärte sie Josh, daß sie ihn so ziehen konnte, wenn er wieder heraufkam und – hoffentlich – Tem in den Armen hielt.

Als Josh begriff, was sie getan hatte, sah er sie auf eine Art und Weise an, wie sie es von ihm noch nicht kannte: mit Bewunderung und Dankbarkeit.

Josh hielt sich an dem Seil fest, als er sich über die Felskante gleiten ließ und den Abstieg begann. Es schien fast so, als wüßte er genau, was er tat, und hätte dasselbe schon unzählige Male gemacht.

Carrie starrte in die Tiefe, um einen Blick auf ihn zu erhaschen, und lauschte aufmerksam, um seinen Pfiff nicht zu verpassen.

Nach kurzer Zeit kletterte Josh wieder Hand über Hand in die Höhe. Er war so geschickt, daß sich Carrie schon fragte, ob er früher zur See gefahren und öfter in der Takelage herumgeklettert war.

Er strahlte – eine solche Freude hatte Carrie noch nie in seinem Gesicht gesehen, und sie wußte, daß es Tem gutging. Ihre Tränen vermischten sich mit den Regentropfen auf ihrem Gesicht.

»Er ist da unten, und er lebt, aber er hat das Bewußtsein verloren. Ich muß ihn irgendwie heraufschaffen«, rief er. »Ich brauche eine Schlinge oder etwas Ähnliches.«

Carrie wußte augenblicklich, daß Josh sie um Rat fragte und ihre Hilfe erbat. Sie dachte fieberhaft nach, was sie alles bei sich hatten. Sie konnten unmöglich zurückreiten und irgend etwas holen, was man zu einer Art Tragesitz für ein bewußtloses Kind machen konnte. Die Leinentaschen und -tücher waren nicht fest genug, um Tems Gewicht auszuhalten, und sie hatten nicht genügend Seile.

Plötzlich streckte Josh seine Hand aus und legte sie auf Carries Taille. Seine Finger tasteten ihren Bauch ab.

Sie brauchte nur einen Moment, bis sie verstand, dann lächelte sie. Ja, ihr Korsett. Sofort knöpfte sie, mit Joshs geschickter Hilfe, ihr Hemd auf und zog die Hose aus. Mit flinken Fingern löste Josh die Bänder ihres Korsetts, und als er es in der Hand hatte, betrachtete er es stirnrunzelnd. Er bezweifelte, ob es groß genug war. Carrie reichte ihm ihren Gürtel und die Hose und zeigte ihm, wie er die Hosenbeine um Tems Körper binden konnte.

Josh nickte und machte sich mit den meisten ihrer Kleidungsstücke erneut an den Abstieg. »Wenn ich ihn sicher und fest an mich gebunden habe, pfeife ich. Dann fangen Sie an zu ziehen. Alles klar?«

»Ja.«

Bevor er sich über den Rand schob, hielt er einen Augenblick inne. Carrie wußte, was er empfand, denn ihr erging es genauso. Als wären sie Freunde und Liebende für immer, beugte sie sich vor und küßte ihn. »Viel Glück«, hauchte sie an seinen Lippen.

»Hals- und Beinbruch«, sagte er und verschwand in die Tiefe.

Carrie konnte überhaupt nichts sehen, und ihr erschien die Zeit, die Josh dort unten verbrachte, wie eine Ewigkeit. Sie lag auf dem Bauch im Schlamm, starrte in die Tiefe und lauschte angestrengt. Sie merkte gar nicht, daß sie außer den Stiefeln, der knielangen Unterhose und dem Hemd nichts am Leibe trug. Der dünne Baumwollstoff bot keinen Schutz gegen die Kälte und die Feuchtigkeit, aber sie spürte weder den Sturm noch den Regen. All ihre Sinne und Konzentration waren auf die düstere Tiefe gerichtet.

Nach einer endlosen Zeit hörte sie den Pfiff, und als sie zu dem Baum lief, sandte sie ein Dankgebet zum Himmel. Sie ergriff das Seil und zog. Sie war jung, stark und so entschlossen wie nie – sonst hätte sie sicher nicht die Kraft aufgebracht, die Last in die Höhe zu hieven. Das Wissen, daß Tem und Josh sie brauchten, um in Sicherheit zu kommen, verlieh ihr schier übermenschliche Stärke.

Einmal glaubte sie, daß ihr jemand half, an dem Seil zu ziehen, aber als sie nach hinten sah, war niemand da. Als ein Blitz ihre Umgebung in Licht tauchte, hätte sie beinahe laut geschrien, als sie einen alten Mann in schmutziger Lederkleidung hinter sich entdeckte, der nach Kräften mit an dem Seil zog. Sie schluckte den Angstschrei hinunter, nickte ihm dankbar zu und verdoppelte ihre Bemühungen.

Nach einer Ewigkeit, wie es ihr vorkam, erschien Joshs Kopf über dem Rand der Schlucht. Sie hielt den Atem an, aber dann sah sie, daß er Tem mit Hilfe ihrer Kleider an seinen Körper gebunden hatte. Als Josh sicheren Boden unter den Füßen hatte, ließ sie das Seil fallen, rannte zu ihm und tastete Tem besorgt ab. Er sah mehr tot als lebendig aus.

Sie drehte sich um und spähte in die Dunkelheit – niemand war zu sehen, aber sie wußte, daß der alte Mann und das Mädchen noch in der Nähe waren. »Wo können wir uns vor dem Unwetter schützen?« rief sie. »Bitte, wir brauchen Hilfe.«

Sie mußte auf den nächsten Blitz warten, dann sah sie, daß das kleine Mädchen in Richtung Westen deutete. Josh und Carrie zögerten keine Sekunde, sie stolperten den Felsen hinunter auf ihre Pferde zu. Josh hielt seinen Sohn auf den Armen wie seinen kostbarsten Besitz.

Vor seinem Hengst blieb er stehen und reichte Carrie den Jungen. Sie staunte, wie schwer er war. Als Josh aufgestiegen war, hob er Tem mühelos vor sich in den Sattel. Carrie lief zu der Stute, löste die Zügel von dem Baum und stieg auf.

Das kleine Mädchen tauchte noch zweimal vor ihnen auf und wies ihnen den Weg zu einer Höhle. Nachdem Josh mit Tem abgestiegen war, ergriff Carrie die Zügel der beiden Pferde und führte sie in die große Höhle.

Der Boden in der Grotte war sandig, und an der Wand war trockenes Feuerholz aufgeschichtet. Im hinteren Teil sah Carrie einen Stapel Decken. Sogar eine alte Blechkanne und ein halbes Dutzend Becher standen neben der Feuerstelle. Alles in allem sah die Höhle wie eine Herberge oder ein sicherer Unterschlupf aus. »Ziehen Sie dem Jungen die nassen Kleider aus und wickeln sie ihn in eine der Decken, während ich Feuer mache«, sagte Josh.

Carrie verlor keine Zeit und befolgte seine Anweisungen. Es dauerte nicht lange bis sie Tem die nassen

Sachen ausgezogen hatte, aber bevor sie ihn in die Decke hüllte, untersuchte sie ihn, um nachzusehen, wie schwer er verletzt war. Knochenbrüche konnte sie nicht feststellen, aber sein ganzer Körper war mit blauen Flecken übersät, und über eine Schläfe zog sich eine Wunde. Das schlimmste jedoch schien zu sein, daß er stark unterkühlt war.

Sie wickelte ihn in zwei Decken und versuchte, seinen Kopf so weich wie möglich zu betten, dann zog sie ihn an sich und rieb seinen Rücken.

Josh kam zu ihr und trug Tem zum Feuer. Er hatte bereits die Blechkanne mit Regenwasser gefüllt und heißgemacht, um Tee, den Carrie vorsorglich mitgebracht hatte, zu kochen. »Sie sollten auch die nassen Kleider ausziehen«, empfahl er.

Erst in diesem Moment bemerkte Carrie, daß ihr sehr kalt war. Sie ging in den hinteren Teil der Höhle, zog die wenigen Sachen aus, die sie noch am Leibe trug, und schlang eine Decke um sich, ehe sie sich wieder ans Feuer setzte.

Josh hielt Tem so fest an sich gedrückt, als könnte er ihm dadurch Leben einhauchen, und als Carrie den Jungen betrachtete, sah sie, daß seine Lider flatterten.

»Tem«, sagte Josh eindringlich. »Ich möchte, daß du mit mir sprichst.«

Mühsam öffnete Tem die Augen und lächelte seinen Vater an. »Ich bin hingefallen. Ich hab' das Mädchen gesehen und bin gefallen.«

Josh warf Carrie einen Blick zu. Das arme Kind hatte ihnen geholfen, weil es Tem erschreckt hatte und sich deshalb schuldig fühlte. »Jetzt ist alles gut«, sagte Josh und strich über das feuchte Haar seines Jungen. »Jetzt bist du in Sicherheit. Das wilde Mädchen hat uns gezeigt, wo wir dich finden können.«

»Ich habe keine Klapperschlange gefangen.«

»Darüber bin ich sehr froh.«

Tem drehte den Kopf ein wenig und sah Carrie an, ehe er sich wieder an seinen Vater wandte. »Du hast sie mitgebracht?«

»Sie wollte nicht zu Hause bleiben.« Josh grinste. »Warte nur, bis du siehst, was für gute Knoten sie machen kann . . ., wundervoll.«

Tem schloß die Augen. »Denkst du jetzt, daß Carrie die tollste Person von der Welt ist? Die großartigste?«

»Genau das denke ich jetzt wirklich.«

Tem strahlte und schlief gleich darauf ein. Carrie rückte näher zu ihnen und strich über Tems Stirn. »Er fühlt sich noch immer kalt an.« Sie sah Josh an und bemerkte, daß er sich an der Wange verletzt hatte und blutete. Sie streckte die Hand aus, um die Stelle zu berühren, aber er schob ihren Arm beiseite.

»Sie sind bis auf die Haut durchnäßt«, sagte sie. »Da hinten sind noch Decken.« Als Josh zögerte, versicherte sie: »Ich werde auf Tem aufpassen. Sie brauchen sich keine Sorgen zu machen.«

Einen Augenblick lang war Carrie nicht sicher, ob Josh ihr seine wertvolle Last anvertrauen würde, aber dann legte er ihr Tem doch in den Arm. Das ist wohl das wunderbarste Geschenk, das mir je gemacht worden ist, dachte Carrie. Sicherlich hatte ihr noch niemals jemand so viel Vertrauen entgegengebracht.

Während sie Tem in den Armen hielt, entledigte sich Josh seiner durchweichten Kleider und nahm auch eine der Decken, danach ging er zu den Pferden und sattelte sie ab. Dabei rutschte ihm die Decke von den Schulter. Josh fluchte und wickelte sie sich fest um die Taille.

Carrie lächelte bei dem Anblick seines starken, muskulösen Oberkörpers. Egal wie wenig ihm seine Farmarbeit einbrachte, seinen Muskeln hatte sie geholfen. Er legte die Sättel neben die Feuerstelle und holte das Brot und den Speck aus dem Beutel.

»Ich hätte eine Pfanne mitnehmen sollen«, sagte Carrie schuldbewußt. »Offenbar hatte ich meinen Kopf ganz woanders, als ich die Sachen gepackt habe.«

Josh zog ein Messer aus der Satteltasche und zerschnitt den Speck. »Ich kann ihn an Spießen braten«, erwiderte er und warf ihr einen belustigten Blick zu. »Sie können auf alle Fälle besser fluchen als kochen.«

Carrie fühlte, wie ihr das Blut ins Gesicht schoß. »Ich wußte nicht, daß Sie mich hören konnten.«

»Ich glaube, ganz Eternity konnte sie hören.«

Sie lachte. »Die Stute wollte bergab, und ich wollte auf den Gipfel.«

»Sie ist ein bißchen faul und scheut leicht.« Er spießte ein Stück Speck auf einen Stock und sah zu, wie er im Feuer brutzelte. »Ehrlich, ich hätte nie geglaubt, daß Sie sie dazu bringen, den Berg zu erklimmen.«

»Deshalb haben Sie sie mir gegeben, stimmt's? Sie wollten, daß sie mich nicht hier herauf bringt.«

»Dieser Gedanke ist mir durch den Kopf geschossen.«

Carrie sagte nichts mehr – das brauchte sie auch gar nicht. Er hatte sie nicht bei sich haben wollen, weil er gedacht hatte, daß sie ihn nur behindern würde, und aus diesem Grund hatte er ihr ein Pferd gegeben, das schwer zu kontrollieren war. Aber sie hatte das Pferd beherrscht und ihm sogar wertvolle Hilfe geleistet, nachdem sie Tem gefunden hatten.

»Ich hätte den Jungen ohne Sie nie aus der Schlucht

holen können«, gestand Josh leise. »Ich weiß nicht, was ich ohne Sie getan hätte.«

»Ihnen wäre bestimmt etwas eingefallen«, sagte sie leichthin, aber insgeheim freute sie sich über sein Lob. Sie sah eine Weile zu, wie er den Speck briet. »Sie waren sehr geschickt, als Sie mir das Korsett ausgezogen haben«, sagte sie mit gespielter Empörung. »Haben Sie so viel Erfahrung in solchen Dingen?«

Josh sah sie nicht an und konzentrierte sich auf den Speck. »Ich kann mit Korsetts besser umgehen als mit Mais.«

Carrie lächelte – zum erstenmal war ihm beinahe ein Witz über sich selbst gelungen. »Wo haben Sie so viel gelernt . . ., über Korsetts, meine ich?«

»Ganz bestimmt nicht dort, wo ich etwas über Mais gelernt habe.«

Carrie runzelte die Stirn – er gab nichts von sich preis.

Nachdem Josh drei Stücke gebratenen Speck auf eine Brotscheibe gelegt hatte, füllte er einen Becher mit Tee. »Wecken Sie Tem. Er muß was Warmes in seinen Magen bekommen.«

Carrie zog den Jungen unter Schwierigkeiten, weil ihre Arme eingeschlafen waren, in eine sitzende Position. Tem war benommen und müde und wollte nicht wach werden, aber weder Carrie noch Josh ließen ihn weiterschlafen.

Er trank drei Becher heißen Tee und aß das große Speckbrot auf, ehe er sich zufrieden an Carrie kuschelte und in einen tiefen Schlaf fiel. Carrie strich über seine Stirn und lächelte.

»Man weiß erst, wie unwichtig alles andere ist, wenn man beinahe ein Kind verliert«, sagte Carrie und blickte Josh an. Er zuckte zusammen und starrte über das

Feuer in ihr Gesicht. Er briet noch immer Speckstücke, diesmal für sie beide. Im Freien prasselte unaufhörlich der Regen vom Himmel. Außerhalb des Feuerscheins lag alles in tiefster Dunkelheit, das machte die Atmosphäre zwischen ihnen nur noch vertrauter. Die tanzenden Flammen zauberten ein goldenes Licht auf Joshs bloße Brust. »Wer ist wohl das kleine Mädchen?« fragte Carrie. »Haben Sie den alten Mann gesehen? Er hat mir geholfen, Sie und Tem aus der Schlucht zu ziehen.«

»Ich habe ihn nicht gesehen«, erwiderte Josh, »aber ich vermute, daß es Starbuck war. Niemand hat je mit ihm gesprochen oder ihn tatsächlich zu Gesicht bekommen. Er ist ein Einsiedler.«

»Und das Kind?«

»Ich weiß es nicht. Ich habe noch nie von einem Mädchen gehört, das in dieser Wildnis lebt, aber ich bin noch nicht lange in Eternity.«

»Vielleicht weiß Ihr Bruder etwas über die Kleine.«

»Kann sein«, meinte Josh in einem Tonfall, der deutlich machte, daß er die Unterhaltung beenden wollte. Er gab ihr ein Brot und Speck und einen Becher mit starkem Tee.

»Wo haben Sie gelebt, bevor Sie nach Eternity kamen?« Sie beobachtete sein Gesicht und meinte, den Ausdruck von Schmerz aufflackern zu sehen. Was war ihm widerfahren, daß er sich so quälte? Und warum war seine Vergangenheit ein so großes Geheimnis? Carrie hatte natürlich gemerkt, daß er seinen Kindern verboten hatte, jemandem zu erzählen, woher sie kamen oder wie sie früher gelebt hatten. Die arme kleine Dallas verwirrte dieses Verbot so sehr, daß sie schon manchmal glaubte, sie dürfe auch Carrie nicht nach ihrer Familie fragen.

»Ich war an vielen Orten«, erklärte Josh vage, und Carrie wußte, daß er keine Lust hatte, mehr zu verraten.

Die Vertrautheit hatte einen Riß bekommen, weil Josh sie daran erinnert hatte, daß sie eine Außenseiterin war. Auch wenn Carrie sich schon jetzt nicht mehr vorstellen konnte, ein Leben ohne die beiden Kinder zu führen, hielt Josh immer noch Distanz zu ihr. Sie war für ihn jemand, der in ein paar Tagen abreiste, und einem Menschen, der sozusagen auf der Durchreise war, würde er niemals seine Geheimnisse anvertrauen.

Schweigend aß Carrie ihr Brot und starrte in die Flammen. Im stillen rügte sie sich selbst, weil sie zuviel erwartet hatte. Hatte sie tatsächlich geglaubt, daß er ihr eingestehen würde, sie falsch eingeschätzt zu haben, nur weil sie ihm geholfen hatte, als er Hilfe brauchte? Hätte er ihr etwa sagen sollen, daß er sie jetzt nicht mehr für eine hohlköpfige, nutzlose Person hielt? Wenn sie nicht nach Eternity gekommen wäre und Josh nicht hintergangen hätte, wäre Tem nie auf die Idee gekommen, eine Klapperschlange zu fangen, und Josh hätte ihre Hilfe niemals gebraucht ...

»Gibt's heute keine Geschichten über Ihre Brüder?« fragte Josh.

Sie spürte, daß er sie ein wenig aufheitern wollte, aber es half nicht. »Warum erzählen Sie mir nicht etwas über *Ihren* Bruder?« versetzte sie bissiger, als sie beabsichtigt hatte.

»Er ist der beste Farmer auf der Welt. Er produziert Mais und Rüben erster Güte, und alles steht in ordentlichen Reihen auf seinen Feldern. Ich glaube, daß es kein Käfer wagen würde, sich an seinen Pflanzen gütlich zu tun.«

»Wieso hat er Ihr Pferd?« Carrie hatte sofort gemerkt, daß der Hengst Josh gehörte. Ein Mann und ein Pferd harmonieren nur dann so perfekt miteinander, wenn Sie viel Zeit zusammen verbracht und gelernt hatten, sich gegenseitig zu vertrauen.

»Ich hab' es ihm verkauft«, antwortet Josh leise. »Besser gesagt, ich habe es ihm als Anzahlung für die Farm überlassen.«

Carrie versuchte, ihre Entrüstung zu verbergen. Sie konnte nicht begreifen, daß jemand seinem Bruder ein Pferd wegnahm – egal aus welchem Grund. Sie hätte gern mehr Fragen gestellt, aber sie tat es nicht, weil sie nicht noch einmal zurückgewiesen werden wollte.

Nach einem langen Schweigen erhob sich Josh und kam auf ihre Seite des Feuers. »Der Tag wird bald anbrechen. Wir sollten versuchen, ein wenig zu schlafen.«

Carrie gähnte. »Ich glaube, ich könnte eine ganze Woche schlafen.« Sie streckte sich, und erst als sie Joshs seltsamen Blick bemerkte, fiel ihr auf, daß ihr die Decke über die Schultern gerutscht war. Sie war schon drauf und dran, ihre Brüste wieder züchtig zu bedekken, aber dann besann sie sich anders. Es war ohnehin gleichgültig. Er hatte beschlossen, sie zu verschmähen, und das würde er auch durchhalten.

Sie legte sich neben Tem in den Sand, schlang die Arme um den Jungen und schloß die Augen. Josh ließ sich auf der anderen Seite neben seinem Sohn nieder. Carrie blinzelte ein wenig, und nach einem Blick in die dunklen Augen ihres Mannes vergaß sie all ihren Ärger. Sie streckte die Hand aus und berührte vorsichtig die Wunde an seiner Wange.

»Hören Sie auf«, flüsterte Josh beinahe qualvoll.

Carrie ließ ihre Hand, wo sie war, und strich sanft über seine Schläfe.

Josh sah sie lange an. Sie war ihm so nah und doch so weit entfernt ... Schließlich drehte er sich auf die Seite und kehrte ihr den Rücken zu.

Tränen brannten in Carries Augen. »Gute Nacht«, sagte sie so ruhig wie möglich. Josh gab keine Antwort.

9. Kapitel

Carrie erwachte mit einem Lächeln auf den Lippen. Es war warm und trocken unter der Decke, und sie wußte, daß Tem wohlbehalten an ihrer Seite lag. Sie spürte eine Hand auf ihrer Wange und genoß das Gefühl mit geschlossenen Augen, ehe sie sich umdrehte.

»Carrie«, flüsterte Josh, und sie sah ihn an. Er war angezogen und kniete neben ihr. Es hatte aufgehört zu regnen, aber es war noch immer dunkel. Als sie ihn anlächelte, zuckte er zurück, als hätte er sich verbrannt.

»Ich beiße nicht«, murmelte sie verschlafen und hob ihre nackten Arme. »Ist alles in Ordnung?«

»Ich muß den Suchtrupp finden und den Männern sagen, daß Tem in Sicherheit ist.«

Carrie riß die Augen auf. »Das habe ich ja ganz vergessen. Glauben Sie, daß sie die ganze Nacht gesucht haben?«

»So wie ich meinen Bruder kenne, hat er während des Regens überhaupt nichts unternommen. Er wird nicht gern naß, nicht einmal, wenn sich ein Kind in Gefahr befindet.«

Carrie starrte ihn ungläubig an, aber Joshs Miene zeigte deutlich, daß er keine der Frage, die ihr auf der Zunge lagen, beantworten würde. Er sprach nicht gern über seinen Bruder, das hatte sie schon herausgefunden.

»Ich möchte, daß Sie mit Tem hierbleiben. Sobald ich den Suchtrupp gefunden habe, komme ich zurück.« Er zögerte. »Werden Sie das tun?«

Sie lachte. »Ich gehorche immer, wenn mir die Befehle sinnvoll erscheinen.«

Er verzog amüsiert den Mund. »Was würden Ihre Brüder tun, wenn ihre Matrosen den Gehorsam verweigern würden, nur weil ihnen ein Befehl sinnlos erscheint?«

Sie strahlte ihn mit gespielter Unschuld an. »Sie nehmen doch nicht ernsthaft an, daß ich weiß, wie es auf einem Schiff, auf dem sich nur Männer befinden, zugeht? Ich glaube, ich wäre bis ins Innerste schockiert, wenn man mir irgend etwas darüber erzählen würde.«

Als Josh sie mit einem warmherzigen, wundervollen Lächeln ansah, schwanden Carrie beinahe die Sinne. Sie war überzeugt, daß es keinen schöneren Mann auf Erden geben konnte als Mr. Joshua Greene. Sie stützte sich auf die Ellbogen. »Josh«, murmelte sie, »glauben Sie . . .«

Er legte zart einen Finger auf ihre Lippen, um sie zum Schweigen zu bringen, aber er zog ihn so rasch wieder zurück, als wäre ihr Mund ein glühendes Eisen. »Warten Sie hier und achten Sie darauf, daß Tem nicht friert.«

Sie nickte, aber er war schon weg.

Als Carrie aufstand und sich anzog, merkte sie, daß Josh, während sie noch geschlafen hatte, das Feuer entfacht und ein paar Holzscheite aufgelegt hatte. In der Blechkanne, die in der Nähe der Flammen stand, war frisch aufgebrühter Tee. Carrie lächelte, nahm einen Becher und goß sich Tee ein. Er mochte kein guter Farmer sein, aber er wußte, wie man sich um Menschen, die ihm anvertraut waren, kümmerte.

Außerdem konnte er während eines tobenden Unwetters an einem Seil in eine Schlucht klettern und perfekt reiten – und er wußte über die Liebe Bescheid.

»Ich könnte ein wenig von seiner Liebe vertragen«, sagte sie laut, als sie zum Eingang der Höhle ging und den anbrechenden Tag begrüßte.

*

Es war schon fast Mittag, als Josh, Carrie, die beiden Kinder und Choo-choo endlich wieder in dem hübschen kleinen Haus versammelt waren. Mrs. Emmerling war inzwischen hiergewesen und wieder gegangen. Alles war sauber, und Schinken-Sandwiches standen bereit. Auf dem Herd köchelte Bohnensuppe in einem großen Topf, und im Rohr wurden zwei große Apfelkuchen warm gehalten.

»Ich habe Hunger«, verkündete Tem.

Während des Ritts hatte Josh den Jungen fest an sich gedrückt, so, als könnte er gar nicht fassen, daß er ihn gesund und munter wiederhatte, aber jetzt bedachte er ihn mit einem strengen Blick. »Wir beide haben noch ein ernstes Wörtchen miteinander zu reden«, sagte Josh, und Tem riß erstaunt die Augen auf.

Carrie nahm Dallas' Hand und ging mit ihr ins Freie, damit Josh seinem Sohn die Leviten lesen konnte.

Carrie, Choo-choo, Dallas und ihre neue Puppe machten es sich mit ein paar Butterbroten und frischer Milch unter einem Baum bequem, aber Carrie sah immer wieder besorgt zum Haus. »Glaubst du, daß dein Vater . . ., du weißt schon, wird er Tem . . .?« fragte sie Dallas.

»Du meinst, ob er ihn zur Schnecke macht und den Unverstand aus ihm herausprügelt?« erkundigte sich Dallas sorglos.

»Wo hast du denn diese Ausdrücke her?«

»Onkel Hiram sagt immer, daß wir genau das nötig hätten. Er sagt, daß uns Papa hin und wieder verdreschen sollte, das würde uns nur guttun.«

»So etwas sagt er?« hakte Carrie entrüstet nach. »Und was antwortet dein Vater darauf?«

»Papa redet nie viel, wenn er mit Onkel Hiram zusammen ist. Er sitzt meistens nur da und hört zu.« Das Kind senkte die Stimme. »Papa kann Onkel Hiram überhaupt nicht leiden.«

Carrie öffnete schon den Mund, um Dallas darauf hinzuweisen, daß Josh seinen Bruder ganz sicher leiden konnte, aber sie brachte diese banalen Worte nicht über die Lippen. Nach allem, was sie inzwischen über Joshs Bruder gehört hatte, verabscheute sie ihn schon selbst, ohne ihm je begegnet zu sein. »Meinst du, dein Vater wird Tem schlagen?«

Dallas lächelte sie verschmitzt an. »Nee. Papa könnte uns nie schlagen – er hält uns immer nur eine Standpauke, wenn wir was angestellt haben.«

Carrie lachte. Ihr eigener Vater wäre auch lieber gestorben, als eins seiner Kinder zu züchtigen. Natürlich waren die meisten Leute Hirams Meinung, und viele behaupteten, es hätte Carrie, ihrer Schwester und ihren Brüdern nicht geschadet, wenn sie ab und zu eine Tracht Prügel bekommen hätten, aber so etwas war nie vorgekommen.

Nach einer halben Ewigkeit kam Josh aus dem Haus. Tem war dicht hinter ihm und lachte. Josh hingegen war blaß und sah miserabel aus. Carrie ahnte, daß Josh erst jetzt richtig bewußt geworden war, wie knapp Tem dem Tode entronnen war, und daß Tem die Ereignisse der letzten Nacht als ein großes Abenteuer betrachtete.

Sie hakte sich bei Josh unter und hielt ihn fest, als er zurückweichen wollte. »Ich erkläre den heutigen Tag zum Ruhetag. Heute denken wir nicht einmal an die Käfer auf den Maispflanzen, und es gibt nichts, was wir tun müssen.«

»Sie sehen aus, als wäre *jeder* Tag für Sie ein Ruhetag«, erwiderte Josh ironisch.

»Danke«, rief Carrie. »Ich glaube, das war das hübscheste Kompliment, das ich je bekommen habe.«

Das höhnische Lächeln wich von Joshs Gesicht. »Also gut, Sie haben gewonnen. Keine Käfer und kein Unkraut heute.« Er schaute Carrie an und fügte in nekkendem Tonfall hinzu: »Und für Sie gibt es kein Geschirrspülen, kein Bodenschrubben und keine Wäsche. Dieses eine Mal können Sie tun und lassen, was Ihnen gefällt, und Sie können so faul sein, wie Sie wollen.«

Die Anspielung darauf, daß sie ein Leben ohne Pflichten und Verantwortung führte, behagte ihr ganz und gar nicht. »Ich glaube nicht, daß ich faul bin«, erwiderte sie verletzt, aber dann sah sie, daß er sie nur reizen wollte. Als sie die Hand erhob, um ihn gegen die Brust zu boxen, wich er ihr behende aus. Carrie lief ihm nach und versuchte, ihn zu fangen, aber sie hatte keinen Erfolg. Ein paar Minuten später jagten sich die beiden wie Kinder, und Tem beobachtete das Spiel mit einem breiten Lächeln, während Dallas laut lachte und vor Freude in die Hände klatschte. Choo-choo war so aufgeregt, daß er unaufhörlich kläffte.

Carrie versuchte Josh mit ihren Fäusten zu bearbeiten, aber er tänzelte um sie herum, und sie konnte ihn nicht erreichen. Als er hinter ihr stand, nahm er sie in die Arme, preßte ihren Rücken an seine Brust und hielt ihre Hände fest.

»Ich bin *nicht* faul«, protestierte sie und bemühte sich, seinem eisernen Griff zu entkommen.

»Du bist die faulste Person, der ich je begegnet bin«, behauptete Josh sanft, und ohne genau zu wissen, was er tat, knabberte er an ihrem Ohrläppchen und liebkoste mit den Lippen ihren Nacken.

Carrie vergaß augenblicklich, daß sie sich von ihm befreien wollte, und lehnte sich mit geschlossenen Augen an ihn.

Choo-choo beobachtete die Szene kritisch und machte sich Sorgen um sein Frauchen. Er stürmte herbei und biß Josh ins Bein.

In der einen Sekunde küßte Josh Carrie zärtlich, und in der nächsten brüllte er ihr ins Ohr. Er schrie vor Schmerz, ließ sie abrupt los, und Carrie sah nur noch, wie er hinter Choo-choo herhetzte. »Lauf, Choo-choo, lauf«, rief Dallas.

Als Josh den kleinen Hund eingefangen hatte und androhte, ihm den dürren Hals umzudrehen, stürzten sich beide Kinder auf ihren Vater und versuchten, ihn zu Boden zu ziehen. Josh ließ den Hund fallen, zog seine Kinder in die Arme und wirbelte sie im Kreis herum. Choo-choo war jetzt gänzlich verwirrt. Er glaubte, daß Josh den Kindern ein Leid zufügte, und schnappte wieder nach ihm. Josh machte einen Sprung und wollte erneut die Verfolgung aufnehmen, aber in diesem Moment griff Carrie an, und im Nu lagen alle vier auf dem Boden. Josh protestierte lautstark gegen den massiven Angriff und behauptete, daß sie ihn zerquetschen würden. Dallas kicherte, und Tem konnte sich das Lachen auch nicht mehr verkneifen. Carrie fiel mit ein, als sich Josh, während er alle drei in seinen Armen hielt, über den Boden rollte.

Erst als sie den Waldrand erreicht hatten, hielt Josh inne und blieb reglos auf dem Rücken liegen. Er ließ die Arme kraftlos sinken und erklärte, daß sie ihn völlig erschöpft hätten und er dem Tode nahe sei.

Carrie, die so wie die beiden Kinder halb auf ihm lag, begriff, daß sie dieses Spiel schon oft gespielt hatten. »Was macht dich wieder lebendig?« schrien die Kinder begeistert im Chor. Sie waren glücklich, daß ihr Vater endlich wieder einmal lachte.

»Küsse«, sagte er wie aus der Pistole geschossen, und beide Kinder drückten feuchte Küsse auf die frisch rasierten Wangen ihres Vaters.

»Du auch, Carrie«, forderte Dallas.

Josh öffnete die Augen. »Ich denke nicht . . .«

Weiter kam er nicht, denn Carrie schmiegte sich an ihn und preßte ihre Lippen auf seinen Mund. Die Kinder rückten bereitwillig zur Seite.

Carrie hatte nicht viel Erfahrung mit Küssen, aber Josh schien dafür um so besser Bescheid zu wissen. Er legte seine Hand auf ihren Hinterkopf und drückte sie fest an sich, während er ihr mit ein paar köstlichen Bewegungen zeigte, wie sie sich ihm öffnen mußte.

Carrie hatte noch nie etwas Himmlischeres als diesen Kuß erlebt, und ihre Verzückung machte die mangelnde Erfahrung mehr als wett. Sie versuchte, die Arme um Josh zu schlingen, aber das gelang ihr erst, als er sich mit ihr herumrollte, bis er auf ihr lag. Sie umarmte ihn, ohne die Lippen von seinem Mund zu lösen, und zog ihn, so nah sie konnte, an sich, und als seine Zungenspitze die ihre zart berührte, stöhnte sie leise.

Nach einer Weile zog sich Josh zurück, und Carrie

stieß einen Laut des Protestes aus, dann öffnete sie die Augen und sah ihn an. Er hatte den Kopf zur Seite gewandt und betrachtete seine Kinder, die rechts und links von ihnen auf den Bäuchen lagen, die Köpfe in die Hände gestützt, und interessiert beobachteten, wie sich ihre Eltern küßten.

Carrie spürte, wie die Hitze in ihr Gesicht stieg.

»Ich glaube, daß du Carrie sehr gern küßt«, stellte Dallas so sachlich fest, als hätte sie gerade eine wissenschaftliche Entdeckung gemacht.

Josh war um die Antwort nicht verlegen. »Sie hatte Marmelade an ihrem Mund, die wollte ich ablecken.«

»Auf ihrer *Zunge?*« fragte Tem empört.

Carrie und Josh, die sich noch immer in den Armen hielten, lachten schallend.

»Ich habe keine Ahnung, warum sich überhaupt jemand *zwei* Kinder wünscht«, kicherte Josh, als er aufstand und Carrie die Hand reichte, um ihr zu helfen. »Schon nach einem hat man keinerlei Privatsphäre mehr.«

»Verheiratete Männer und Frauen schlafen zusammen«, erklärte Dallas mit einem Augenaufschlag. »In demselben Zimmer, und die Tür machen sie auch zu.«

Josh grinste. »Du hast recht. Ihr alle habt recht ... Habt ihr mir nicht erzählt, daß Carrie eine großartige Anglerin ist? Ein *Mädchen*, das angeln kann? Ha!«

Nachdem diese Herausforderung einmal ausgesprochen war, erklärten sich die Mädchen schnell zu einem Wettbewerb bereit. Carrie holte ihre Angelruten, aber Josh äußerte sich abfällig über die englischen Dinger, wie er sagte, und behauptete, er hätte mit seinen eigenen bestimmt mehr Erfolg. Tem murrte, als Josh zwei schäbige alte Bambusangeln hervorholte. »Mit denen können wir die Mädchen bestimmt nicht schlagen«, beklagte er sich.

»Dann müssen wir eben mogeln«, flüstere Josh verschwörerisch. Tems Miene hellte sich sofort auf.

Sie packten Proviant in einen Korb und machten sich auf den Weg zum Fluß. Gleich nachdem sie die Angeln ausgeworfen hatten, zappelten Fische an Dallas' und Carries Haken. Eine Stunde später hatten sie vier gefangen, während Josh und Tem leer ausgegangen waren. Aber ab diesem Zeitpunkt hatten die Mädchen auch kein Glück mehr.

Die kleine Dallas merkte, wie übel ihr Vater ihnen mitspielte. Jedesmal, wenn ein Fisch auch nur in die Nähe von ihrem oder Carries Angelhaken kam, machte Josh sie auf irgend etwas im Wald oder am Himmel aufmerksam, und wenn sie wegsahen, warf Tem mit Steinen nach den Fischen, die den Köder fressen wollten.

Dallas benahm sich für ein so kleines Mädchen ungeheuer klug und ließ kein Wort über ihre Entdeckung verlauten. Statt dessen jammerte sie, als wieder ein Fisch an Carries Köder knabberte, daß sie von einer Biene gestochen worden wäre, und während ihr Vater zu ihr eilte, um sie zu trösten, zog Carrie den Fisch an Land. Dreimal wurde Dallas auf diese Weise von Bienen, Wespen und einem wildgewordenen Vogel attakkiert, bis Josh dahinterkam, daß die Fünfjährige ihn mit seinen eigenen Waffen geschlagen hatte. Er hob sie hoch, wirbelte sie herum und lachte ausgelassen. Carrie und Tem beobachteten die beiden verblüfft. »Verrückt«, stellte Tem schließlich fest und widmete sich wieder seiner Angelrute.

Am Nachmittag hatten die Mädchen zwei Fische mehr als die Männer gefangen und erklärten sich selbst als Sieger. Josh und Tem redeten sich mit unzähligen Entschuldigungen heraus und führten tausenderlei Gründe an, warum sie nicht so große Beute gemacht hatten. Sie fachsimpelten über ihre unzureichende Angelausrüstung und ihre Köder, erwähnten, daß Tem nach den nächtlichen Ereignissen und Josh von der täglichen Arbeit sehr erschöpft waren . . . und überhaupt, um diese Zeit bissen ohnehin nie sehr viele Fische an. Ständig fielen ihnen neue Dinge ein, die bewiesen, daß sie den Wettbewerb gar nicht wirklich verloren hatten. Dallas tat es Carrie gleich und stemmte die Hände in die Hüften, während sie den Ausflüchten lauschte.

Als den beiden Männern die Luft ausging, wandte sich Carrie ihrer Kampfgenossin zu. »Dallie, mein Liebes, sind Männer nicht die schlechtesten Verlierer auf der Welt?«

Dallas nickte gelassen, ergriff Carries Hand und zog sie zum Picknickkorb. Die Männer zottelten hinter ihnen her und bestritten vehement, daß sie schlechte Verlierer seien, es war ja nur, weil . . ., und dann begannen sie von neuem mit ihren Tiraden.

Carrie verurteilte die Verlierer dazu, den Gewinnern das Essen zu servieren. Sie und Dallas genossen es, verwöhnt zu werden und verlangten ständig, daß man ihnen Dinge brachte, die sie selbst nicht mit ihren Händen erreichen konnten. Natürlich mußten sie sich des öfteren weit nach hinten lehnen, um zu beweisen, daß sie tatsächlich nicht an die Sachen herankamen, aber sie bedankten sich jedesmal zuckersüß.

Nach dem Essen brachte Carrie ein neuerschienenes Buch, das sie vor ihrer Abreise in Maine gekauft hatte, zum Vorschein. Es war Lewis Carrolls *Alice im Wunderland.* Sie fragte die Kinder, ob sie ihnen vorlesen solle, und Tem, Dallas und Josh machten es sich auf der Decke gemütlich und nickten.

Carrie hatte kaum mehr als zwei Seiten gelesen, als sie merkte, daß die Kinder unruhig wurden. Als sie sich erkundigte, ob sie lieber etwas anderes tun wollten, erklärten beide, daß sie die Geschichte sehr gern hören würden, und Carrie las weiter. Nach kurzer Zeit warfen sich Dallas und Tem bedeutungsvolle Blicke zu und verdrehten die Augen zum Himmel.

Carrie ließ das Buch sinken. »Was ist mit euch beiden los?« wollte sie wissen. »Ich möchte die Wahrheit hören – also, keine Lügen.«

Sie merkte, daß Tem nicht mit der Sprache herausrücken wollte, also wandte sie sich an Dallas.

»Papa kann viel besser vorlesen als du«, erklärte das Mädchen schlicht.

Carrie war überrascht und vielleicht sogar ein bißchen verletzt nach dieser Eröffnung, schließlich hatte sie schon oft Bettlägrigen und Kindern vorgelesen, und immer hatte man sie gelobt, daß sie die Geschichten ausgezeichnet präsentierte. Ohne große Begeisterung hielt sie Josh das Buch hin und sagte mit triefendem Sarkasmus in der Stimme: »Bitte sehr, ich hoffe, du kannst mindestens genauso gut lesen, wie du fischen kannst.«

Er lächelte ein wenig boshaft und nahm das Buch entgegen. Vom ersten Augenblick an, in dem seine Stimme ertönte, wußte Carrie, daß sie sich nicht mit ihm vergleichen konnte. Josh konnte in der Tat vorlesen. Nein, er las nicht nur, er erweckte die Geschichte zum Leben. Er brachte es fertig, daß seine Zuhörer Alice sahen und hörten und beinahe spürten, wie sich ihr weißes Kaninchen anfühlte, wenn sie ihm über das Fell strich.

Carrie konnte nicht ergründen, wie er das bewerkstelligte. Manche Menschen versuchten mit verschiedenen Stimmen vorzulesen, um die Charaktere zu kennzeichnen, und übertrieben derart, daß die Zuhörer rasch ermüdeten. Aber Josh trug die Geschichte so geschickt vor und formte die Worte so bedacht, daß alle handelnden Personen lebendig wurden. Er stockte nicht ein einziges Mal und machte nie lange Pausen, und das, obwohl ihm die Geschichte völlig neu sein mußte, da sie erst vor kurzem geschrieben worden war.

Carrie legte sich auf die Decke, schloß die Augen und sah alles, was Alice erlebte, vor ihrem geistigen Auge.

Als Josh verstummte, hätte sie ihn am liebsten gebeten, noch nicht aufzuhören. Sie öffnete die Lider und war im ersten Moment erstaunt, daß sie sich nicht im Garten der tyrannischen Herzkönigin befand. Erst jetzt merkte sie, daß die Sonne fast schon untergegangen war und Josh den ganzen Nachmittag vorgelesen hatte. Trotzdem war seine Stimme noch genauso klar wie vorher, und er schien nicht einmal eine trockene Kehle zu haben.

»Das war wunderschön«, hauchte Carrie und hatte Mühe, in die Wirklichkeit zurückzufinden. Sie wandte sich Josh zu und sah ihn mit glänzenden Augen an. »Ich habe noch nie jemanden gehört, der so wunderbar vorliest. Josh, du bist . . .«

»Der Beste?« warf Tem so begierig ein, als würde ihre Antwort über Leben und Tod entscheiden. »Ist Papa die großartigste Person auf der Welt?«

Carrie lachte. Genau dasselbe hatte er in der letzten Nacht seinen Vater über sie gefragt. »Fast«, stimmte sie zu. »In jedem Fall gibt es auf der ganzen Welt niemanden, der besser vorlesen kann als er.«

»Papa hat früher ...«

»Dallas!« zischte Josh.

Carrie verzog das Gesicht – der Zauber war gebrochen. Josh hatte ihr erneut gezeigt, daß sie nicht zur Familie gehörte.

Sie stand auf und begann, die Sachen in den Korb zu packen, und Josh schien zu ahnen, was in ihr vorging. Er faßte nach ihrer Hand. »Carrie«, begann er, »ich habe meine Gründe ...«

»Du brauchst mir nichts zu erklären«, unterbrach sie ihn wütend. »Ich bin kein Teil dieser Familie oder deines Lebens, erinnerst du dich? Ich fahre in zwei Tagen zu meinem Vater zurück.« An den letzten Worten wäre sie beinahe erstickt – die Vorstellung, daß sie in so kurzer Zeit ihre neue Familie verlassen und nach Maine zurückkehren würde, war fast zuviel für sie.

Als Josh etwas erwidern wollte, schob sie ihn resolut zur Seite.

Sie gingen alle nach Hause, und die Kinder schwatzten über das Angeln, aber die Atmosphäre war nicht mehr unbeschwert, weil die Erwachsenen merkwürdig schweigsam waren.

Zu Hause deckte Carrie den Tisch und stellte Mrs. Emmerlings Bohnensuppe und frisch gebackenes Brot in die Mitte.

»Können wir morgen wieder angeln gehen?« fragte Tem.

»Morgen ist Sonntag«, entgegnete Josh dumpf.

Nach diesen drei harmlosen Worten sah Tem betreten auf seinen Teller, und Dallas brach in Tränen aus.

Die plötzliche Traurigkeit erschreckte Carrie. »Was

ist so furchtbar an einem Sonntag? So schlimm kann es doch nicht sein, wenn man eine Stunde in der Kirche sitzen muß.«

»Wir gehen nicht in die Kirche«, erklärte Josh düster, als er Dallas auf den Schoß nahm und ihre Tränen trocknete.

Mit einemmal wurde Carrie alles zuviel, und sie schlug donnernd mit der Faust auf den Tisch. »Ich hab's satt! Noch mehr Geheimnisse kann ich nicht ertragen. Ich verlange, daß mir einer von euch erzählt, warum der Sonntag ein so schrecklicher Tag ist!«

Tem sah jetzt auch so aus, als wäre ihm zum Weinen zumute. »Onkel Hiram kommt jeden Sonntag zu uns zum Mittagessen«, sagte er. »Er macht uns immer sehr traurig.«

»Ein Gast beim Mittagessen kann doch nicht so etwas Schlimmes sein. Außerdem bezweifle ich, daß er uns traurig machen kann, wenn wir es ihm nicht erlauben.«

»Du verstehst das nicht«, warf Josh leise ein. »Es gibt einige Dinge, von denen du nichts weißt. Unser Wohl und Wehe hängt von Hirams Wohlwollen ab. Wenn er sich gegen uns stellt, können die Kinder und ich nicht mehr zusammenbleiben.«

»Ich verstehe«, erwiderte Carrie gepreßt. »Und natürlich hast du nicht vor, mir mehr darüber zu erzählen, habe ich recht?« Sie wartete, aber als Josh schwieg, fuhr sie fort: »Also gut, ich werde nicht nach den Gründen fragen. Ißt dein Bruder gern?«

Dallas kicherte.

»Heißt das, daß er gern ißt?«

Tem stand auf, blies seine Backen auf und hielt seine Hände so weit vor sich, als ob er einen enormen Bauch hätte, dann stolzierte er schwerfällig wie ein fetter Mann durch den Raum. »Was soll das sein, kleiner Bruder?« sagte er mit tiefer Stimme. »Hast du das gekocht? Hast du ein paar Würmer und Käfer von deinem Feld geholt und in einen Topf geschmissen? Ha, ha, ha! Was ist los mit dir? Kannst du denn *gar nichts* richtig machen? Schau mich an. Du solltest mich als gutes Beispiel dafür betrachten, wie ein Mann sein sollte. Ich kann Rechtes von Unrechtem unterscheiden. Ich *entscheide*, was Recht und was Unrecht ist.«

Dallas prustete los, und Josh schmunzelte, aber Carrie starrte Tem erstaunt an. Sie war, obwohl sie diesen Hiram noch nie zu Gesicht bekommen hatte, sicher, daß der Junge ihn perfekt nachahmte. Sie meinte fast, daß Tem einen halben Meter größer geworden war und zweihundert Pfund zugenommen hatte.

Sie drehte sich Josh zu. »Tem ist wirklich gut, findest du nicht?«

Josh stellte Dallas auf den Boden und zog eine Augenbraue hoch, als wollte er sagen: ›Warte, bis du die Kleine gesehen hast.‹

»Mach eine Ente«, forderte er seine Tochter auf.

Carrie sah erst verblüfft, dann lachend vor Begeisterung zu, wie Dallas sich in eine Ente verwandelte. Sie warf ihren Kopf zurück, um sich das Gefieder zu putzen, watschelte durchs Zimmer und bewegte ihr Hinterteil so, als würde sie das Wasser abschütteln, bevor sie sich aufplusterte.

Tem wollte sich von seiner kleinen Schwester nicht ausstechen lassen und imitierte eine Kuh, dann wurde Dallas zu einem Huhn, und Tem sah ihr eine Weile zu, ehe er sie langsam umkreiste und sie beide in Sekundenschnelle zu zwei Hunden wurden, die sich zum erstenmal begegneten und vorsichtig beschnüffelten.

Im nächsten Augenblick richtete sich Tem auf und

zog seine Schultern zurück, während er Dallas mit einem strengen Blick bedachte. »Ich werde *nicht* lachen, Miss Wohlstand«, sagte er mit verstellter Stimme. »Wir sind eine *ernste* Familie.«

Carrie wußte sofort, daß er seinen Vater nachmachte – er hatte Joshs Haltung, seinen stolzen Gang und den verbissenen Gesichtsausdruck angenommen.

Dallas baute sich vor ihrem Bruder auf, und als sie ihn ansah, klimperte sie mit den Wimpern. Im Nu war sie zu einer aufreizenden Frau geworden. »Geschirr«, flötete sie. »Es ist schmutzig. Wir lassen es einfach stehen, und wenn wir zurückkommen, hat die gute Frau es bereits gespült.«

Carrie fürchtete, daß das Kind jetzt sie imitierte, und als sie Joshs lautes Lachen hörte, war sie sicher und erschrak ein wenig. Sie warf ihm einen drohenden Blick zu, der deutlich ausdrückte: ›Wenn du noch einmal lachst, wirst du es bereuen.‹

Carrie bewunderte die Kinder aufrichtig, als sie eine glänzende Parodie von ihr und Josh in Szene setzten. Sie stritten über die unwichtigsten Dinge, und Carrie und Josh lachten ein paarmal verunsichert. Aber als die Kinder nachmachten, wie Josh und Carrie reagierten, wenn sie sich berührten, räusperten sie sich nervös.

»Sie haben meinen Arm gestreift!« sagte Tem. »Ich kann es nicht mehr ertragen, ich muß Sie küssen.« Er bedeckte mit dem Handrücken seine Stirn und zog Dallas näher zu sich. Er sah aus, wie ein Mann, der Höllenqualen leidet. »Aber nein, das darf ich nicht. Ich kann Sie nicht anrühren.«

»O bitte, mein großer schöner Mann«, flehte Dallas und sah Tem mit einem schwärmerischen Blick an.

Carrie wandte sich an Josh. »Deine Kinder sind richtig freche Gören.«

»Ich dachte, sie sind *unsere* Kinder.«

»In diesem Moment sind es nur deine.«

Er grinste sie an und klatschte einmal in die Hände. »Ins Bett, ihr Komödianten, aber schnell.«

Die beiden huschten die Leiter hinauf, nachdem sie sich mehrfach vor ihrem Publikum verbeugt und den Applaus entgegengenommen hatten, den sie ehrlich verdienten.

»Es sind außergewöhnliche Kinder«, sagte Carrie, als sie allein waren.

Josh krempelte die Hemdsärmel hoch und ging zum Spülbecken, in dem sich das Geschirr stapelte. »Ich werde dir jetzt beibringen, wie man abwäscht.«

Carrie überlief ein Schauder, aber sie verbarg ihren Widerwillen vor Josh. »Es tut mir leid, aber heute abend habe ich dafür keine Zeit. Ich habe noch Besorgungen zu machen.«

»Du kannst jetzt nicht mehr aus dem Haus gehen«, widersprach Josh, aber er verstummte, als er sich darauf besann, daß bei Carrie jeder Ratschlag, was sie tun konnte und was nicht, fruchtlos blieb. »Wohin willst du gehen?«

»Ich muß in die Stadt, um für die himmlischste Mahlzeit zu sorgen, die dein Bruder je gegessen hat«, erwiderte sie. »Und erkläre mir bloß nicht, was ich tun darf und was nicht. Du kannst nur an jemanden Forderungen stellen, der zu deiner Familie gehört und der deine tiefsten Geheimnisse mit dir teilen darf.«

Sie warf sich ihren Umhang über die Schultern und verließ das Haus.

Josh starrte einen Moment die Tür an, dann lächelte er. Sie ist eine Nervensäge, dachte er. »Trotzdem ist sie wunderbar«, murmelte er laut vor sich hin. Er erinnerte sich an Tems und Dallas' Vorstellung an diesem

Abend – er hatte die Kinder nie so fröhlich und ausgelassen erlebt, seit ihre Mutter . . .

Er beschäftigte sich rasch mit dem Geschirr. Er würde *nicht* über ihre Mutter nachdenken.

10. Kapitel

Kurz bevor Joshs Bruder und seine Frau am nächsten Tag zum Mittagessen eintrafen, war Carrie so nervös, daß sie zitterte. Sie hatte in der letzten Nacht nur vier Stunden geschlafen, da sie sehr viel Zeit in Eternity verbracht hatte, um alles für das Festmahl zu arrangieren. Josh hatte auf sie gewartet, und als sie heimgekommen war, hatte er ihr klargemacht, wie er darüber dachte, daß sie andere Frauen gebeten hatte, für sie zu kochen. Er schien der Ansicht zu sein, daß eine ›richtige‹ Frau den ganzen Tag an einem heißen Herd verbringen mußte.

Sie hatte ihn keiner Antwort gewürdigt und war ins Bett gegangen. Am Morgen, als die erste Frau mit einer großen Schüssel ins Haus gekommen war, hatte Josh sie geweckt, indem er seine Kinder ermutigt hatte, zu ihr ins Bett zu springen.

Tem und Dallas machten einen riesigen Krawall, und Carrie blieb nichts anderes übrig, als aufzustehen und sich anzuziehen. Dann stöberte sie mit Hilfe der Kinder in ihren Koffern herum. Zu Mittag war der Tisch mit einem Tuch aus feinstem irischen Leinen bedeckt, auf dem französisches Porzellan hübsch angeordnet war. Der Tafelaufsatz bestand aus reinem Silber. Die Schüsseln, die mit Speisen gefüllt waren, die verschiedene Frauen aus Eternity zubereitet hatten, waren ebenfalls aus Silber oder hauchdünnem Porzellan.

»Toll«, schwärmte Dallas – sie konnte sich nicht daran erinnern, je etwas so Wundervolles wie diese Tafel gesehen zu haben.

Um Punkt ein Uhr trafen Hiram und seine Frau in einer, wie Carrie auf Anhieb bemerkte, sehr edlen und teuren Kutsche ein. Hiram war ein großer Mann mit einem enormen Bauch, auf den er sehr stolz zu sein schien. Carrie warf Tem einen verschwörerischen Blick zu und lächelte – die Imitation des Jungen war tatsächlich mehr als nur zutreffend gewesen.

Josh und die Kinder standen bedrückt neben der Tür, aber Carrie bahnte sich nach einem mißbilligendem Schnauben den Weg zur Kutsche, um Hiram und seine Frau zu begrüßen. Als sie näher kam, konnte sie Alice genauer betrachten. Alice war dürr und ziemlich klein, und sicher war sie noch nicht so alt, wie sie aussah. Sie wirkte so erschöpft und schwächlich, daß Carrie sie am liebsten behutsam ins Haus geführt und auf einen Sessel gesetzt hätte, damit sie sich erholen konnte.

Carrie strahlte beide an und streckte die Hand zur Begrüßung aus. Obwohl Josh seinen Bruder als furchteinflößende Person geschildert hatte, empfand Carrie kein bißchen Angst. In ihrem kurzen Leben hatte sie bis jetzt jeder Mensch, dem sie begegnet war, mit Respekt oder sogar liebevoll behandelt. Ihre Familie war die vermögendste von Warbrooke, und niemand hatte es gewagt, sich ihr gegenüber ungebührlich zu benehmen. Außerdem war sie hübsch, großzügig und aufgeschlossen, und bis sie Josh kennengelernt hatte, war ihr Charme niemals ohne Wirkung geblieben.

»Guten Tag«, sagte sie freundlich zu Hiram. »Kann ich Ihnen helfen?« bot sie Alice an.

Alice sah Carrie so verschreckt an, als könnte sie gar

nicht fassen, daß ihr jemand Beachtung schenkte, aber einen Augenblick später lächelte sie erfreut.

Hiram neigte sich ein Stück nach hinten, um Carrie eindringlich von Kopf bis Fuß zu mustern. Wenn Carrie zu Hause gewesen wäre und ein Seemann sie auf diese unverschämte Weise taxiert hätte, wäre einer ihrer Brüder oder ein Bediensteter losgestürmt, um den Mann niederzuschlagen.

Hiram ignorierte Carries dargebotene Hand und wandte sich an Josh. »So, das ist also die kleine Frau, die du dir hast kommen lassen« sagte er mit einem bösartigen Grinsen. »Ich habe gehört, daß sie in der Küche ungefähr so erfolgreich ist wie du auf den Feldern. Es sieht dir ähnlich, daß du eine nichtsnutzige Frau heiratest.«

Nach diesen Worten rauschte Hiram, ohne die Kinder eines Blickes zu würdigen, ins Haus.

»Was soll das heißen?« begann Carrie und lief ihm nach. Keine Menschenseele konnte es sich erlauben, so von ihr zu sprechen.

Josh hielt sie am Arm zurück. »Bitte nicht«, flehte er sie an. »Er geht in genau zwei Stunden und zwanzig Minuten wieder nach Hause, und ich glaube, es ist nicht zuviel verlangt, ihn so lange zu ertragen.«

»Ich bezweifle, daß ich das kann«, sagte Carrie.

»Jemand, der so viel Geld hat wie du, ist auch nicht dazu gezwungen«, versetzte Josh. »Du wirst nie verstehen, was wir armen Leute alles auf uns nehmen müssen, um zu überleben.«

Jetzt hatten *beide* Brüder sie beleidigt. Sie bedachte ihren Mann mit einem hochmütigen Blick und ging ins Haus.

»Hat deine reiche Frau das alles mitgebracht?« hörte sie Hiram fragen. Er schielte über seinen dicken Bauch auf den Tisch, mit dem sie sich solche Mühe gegeben hatte. »Gib Acht, daß sie nicht alles wieder mitnimmt, wenn sie dich verläßt«, empfahl er Josh und lachte schallend über seinen eigenen Witz.

Als Carrie ihm eine passende Antwort geben wollte, sah Josh sie flehendlich an. »Wenn er uns von der Farm jagt, kaufst du uns dann eine andere?« flüsterte Josh so spöttisch, daß sie lieber den Mund hielt. In diesem Augenblick wußte sie nicht, welchen von beiden sie mehr verabscheute.

Carrie war entschlossen, den ekelhaften Mann ganze zwei Stunden und zwanzig Minuten zu erdulden. Schließlich und endlich würde sie morgen abreisen und diese Familie vermutlich nie wiedersehen, und es ging sie im Grunde überhaupt nichts an, was in Joshs Haus geschah. Wenn Josh die Beleidigungen dieses Mannes schweigend über sich ergehen lassen wollte, dann war es seine Sache.

Und Hiram erniedrigte die Familie nach Kräften. Er mokierte sich über die mangelnde Erziehung der Kinder und erklärte nach einem kurzen Blick auf Tems kleine Hände, daß er niemals zu einer anständigen Arbeit taugen würde. Als er selbst in Tems Alter gewesen sei, behauptete er, hätte er eine große Farm ganz allein verwaltet. Er schalt den Jungen wegen seines Ausflugs auf den Berg aus und machte ihm klar, daß er große Schande über die Familie Greene gebracht und ihren guten Namen besudelt hätte. Danach entrüstete er sich über die kleine Dallas, die seiner Meinung nach ein ungebildetes Gör war.

Nachdem er die Kinder genügend kritisiert hatte, machte er sich über Joshs Felder lustig und verkündete mit einem gewissen Stolz, daß er immer schon überzeugt gewesen sei, daß Josh zu nichts fähig und immer – besonders als Farmer – zum Scheitern verurteilt sei.

Erst als Hiram auf Joshs Vergangenheit zu sprechen kam, spitzte Carrie wieder die Ohren. Sie schloß aus Hirams rätselhaften Schimpftiraden, daß Josh etwas Gräßliches getan und dabei all sein Geld verloren hatte. Hiram sprach davon, daß Josh ›auf der Flucht‹ gewesen sei, und Carrie warf ihrem Mann einen fragenden Blick zu, aber Josh starrte schweigend auf seinen Teller.

Was kann Josh Schlimmes angestellt haben? überlegte sie. Alles, was Hiram gesagt hatte, deutete darauf hin, daß Josh einmal wohlhabend gewesen war, aber jeden Cent verloren hatte.

Wer hatte ihm alles genommen? fragte sich Carrie. Die Behörden? Hatte sich Josh sein Vermögen auf schändliche Art und Weise angeeignet und war dabei ertappt worden?

Als Hiram zu Josh nichts mehr einfiel, widmete er seine ganze Bosheit seiner armen Frau. Er erzählte lautstark, was Alice in dieser Woche alles falsch gemacht hatte. Er berichtete von Flecken auf seiner Kleidung, die sie nicht hatte entfernen können, weil sie so ungeschickt sei, und von ungenießbarem Essen, das sie zu lange oder zu kurz auf dem Herd hatte stehen lassen. Er erwähnte sogar die Spinnweben, die angeblich bei ihm zu Hause von der Decke hingen.

Carrie schielte auf ihre Uhr, die sie an ihrem Ausschnitt festgesteckt hatte. Eine Stunde war vergangen, und sie fand es beinahe bewundernswert, daß sich eine einzelne Person so lange damit beschäftigen konnte, andere niederzumachen und zu verletzen.

Endlich machte Hiram eine Pause. Obwohl er ohne Punkt und Komma geredet hatte, hatte er enorme

Mengen von den Speisen, die auf dem Tisch standen, verschlungen. Er betrachtete Carrie eingehend.

Carrie war sich bewußt, daß sich alle anderen anwesenden Personen still verhielten und ohne sich zu wehren das Gift, das Hiram verspritzte, schluckten. Aber sie senkte nicht den Blick, als Hiram ihr seine Aufmerksamkeit widmete. Geld, dachte sie. Sein Geld verleiht ihm diese Macht. Er besaß eine Farm, und auch das Land, das Josh bestellte, gehörte ihm. Er konnte seinen Bruder und die Kinder fortjagen und ihnen das Dach über dem Kopf nehmen, und deshalb meinte er, das Recht zu haben, sie zu schikanieren.

Aber Carrie wußte über Geld Bescheid. Unzählige Male hatte sie schon die Erfahrung gemacht, welche Macht einem ein Vermögen verlieh, aber in ihrer Familie wurde nie über Geld gesprochen. Dem Himmel sei Dank dafür, dachte sie, daß in meiner Familie niemand so niederträchtig ist, sich besondere Privilegien zu erkaufen. Geld zu besitzen war noch lange kein Freibrief, zu schalten und zu walten, wie man wollte.

Hiram hatte seine Begutachtung noch nicht beendet und sah Carrie immer noch mit einem kalten Blick an, dann wandte er sich mit einem gemeinen Lächeln an Josh. »Ich kann verstehen, daß du auf sie reingefallen bist«, sagte er mit ekelhaft lüsterner Stimme.

Hiram taxierte Carrie noch einmal, um zu ergründen, was sie ihm erwidern würde.

Als Carrie ihm ein honigsüßes Lächeln schenkte, grinste er selbstzufrieden.

Diese widerwärtige Grimasse brachte das zustande, was seine Worte nicht vermocht hatten. Carrie verlor die Geduld. Sie konnte mit seinen Beleidigungen fertig werden, aber dieses Grinsen war zuviel – offensichtlich war er der Meinung, daß es noch eine Person an diesem Tisch gab, die er einschüchtern und verunglimpfen konnte. Aber er hatte sich getäuscht.

»Noch etwas Mais, Bruder Hiram?« fragte Carrie mit einem bezaubernden Lächeln.

»Ich bin so frei. Das ist doch hoffentlich nicht der Mais, den mein kleiner Bruder angepflanzt hat? Für meinen Geschmack hat der nämlich zu viele Würmer.«

Carrie hob die Silberschüssel hoch und bot ihm etwas an, und als er danach faßte, leckte er sich wollüstig die Lippen und sagte: »Als Hausfrau mögen Sie ja eine Versagerin sein, aber Sie haben sicher eine besondere Begabung als *Frau.*« Carrie sah ihm noch immer lächelnd in die Augen und schüttete die Maiskolben auf seinen Schoß. Plötzlich lastete entsetztes Schweigen über dem Tisch, aber Carrie konnte sich nicht mehr zurückhalten. Sie nahm die Schüssel mit dem Rahmspinat und leerte sie über Hirams Kopf aus, schleuderte ihm den Krautsalat ins Gesicht und warf ihm den fetten Schinken an die Brust. Als sie zu dem Fleischmesser griff, hielt Josh ihr Handgelenk fest.

»Er hat kein Recht . . .«, begann Carrie.

Joshs Griff wurde fester. »Du hast ja keine Ahnung«, sagte er.

»Und kein Mensch hat es für nötig befunden, mir irgend etwas zu erklären«, rief sie und stürmte aus dem Haus. Das alles ging sie offenbar überhaupt nichts an. Daß sie mit Josh verheiratet war und die Kinder aus tiefstem Herzen liebte, schien nicht die geringste Bedeutung zu haben.

Sie rannte, bis sie auf die Straße kam, und lief immer weiter – am liebsten wäre sie bis nach Maine so gerannt. Ihre Lungen brannten, und ihre Beine wurden schwer, und als sie keine Kraft mehr hatte, ging sie zum Fluß und setzte sich ans Ufer. Sie war noch nicht einmal richtig zu Atem gekommen, als ihr die Tränen über das Gesicht strömten.

Sie zog die Knie bis zu ihrem Kinn herauf, verbarg das Gesicht in den Falten ihres Kleides und weinte lange. Sie hatte sich so sehr bemüht, und sie hatte vollkommen versagt.

»Hier«, sagte eine Stimme neben ihr, und jemand hielt ihr ein Taschentuch hin.

Sie hob den Kopf und sah durch den Tränenschleier, daß Josh neben ihr saß. »Geh weg. Ich hasse dich. Ich hasse euch alle. Ich wünschte, ich könnte schon heute abreisen und müßte nicht bis morgen warten. Ich bin froh, wenn ich euch alle nie wiedersehe.«

Ohne auf ihre flammende Rede einzugehen, reichte er ihr eine Flasche. »Das ist guter schottischer Maltwhisky – meine letzte Flasche.«

Carrie nahm die Flasche und trank einen herzhaften Schluck, dann setzte sie nur kurz ab und trank noch einmal, ehe Josh ihr die Flasche aus der Hand nahm.

»Mein Bruder ...«, begann er.

Carrie wartete. Der Whisky hatte seine Wirkung getan, sie fühlte sich ein wenig benommen und entspannt. Sie stützte sich auf die Hände und betrachtete den Fluß. Als Josh weiterhin schwieg, lachte sie spitz. »Ich wußte gleich, daß du mir nichts erzählen würdest. Du kannst deine Geheimnisse nicht mit mir teilen.« Sie musterte ihn von der Seite. »Du siehst deinem Bruder kein bißchen ähnlich.«

»Wir sind keine Blutsverwandten. Meine Mutter hat seinen Vater geheiratet, als ich zehn Jahre alt war, und Hiram war schon erwachsen.«

»War sein Vater auch so wie er?«

»Nein.« Josh trank einen großen Schluck aus der

Flasche. »Ich glaube, mein Stiefvater hatte ein wenig Angst vor Hiram.«

Carrie kicherte. »Das kann ich ihm nachfühlen. War er schon immer so?« Sie deutete mit einer vagen Geste in Richtung Haus, das Meilen weit entfernt war.

Josh nahm noch einen Schluck und reichte Carrie die Flasche. »Männer, die wie Hiram sind, werden so geboren. Ich glaube, er war schon bei seiner Geburt überzeugt, daß er auf dem richtigen Weg ist und die Pflicht hat, dem Rest der Menschheit klarzumachen, wie man sein Leben zu führen hat.«

»Warum lebst du hier, auf seinem Besitz?«

Josh gab keine Antwort.

Carrie setzte die Flasche an und trank. »Ich bitte um Vergebung. Ich weiß, das ist eine der Fragen, die ich nicht stellen darf. Momentan hatte ich ganz vergessen, daß ich kein Mitglied der Greene-Familie bin, sondern nur ein hohlköpfiges kleines Mädchen, das gar kein Recht hat, sich hier aufzuhalten.« Sie stand auf. »Entschuldige mich bitte, ich gehe jetzt zum Haus zurück.«

Josh hielt sie am Rock fest. »Carrie, ich hätte dir ja alles erzählt, aber ...«

Sie sah auf ihn nieder. »Aber was?«

»Du würdest mich verabscheuen, wenn du alles wüßtest.«

Das war nicht das, was sie erwartet hatte.

Er ließ sie los und starrte auf den Fluß. »Ich habe einige Dinge getan, auf die ich ganz und gar nicht stolz bin, und mein Leben selbst zerstört. Die Kinder sind das einzig Gute, was ich zustande gebracht habe.«

Carrie erinnerte sich an Hirams Anspielungen. Hatte Josh etwas Kriminelles getan? Vielleicht hatte man ihm die Haft erlassen, wenn er sich unter die Obhut seines Bruders begab und sich um seine Kinder kümmerte.

Sie setzte sich wieder neben ihn, viel näher als vorher, und nahm noch einen Schluck aus der Flasche, ehe sie flüsterte: »Laß mich hierbleiben.«

»Nichts wäre mir lieber, als dich bei mir zu behalten, aber das darf ich nicht. Dies ist kein Leben für dich. Niemand kann so leben, und ich kann mich nicht weiter von dir aushalten lassen.«

Sie nickte, nicht weil sie ihm zustimmte, sondern weil sie diese Aussage akzeptierte. »Josh«, hauchte sie mit tränenerstickter Stimme. »Das ist mein letzter Tag bei euch.«

Als er sich ihr zuwandte, redete er sich im stillen ein, daß er aufatmen konnte, wenn Carrie weg war, daß sie ihn durcheinandergebracht und für ihn alles nur verschlimmert hatte. Natürlich würden die Kinder ihr nachtrauern, aber sie würden darüber hinwegkommen, und bald könnte die kleine Familie ihr normales Leben wieder aufnehmen. Aber was war normal? Seine miserablen Kochkünste? Seine erbärmliche Farmarbeit? Seine Armut, unter der die Kinder zu leiden hatten?

»O Carrie«, seufzte Josh und zog sie in seine Arme.

Ihre Lippen fanden sich in einem glühenden Kuß, der deutlich verriet, daß sie sich seit ihrem ersten Zusammentreffen nacheinander verzehrten. Das Verlangen war in dem Augenblick aufgekeimt, als Josh Carrie Taille umfaßt hatte, um sie von der Postkutsche zu heben, und es war während ihres täglichen Zusammenlebens gewachsen. Jetzt konnte sich keiner von beiden mehr zurückhalten.

Tag für Tag hatten sie sich beobachtet, jede Bewegung des anderen wahrgenommen, und der kalte Schweiß war ihnen ausgebrochen, wenn sie sich berührt hatten. Und obwohl beide vorgetäuscht hatten, den anderen nicht zu mögen, hatten sie, jedesmal wenn sie in einem Raum zusammen waren, gespürt, wie die Luft vibrierte.

Die Kinder hatten genau erfaßt, was mit den Erwachsenen los war, das hatte schon ihre Parodie am gestrigen Abend gezeigt.

Jetzt waren sie allein an diesem Flußufer, und es gab nichts, was sie noch hätte aufhalten können.

Josh hatte Erfahrung darin, wie man einer Frau die Kleider auszog. Carrie hingegen tastete ungeschickt nach Joshs Hemdknöpfen. Aber auch Josh konnte sein Begehren kaum noch ertragen, und als er an Carries Ärmeln zerrte, rissen sie entzwei, und er preßte hungrig seine Lippen auf ihre bloße Haut. Jetzt war er so ungeduldig, daß er sich keine Zeit mehr ließ, die vielen Knöpfe ihres Kleides zu öffnen, sondern es mit einem Ruck aufriß. Als er mit dem Mund Carries Schultern liebkoste und ihr Stöhnen hörte, verschwendete er überhaupt keinen Gedanken mehr an ihre Kleider – jetzt zählten nur noch seine Sehnsucht und sein Verlangen.

Er kämpfte mit dem Reifrock, Seiden- und Baumwollstoffe wurden zu Fetzen, und im Nu lag ein Haufen achtlos weggeschleuderter Kleidungsstücke auf dem Boden, bevor Josh sich selbst von den letzten Barrieren, die sie noch voneinander trennten, befreite.

Als sie beide nackt waren, überwältigte sie die Lust dermaßen, daß sie keine Zeit auf Zärtlichkeiten verschwendeten – auf diesen Augenblick hatten sie lange gewartet, ein Leben lang.

Joshs Mund umschloß ihre Brustwarze, und während er mit den Händen ihre Hüften liebkoste, drang er in sie, so daß Carrie vor Schreck und Schmerz einen Schrei ausstieß. Aber das quälende Brennen zwischen ihren Schenkeln hielt nur kurz an. Sie hatte sich zu lange danach verzehrt, daß Josh ihr diesen Schmerz zufügte.

Sie paßte sich mühelos seinem rasenden Rhythmus an und war ebenso leidenschaftlich und feurig wie er, und als sie gemeinsam fühlten, wie sich das drängende Verlangen in einer hellen Explosion, die die Welt aus den Angeln hob, entlud, schrie Carrie vor Lust, und Josh verbarg sein Gesicht an ihrem Hals.

Für einen langen süßen Moment lagen sie sich in den Armen, und dort, wo sich ihre Körper berührten prickelte die Haut, als lägen ihre Nervenenden bloß.

»Ich habe nie ...«, murmelte Josh, aber Carrie legte sanft einen Finger auf seinen Mund.

»Sag nichts, was du nicht ernst meinst«, flüsterte sie. »Was immer du auch tust, bitte mich nicht um Verzeihung.«

Er küßte lächelnd ihre Fingerspitzen. »Ich wollte dir nur sagen, daß ich so etwas noch nie erlebt habe. Nie zuvor hatte ich mich selbst so wenig in der Gewalt. Die Liebe ist eine Kunst, aber das war ...«

»Ein Bedürfnis?«

»Ein Bedürfnis und mehr.« Er löste sich von ihr, legte sich auf die Seite und schlang den Arm um sie. Er hielt sie fest und strich behutsam über ihr Haar.

»Josh«, hauchte sie, aber er brachte sie mit einem Kuß zum Schweigen.

»Wir müssen zurück«, sagte er schließlich. »Die Kinder sind allein, und wir müssen morgen sehr früh aufstehen, um rechtzeitig ...« Er brach ab, als wären ihm die Worte zu schmerzlich.

Sie lag noch ein paar Minuten in seinen Armen, dann stand sie auf und begann, sich anzuziehen. Die Risse in ihren Kleidern waren kaum zu kaschieren, und sie hatte Mühe, die Stücke zusammenzusetzen. Josh schob ihre Hände zur Seite. »Du erlaubst doch?« fragte er und half ihr so gekonnt wie eine Zofe beim Anziehen, während seine Hände so lange wie möglich auf ihrer Haut lagen.

Als sie den Heimweg antraten, schwiegen beide, aber Josh ergriff behutsam ihre Hand. Zuerst versuchte Carrie, ihn abzuwehren. Wie konnte er nur so wundervolle Dinge mit ihr tun und im nächsten Atemzug andeuten, daß sie morgen weg mußte?

Zu Hause lachten die Kinder über Carries zerfetzte Kleider und die roten Gesichter der Erwachsenen. Sie waren in Hochstimmung, weil Carrie ihrem Onkel Hiram endlich einmal gegeben hatte, was er verdiente. Ausgelassen berichteten sie, daß Hiram in rasender Wut aus dem Haus gestürmt war und auf dem Weg zu seiner Kutsche schreckliche Dinge über Carrie und seinen schwachsinnigen Bruder, der eine so ungezogene Person geheiratet hatte, gesagt hatte. Die kleine Dallas schlang die Arme um Carrie und sagte, daß sie sie sehr liebhätte.

Der Gedanke, morgen dieses Haus verlassen zu müssen, brachte Carrie beinahe um den Verstand, und bevor sie die Fassung verlor, lief sie ins Schlafzimmer, um sich umzuziehen. Am liebsten hätte sie den schmerzlichen Abschied sofort hinter sich gebracht, und sie wünschte, sie könnte sofort die Postkutsche besteigen.

Nachdem sie sich wieder beruhigt hatte, ging sie ins Wohnzimmer zurück, wo Tem und Josh das Geschirr vom Mittagessen spülten. »Wir könnten es dir zeigen, Carrie«, schlug Tem hoffnungsvoll vor.

Dallas hatte sich neben Carrie postiert und straffte ihre schmalen Schultern. »Ich glaube nicht, daß ich das je lernen möchte«, verkündete sie. »Ich möchte keine

Farmersfrau werden, sondern eine berühmte Schauspielerin.«

Carrie mußte lachen, und sie hob das Kind auf ihre Arme. »Wenn du eine Schauspielerin wirst, mußt du dich mit vielen gräßlichen Leuten abgeben«, sagte sie, »und du mußt fast die ganze Zeit reisen und wirst von den guten Familien nie akzeptiert. Ich meine, es wäre besser, wenn du einen netten Mann heiratest und Babies bekommst.«

Dallas zog eine Grimasse. »Ich möchte, daß mir die Männer Rosen schenken.«

»Wenn du den richtigen Mann heiratest, dann wird er dir auch Rosen schenken.«

»*Falls* er sich das leisten kann«, warf Josh grimmig ein, ehe er das Geschirrtuch auf den Tisch schleuderte und aus dem Haus stapfte.

»Was habe ich jetzt wieder gesagt?« Carrie seufzte. Sie hatte gehofft, daß sie sich nach dem heutigen Erlebnis etwas nähergekommen wären, aber Josh schien jetzt noch aufgebrachter zu sein.

Josh tauchte den ganzen Nachmittag nicht mehr auf, und Carrie war mit den Kindern allein. Wenigstens traut er mir zu, daß ich auf sie aufpassen kann, dachte sie bitter. Er scheint nicht zu fürchten, daß ich das Haus in Brand setze.

Am späten Nachmittag setzte sie sich mit den Kindern auf die Veranda und erzählte ihnen von Maine und ihren Brüdern. Sie hatte eigentlich vor, ihnen zu sagen, daß sie am nächsten Morgen abreisen mußte, aber die Worte kamen ihr nicht über die Lippen.

Eine Stunde nach Sonnenuntergang kam Josh zurück. Er umarmte die Kinder und bat sie, sich zu waschen, damit sie ins Bett gehen konnten.

Carrie stand auf und sah sich niedergeschlagen um.

Jetzt roch sie den Duft der Rosen. Bei ihrer Ankunft hatte die Umgebung des Hauses nach Pferdemist gestunken. Sie verdrängte den Gedanken an den morgigen Tag und ging ins Haus, aber als die Kinder ihr einen Gutnachtkuß gaben, mußte sie gegen die Tränen ankämpfen.

Dallas kletterte die Leiter hinauf und drehte sich noch einmal zu ihrem Vater um. »Kommst du auch bald ins Bett?«

»Ich schlafe heute nacht nicht bei dir«, entgegnete Josh. »Ich schlafe in dem großen Bett.«

»Mit Carrie?« fragte Dallas.

»Mit Carrie«, bestätigte Josh, als wäre das die normalste Sache der Welt.

Als die Kinder verschwunden waren, drehte er sich zu Carrie um.

»Ich bin nicht sicher...«, murmelte sie, aber sie wußte nicht, wie sie den Satz beenden sollte. Hätte sie ihm sagen sollen, daß sie die Nacht nicht miteinander verbringen sollten, weil ihr dann der Abschied noch schwerer fallen würde? Es war unmöglich, noch mehr Liebe zu dieser Familie zu empfinden, als sie es ohnehin schon tat. Fürchtete sie etwa, daß sie nach einer gemeinsamen Nacht noch mehr Tränen vergießen würde? Auch das erschien ihr kaum wahrscheinlich. Konnte sie hoffen, daß Josh sie nach dieser Nacht nicht fortschicken würde?

Sie sah ihm in die Augen – in dunkle Augen, die glänzten vor Sehnsucht und Verlangen –, und plötzlich konnte sie keinen klaren Gedanken mehr fassen. Sie breitete die Arme aus und flüsterte: »Josh.«

Er lief auf sie zu, hob sie hoch und trug sie ins Schlafzimmer.

11. Kapitel

Als Carrie am nächsten Morgen erwachte, stand die Sonne schon am Himmel. Sie erschrak. Eigentlich hätte sie längst angezogen sein sollen, aber dann sank sie lächelnd in die Kissen zurück und dachte an die vergangene Nacht. Joshs Hände hatten sie so zärtlich liebkost, er hatte so sensible Hände wie ein Musiker, und er hatte sie geküßt und ihr gezeigt, wie er geküßt werden wollte.

Sie hatten sich beinahe die ganze Nacht geliebt, und die Begeisterung und das Drängen, die das erste Mal am Flußufer bestimmt hatten, waren der Rücksicht und der Geduld gewichen. Carrie war fasziniert von Joshs Körper, seiner Stärke und dem Spiel seiner Muskeln unter der gebräunten Haut gewesen. Sie hatte ihn nach den Narben gefragt, die er an manchen Stellen hatte, und er hatte ihr geantwortet ... aber nicht immer. Nach einer Weile war ihr klargeworden, daß er ihr bereitwillig Auskunft über alles gab, was vor seinem sechzehnten Lebensjahr geschehen war, aber alle Erlebnisse, die er danach gehabt hatte, blieben sein Geheimnis.

Er selbst war mit seinen Fragen sehr zurückhaltend und mehr an ihrem Körper interessiert gewesen, und Carrie hoffte, daß er nicht der Meinung war, schon alles über sie zu wissen. In dieser einen Nacht hatte sie sich mit der Gegenwart zufriedengegeben und keinen Gedanken an das, was ihr in der Zukunft widerfahren mochte, verschwendet.

Einmal hatte sie gesagt: »Josh, ich liebe dich.« Aber er hatte geschwiegen und sie noch fester an sich gedrückt, als hätte er Angst, sie gehen zu lassen.

Carrie streckte sich wohlig in ihrem Bett, als die Tür

aufgerissen wurde. Josh baute sich vor ihr auf und funkelte sie so finster an wie nie zuvor.

»Was ist los?« fragte sie erschrocken. »Ist etwas mit den Kindern?«

»Ich habe sie zu meinem Bruder gebracht. Deine Koffer sind bereits aufgeladen, und ich habe einen Kutscher aufgetrieben, der das Fuhrwerk nach Maine bringt. Du mußt dich rasch anziehen, damit wir rechtzeitig in die Stadt kommen«, fügte er hinzu und verließ den Raum.

War das derselbe Mann, mit dem sie die Nacht verbracht hatte? War das der Mann, dem sie ihre Liebe gestanden hatte?

Sie stieg aus dem Bett – ihrem Ehebett – und zog sich mit zitternden Händen an. Diese Nacht hatte seinen Entschluß kein bißchen ins Wanken gebracht, und er gestattete ihr nicht einmal, von den Kindern Abschied zu nehmen. Aber was hätte sie ihnen auch sagen können? Daß sie abreisen *wollte*? Keinesfalls hätte sie ihnen eröffnen können, daß ihr Vater sie zur Abreise zwang, sie wollte nicht, daß die Kinder ihrem Vater Vorwürfe machten. Vielleicht war es ja wirklich besser, wenn sie die Kinder nicht mehr sah, sie hätte nur noch mehr geweint und wäre nie in der Lage gewesen, ihnen etwas zu erklären, was sie selbst nicht verstand.

Als sie fertig angekleidet war, packte sie ihre Sachen, die sie im Schlafzimmer verteilt hatte, in eine Reisetasche und ging auf den Hof. Josh saß bereits auf dem Kutschbock des Fuhrwerks, und der Mann, der es sich zwischen den Koffern auf der Ladefläche bequem gemacht hatte, tippte zur Begrüßung mit einem Finger an seinen Hut. Joshs Pferd – der Ackergaul, nicht der edle Hengst – war hinten am Wagen angebunden. Als Carrie in der Tür erschien, sprang Josh auf den Boden, um ihr auf den Kutschbock zu helfen, aber er sagte kein Wort.

Erst als sie auf dem Weg waren, fragte Carrie: »Gibt es irgend etwas, was dich umstimmen könnte?«

»Nichts«, erklärte er heftig, »gar nichts. Du verdienst mehr, als ich dir geben kann. Du verdienst . . .«

»Wage nicht, mir zu erklären, was ich verdiene und was nicht«, versetzte sie wütend. »Ich weiß, was ich *will.*«

Sein Gesicht wurde zu einer Maske aus Stein, und er schwieg eisern.

Carrie klammerte sich an der Sitzbank fest und nahm sich vor, ebenso zu schweigen wie er. Aber ihre Gedanken konnte sie nicht so leicht aufhalten – Gedanken an die letzte Nacht und die Tage, die sie zusammen mit Josh und den Kindern verbracht hatte.

»Sag Dallas, daß ich ihr schreibe«, flüsterte Carrie schließlich doch. »Ich schicke ihr Bücher, und Tem werde ich alle Dinge, die mit der Seefahrt zu tun haben, schicken. Er möchte so gern einmal das Meer sehen und ein Seemann werden. Dallas wird bald vergessen, daß sie Schauspielerin werden will. Alle kleinen Mädchen träumen davon, Schauspielerin zu sein, aber das geht vorüber, du brauchst dir also keine Sorgen zu machen. Sie ist ein gutes Kind. Beide sind phantastisch. Jetzt, da ich weg bin, wird Tem auch keine Dummheiten mehr machen. Bitte ihn, dem wilden Mädchen meinen Dank auszurichten, wenn er sie einmal wiedersieht.«

Sie hörte auf zu reden, weil sich ein dicker Kloß in ihrer Kehle gebildet hatte. Als sie die Poststation erreicht hatten, half Josh ihr beim Absteigen. Sie versuchte, seine Miene zu ergründen, aber sie fand kein Anzeichen von Kummer oder Widerwillen. Er hätte genauso gut eine Fuhre seiner wurmstichigen Maiskolben zum Händler wie seine Frau, die er nie mehr wiedersehen würde, zur Poststation bringen können.

»Dir macht das alles gar nichts aus, stimmt's?« zischte sie. »Du hattest deinen Spaß. Du wußtest vom ersten Augenblick an, was du von mir wolltest, und du hast es bekommen. Jetzt kannst du mich, ohne Gefühle zu zeigen, wegschicken.«

»Du hast recht«, erwiderte er mit einem zweideutigen Lächeln. »Schon als ich dich zum erstenmal sah, wollte ich deinen hübschen Körper in meinen Armen halten. Ich hab' einige Zeit gebraucht, bis ich erreicht hatte, was ich wollte, aber es ist mir gelungen, und jetzt kann ich mein glückliches Dasein wieder genießen, wie ich es vor deiner Ankunft getan habe.«

Wenn sie diese Worte nur gehört hätte, hätte sie ihm nicht geglaubt, aber sein Gesicht zeigte deutlich, daß er es so meinte. Niemand auf Erden konnte so unbeteiligt aussehen und dabei lügen.

Sie versetzte ihm eine schallende Ohrfeige, und er machte keinerlei Anstalten, sie davon abzuhalten – im Gegenteil, er stand so ruhig da, als würde er sie auffordern, noch einmal zuzuschlagen.

Sie wandte sich ab, um sich wenigstens den Rest ihrer Würde zu bewahren. »Geh schon, geh zurück zu deiner armseligen Farm. Ich brauche dich hier nicht. Ich *möchte dich nicht hier haben.* Ich will dich nie wieder sehen.«

Sie hörte nicht, wie er sich entfernte, aber sie spürte, daß er gegangen war, und es war, als hätte er einen Teil ihrer Seele mit sich genommen. Sie mußte sich an dem Wagenrad festhalten, um sich dazu zu zwingen, ihm nicht nachzulaufen. Sie hätte ihn so gern auf Knien angefleht, sie nicht zurückzuschicken.

Sie mußte Stolz zeigen – den Stolz, der alle Montgomerys auszeichnete –, aber Carrie fühlte nichts von diesem Stolz, sie fühlte sich verloren, einsam und heimatlos.

Als sie die Hufschläge von Joshs Pferd hörte, drehte sie sich trotz ihrer guten Vorsätze um und sah ihm nach. Für einen kurzen Moment glaubte sie, Schmerz auf seinem Gesicht zu erkennen. Schmerz und Qual, wie sie selbst sie empfand. Sie ging einen Schritt in seine Richtung.

Aber Josh stellte wieder die unbewegliche Miene zur Schau und legte einen Finger an seine Hutkrempe. »Leben Sie wohl, Miss Montgomery«, rief er. »Ich habe mich sehr über Ihren Besuch gefreut.« Er zwinkerte ihr zu.

Dieses Zwinkern bewirkte, daß sich Carrie endgültig von ihm abwandte und sich entschlossen aufrichtete.

*

»Die Kutsche fährt heute nicht?« fragte Carrie in hellster Verzweiflung.

»Ein Rad ist gebrochen«, erklärte der Postbeamte. »Gerade ist ein Bote mit dieser Nachricht eingetroffen. Außerdem ist der Kutscher stockbetrunken. Im Normalfall würde ihn das zwar nicht davon abhalten, zu fahren, aber betrunken oder nüchtern – er kann kaum mit einer Kutsche, die nur drei Räder hat, hierherkommen.«

»Nein, das kann ich mir auch nicht gut vorstellen.

Was meinen Sie, wie lange wird es dauern, bis die nächste Postkutsche kommt?«

»Eine Woche ungefähr«, erklärte der Mann unbekümmert.

Carrie kehrte dem Postschalter den Rücken zu. Eine Woche? Ungefähr?

Sie setzte sich auf die schmutzige Bank und überlegte, was sie jetzt anfangen sollte. Sie könnte sich in diesem schrecklichen kleinen Haus einquartieren, das man hier Hotel nannte. Und was soll ich dort tun? fragte sie sich.

Sie hatte Josh verschwiegen, daß sie kaum noch Geld übrig hatte. Obwohl sie nicht wenig bei sich gehabt hatte, war ihre Barschaft nach und nach geschwunden. Aber sie bereute keinen Cent, den sie ausgegeben hatte, und war froh, daß die Kinder jetzt in einem hübschen sauberen Haus lebten. Nur konnte sie es sich jetzt nicht mehr leisten, tagelang in einem Hotel zu logieren, egal wie billig es auch sein mochte.

Sie öffnete ihre Geldbörse und zählte die Münzen. Zehn Dollar und zwanzig Cents waren ihr noch geblieben, nachdem sie die Fahrkarte nach Maine bezahlt hatte.

Geld, dachte sie, darüber hatte Josh ständig gesprochen, als wäre es das Wichtigste auf der Welt. Immer und immer wieder hatte sie ihm klarzumachen versucht, daß es weit bedeutendere Dinge gab, aber er hatte ihr nie geglaubt.

Sie lehnte ihren Rücken an die Wand und schloß die Augen. Wie konnte sie eine Woche in dieser Stadt überleben ohne einen nennenswerten Betrag in der Tasche? Wovon sollte sie ihr Essen und die Übernachtung bezahlen? Sie mußte ihren Vater telegraphisch um Geld bitten ... Aber das war auch nicht möglich. So weit im Westen gab es kein Telegraphenamt, und ein Brief würde Wochen oder sogar Monate brauchen, bis er in Maine eintraf. Vielleicht konnte sie zur Bank gehen und sich Geld leihen. Aber was konnte sie als Sicherheit anbieten? Zweiundzwanzig Koffer mit getragenen Kleidern und anderen unwichtigen Dingen?

Sie verzog das Gesicht. Wäre das nicht eine Genugtuung für Josh, wenn er bei seinem nächsten Besuch in der Stadt erfahren würde, daß Miss Carrie Montgomery keinen Cent mehr in der Tasche gehabt und den guten Namen ihres Vaters benutzt hatte, um jemanden um Geld anzubetteln? Er würde höhnisch grinsen und sagen, daß er immer schon gewußt hätte, wie nutzlos sie war – ohne ihren Vater war sie ein Niemand.

»Ich werde es allein schaffen«, sagte sie laut.

»Haben Sie etwas gesagt, Mrs. Greene?« erkundigte sich der Mann am Schalter.

Carrie lächelte. »Kein Wort.« Sie stand auf. »Wissen Sie, wo ich hier eine Arbeit finden kann?«

Der Mann schien zu denken, daß sie einen Witz gemacht hatte. »Arbeit? In dieser Stadt? Hier wurde in Jahren nicht so viel Geld ausgegeben wie in der letzten Woche – Sie selbst haben es den Leuten bezahlt. Hier gibt's für niemanden Arbeit, deshalb ziehen ja auch so viele Leute woandershin.«

Ermutigende Neuigkeiten, dachte Carrie ironisch. Trotzdem lächelte sie den Mann an und bedankte sich, ehe sie die Poststation verließ. Draußen hob sie ihr Gesicht der Sonne entgegen und zog ihre Rehlederhandschuhe an. Was konnte sie unternehmen, um Geld zu verdienen? Wie konnte sie überleben, bis die Kutsche sie von hier wegbrachte? Sie betrachtete die auf dem Wagen gestapelten Koffer und den schlafenden Mann, der in seinem Schatten lag, und plötzlich wurde ihr klar, daß sie noch nicht bereit war, nach Hause zurückzukehren und ihrer Familie einzugestehen, daß sie kläglich versagt und sich zum Narren gemacht hatte, weil sie einem Mann nachgelaufen war, der sie zurückgewiesen hatte. Sie wollte nicht nach Hause fahren und sich die Augen ausweinen, bis sie keine Tränen mehr übrig hatte. Sie konnte schon im Geist ihre Brüder und ihre Standpauken hören, und sie sah die Tränen in den Augen ihrer Mutter und das traurige Gesicht ihres Vaters. Außerdem mußte sie ihrem ältesten Bruder Rechenschaft über das Geld, das sie verbraucht hatte, ablegen. Er würde bei weitem nicht so nachsichtig sein wie die anderen. Nein, ihr ältester Bruder würde ihr deutlich zeigen, wie sehr sie ihn enttäuscht hatte, und das wäre weit schlimmer als die Ratschläge und Zurechtweisungen der anderen.

Sie zog resolut an ihren Handschuhen. Nein, sie war auf keinen Fall bereit, nach Hause zu kriechen und sich demütig für ihr Scheitern zu rechtfertigen.

12. Kapitel

Sechs Wochen später

Sechs vornehme Karossen standen vor dem neuen Modesalon, der den phantasievollen Namen *Paris in der Wüste* trug. Kein einziger Stadtbewohner beklagte sich, daß die prachtvollen Kutschen die Straße blockierten, da die Kundinnen des Salons des öfteren noch andere Besorgungen in der Stadt tätigten, und natürlich mußten die Pferde gefüttert und getränkt werden. Weder der Kaufmann noch der Besitzer des Mietstalls hatten also den geringsten Grund, sich zu beschweren. Die Ehemänner der Damen, die sich ausführlich in Modeangelegenheiten beraten ließen, überbrückten die Wartezeit im Saloon. Sechs Frauen aus Eternity hatten sich entschlossen, ein Speiserestaurant zu eröffnen, und nach kürzester Zeit stellte sich heraus, daß ihr Geschäft während der Mittagszeit blühte. Sogar der Hotelbesitzer hatte eingesehen, daß er noch einen Flügel anbauen mußte, um die neuen Verdienstmöglichkeiten ausnützen zu können. Zwei andere Frauen waren auf die glänzende Idee gekommen, einen Hutladen direkt gegenüber vom Modesalon einzurichten. Hölzerne Bürgersteige waren vor den Geschäften angebracht worden, damit die feinen Schuhe der Kunden nicht mit dem Schlamm und Schmutz der Straße in Berührung kamen.

Im *Paris in der Wüste* betrachtete Mrs. Joshua Greene gelassen ihre sechs Kundinnen. Alle Frauen waren sehr reich und daran gewöhnt, überall vom Ladenbesitzer persönlich und individuell beraten zu werden, und keine wollte Mrs. Greene mit einer anderen teilen.

Aber Carrie wußte, wie sie mit den Damen umgehen mußte, damit sie sich nicht vernachlässigt fühlten. Sie bot Erfrischungen und kleine Imbisse an, unterhielt sie mit dem neuesten Klatsch aus Eternity und gab ihnen Bücher oder Modejournale.

»Diese Farbe ist schrecklich für Sie«, sagte Carrie zu einer Kundin, die sich vor ihr in einem teuren Seidenkleid postierte. »Der Ausschnitt macht Sie um zehn Jahre älter... Nein, nein, dieses Kleid steht Ihnen überhaupt nicht.«

»Aber ich mag es«, jammerte die Frau, dann straffte sie ihre Schultern. »Mir gefällt dieses Kleid, und meinem Mann gefällt es auch. Ich werde es kaufen.«

Carrie bedachte sie mit einem süßen Lächeln. »Aber Sie werden es nicht bei mir kaufen. Ich möchte auf keinen Fall riskieren, daß die Leute darüber tuscheln, daß meine Kundinnen in der Garderobe, die sie bei mir erstanden haben, wie alte Weiber aussehen. Das werde ich nicht zulassen. *Meine* Kundinnen sind, wenn sie meinen Salon verlassen, so hübsch, wie sie nur sein können. Würden Sie jetzt bitte dieses Kleid ausziehen und es mir zurückgeben?«

Die Dame hatte schon Ladenbesitzer in vier verschiedenen Staaten schikaniert, und sie war beileibe nicht bereit, sich so schnell geschlagen zu geben. Sie lächelte Carrie hochmütig an. »Wer Besitz hat, ist meistens im Recht.« Sie reckte die Nase in die Luft und steuerte auf die Ladentür zu. »Natürlich werde ich Sie bezahlen, Mrs. Greene.« Sie hatte die Hand schon auf der Türklinke, als sie spürte, daß der Stoff in ihrem Rücken plötzlich nachgab. Ihre Augen wurden kugelrund vor Staunen, als sie zu Carrie herumwirbelte.

Carrie hatte eine große Schere in der Hand und lächelte sie unschuldig an. »Es tut mir so leid«, flötete sie, »aber ich fürchte, daß dieses Kleid ruiniert ist.« Carrie hielt einen Streifen der teuren Seide, die sie aus dem Rückenteil des Kleides geschnitten hatte, in die Höhe.

Die Kundin wußte nicht, ob sie schreien oder in Tränen ausbrechen sollte, und blieb fassungslos vor der Tür stehen.

»Weshalb kommen Sie nicht mit mir und sehen sich die pfirsichfarbene Seide an, die ich auf Lager habe? Der zarte Pfirsichton würde ihren klaren, blassen Teint perfekt unterstreichen, und wunderschön wären dazu weiße Reiherfedern in Ihrem Haar. Sie würden Aufsehen erregen.« Als sich die Dame nicht von der Stelle rührte, ergriff Carrie entschlossen ihren Arm und führte sie in den Raum, den Carrie und ihre drei Verkäuferinnen zum ›Ruheraum‹ erklärt hatten.

»Könnten Sie sich um die Kundin kümmern und sie ein wenig beruhigen?« fragte Carrie ihre Assistentin und betrachtete seufzend den Stoffstreifen in ihrer Hand. Wieder war ein Kleid kaputt, und sie mußte dafür aufkommen. Diese törichte Frau, dachte sie. Sie hat überhaupt keinen Geschmack. Carrie sah es als ihre Pflicht an, ihre Kundinnen vor sich selbst zu schützen, und, was noch wichtiger war, sie mußte auf ihren Ruf als Modeberaterin achten. Sie würde bald kein Geschäft mehr machen, wenn ›ihre‹ Damen in den Kleidern, die sie bei ihr gekauft hatten, wie Vogelscheuchen aussahen.

Carrie spähte über die Schultern in den Verkaufsraum, in dem die fünf anderen Frauen noch immer geduldig darauf warteten, daß man ihnen erzählte, was sie in dieser Saison tragen sollten. Carrie seufzte wieder – manchmal wurde ihr die Verantwortung beinahe zuviel.

»Ich bringe die Post weg«, sagte sie zu ihren Verkäuferinnen. »Könnten Sie die Damen übernehmen und ihnen das zeigen, was wir besprochen haben? Wenn Mrs. Miller Schwierigkeiten wegen des weißen Kleides macht, sagen Sie ihr, daß sie auf mich warten soll.« Carrie lächelte. »Aber ich glaube, daß sie, nachdem sie miterlebt hat, was mit Frauen geschieht, die gegen meinen Willen handeln, ziemlich fügsam sein wird. Ich komme in . . .« Sie machte eine Pause und sah durchs Fenster in den spätherbstlichen Sonnenschein. »Ich komme bald zurück.«

*

Joshua Greene ritt mit seinen beiden Kindern auf seinem alten Ackergaul in die Stadt. Er hatte seit Wochen seine Farm nicht verlassen und so gut wie mit niemandem außer seinen Kindern gesprochen. Sein Bruder Hiram war seit dem Vorfall mit seiner Schwägerin Carrie nicht mehr bei ihnen zu Besuch gewesen. Dreimal waren Leute aus der Stadt in sein Haus gekommen, aber Josh hatte sie immer gleich wieder weggeschickt, weil er keine Lust hatte, sich mit jemandem zu unterhalten. Am Tag nach Carries Abreise hatte er eine Nachricht für Mrs. Emmerling auf dem Tisch zurückgelassen und ihr erklärt, daß er ihre Dienste nicht mehr in Anspruch nehmen könnte. Die warmherzige Frau hatte daraufhin eine Menge Mahlzeiten für ihn und die Kinder vorgekocht und sogar das Geld, das Carrie ihr für einen ganzen Monat im voraus bezahlt hatte, zurückgegeben.

Als alles aufgegessen war, was Mrs. Emmerling ihnen dagelassen hatte, übernahm Josh wieder die lästige Pflicht, für sich und die Kinder zu kochen. Als er den Kindern das erste Mal verbranntes Essen vorsetzte, war er auf ihre Beschwerden gefaßt, aber die beiden sagten kein Wort. Sie aßen alles ohne Kommentar auf.

Sie hatten nicht einmal vor sechs Wochen, als er ihnen eröffnet hatte, daß Carrie weggegangen war, etwas gesagt. Auf dem langen Ritt von der Poststation zum Haus seines Bruders hatte er fieberhaft nachgedacht, wie er den Kindern alles erklären konnte, und sich auf eine schlimme Szene vorbereitet, aber sie hatten die Nachricht wortlos hingenommen. Er hatte Ausbrüche und Tränen erwartet, aber die stumme Resignation der Kinder war weitaus schlimmer zu ertragen. Sie benahmen sich wie zwei weise alte Menschen, die schon sehr viel erlebt hatten und wußten, daß sie nichts Gutes mehr vom Leben zu erwarten hatten. Er wollte ihnen erklären, daß er Carrie nur nach Hause geschickt hatte, weil es für sie besser war, sich sofort von ihr zu trennen und nicht erst dann, wenn Carrie es satt hatte, die Hausfrau auf einer kleinen Farm zu spielen. Eine glückliche Woche war mehr wert als die Langeweile, die Carrie über kurz oder lang empfinden würde. Am liebsten hätte er den Kindern erzählt, daß Carrie eine Märchenprinzessin gewesen war, die ihnen für kurze Zeit das Leben versüßt hatte und wieder in ihr Zauberland entschwunden war, und daß sie sie ganz schnell vergessen würden.

Aber in den letzten Wochen hatten die Kinder Carrie ebenso wenig vergessen wie Josh. Niemand sprach von ihr, nicht einmal Dallas stellte Fragen, und Josh versuchte sich einzureden, daß alles bald wieder so sein würde, als wäre Carrie nie in ihr Leben getreten. Allmählich würde die Familie ihre alten Gewohnheiten wieder annehmen und nicht mehr daran denken, daß sich die reiche Miss Carrie Montgomery in eine Fotografie verliebt hatte.

Aber Josh konnte sich noch so sehr vormachen, daß sein Leben so wie früher verlaufen würde, er spürte selbst, daß er sich belog. Nichts war mehr wie früher – überhaupt nichts. Weder er noch die Kinder, noch die Farm.

Nicht nur die Tatsache, daß sie Carrie vermißten oder ständig an sie erinnert wurden, wenn sie die Rosen vor dem Haus oder die neue Einrichtung sahen, machte ihnen zu schaffen, viel schlimmer war, daß sie die kleine Familie in nur einer Woche sehr glücklich gemacht und mit ihnen gelacht hatte. Jetzt hatten sie Mühe, sich mit dem tristen Dasein abzufinden.

Als Josh das erkannte, versuchte er, so zu tun, als

hätte er Carries Abreise längst verschmerzt, und die Kinder während des Abendessens zu unterhalten und zum Lachen zu bringen. Tem und Dallas bemühten sich tapfer, fröhlich zu sein, sie scheiterten jedoch kläglich. Selbst als Josh sie aufforderte, ihre Schauspielkunst zu zeigen, kam keine rechte Freude auf.

Er und Tem arbeiteten täglich auf den Feldern und taten ihr Bestes, um den Mais zu pflegen und zu hegen, aber eines Tages schleuderte Josh seine Hacke zu Boden und schrie: »Die verdammten Pflanzen *wissen*, daß ich sie hasse.« Tem nickte schweigend.

Am gestrigen Tag ging Josh mit den Kindern zum Fischen, aber auch dabei blieben alle ernst und nachdenklich, und am Abend dann spitzte sich die Situation noch mehr zu. Er und die Kinder aßen gerade gebratenen Schinken und Bohnen aus der Dose, als auf dem Hof ein Hund zu kläffen begann. Sie hätten gleich erkennen müssen, daß es nicht Coo-choo war, aber sie schenkten der Tatsache, daß die Stimme ziemlich tief war, keinerlei Beachtung und sprangen alle drei gleichzeitig auf. An der Tür wäre es beinahe zu einem Handgemenge gekommen, weil jeder als erster ins Freie wollte, aber Josh besann sich rechtzeitig und legte seinen Kinder die Hände auf die Schultern und schob sie hinaus.

Der Hund, ein großer, dürrer Hofhund und eindeutig nicht Choo-choo, floh, als die drei Menschen auf ihn zukamen.

Josh setzte sich auf die Stufen der Veranda und betrachtete den vom Mond beschienenen Hof. Wie immer hielten alle drei das ungeschriebene Gesetz, nicht über Carrie zu sprechen, ein, aber Dallas konnte ein Schluchzen nicht mehr unterdrücken.

Wortlos hob Josh sie auf seinen Schoß und strich ihr

über das Haar. Tem ließ sich neben ihm nieder und schluckte so schwer, als könnte er die Tränen auch kaum mehr zurückhalten. Josh wußte, daß Tem lieber sterben würde, als jemandem zu zeigen, daß er weinte. Seine Tränen machten Josh bewußt, wie groß der Schmerz war, den sein Sohn empfand, und er legte ihm den Arm um die Schulter.

»Warum ist sie weggegangen?« flüsterte Tem.

»Weil ich sehr dumm war und meinen Verstand nicht beisammen hatte«, erwiderte Josh ruhig.

Dallas, die den Kopf an seine Brust geschmiegt hatte, nickte, und Josh spürte, wie jetzt auch ihm Tränen in die Augen stiegen. Er war immer wieder verblüfft, wie sehr ihn seine Kinder liebten. Obwohl er eine Frau weggeschickt hatte, die sie so sehr mochten, hatte ihm keines von beiden Vorhaltungen gemacht. Sie empfanden genug Liebe zu ihm, um zu glauben, daß alles, was er tat, richtig war, und sie akzeptierten seine Entscheidung, auch wenn sie darunter litten. Ihr Vertrauen zu ihm war grenzenlos.

Josh schniefte und wischte sich mit dem Handrükken über die Augen. Carrie hatte gesagt, daß sie ihn liebte, aber liebte sie ihn so sehr, daß sie zu ihm zurückkam?

Josh drückte Tem an sich. »Meinst du, sie wird mir verzeihen?«

Die Kinder brauchten eine Weile, bis sie begriffen, was ihr Vater damit sagen wollte. Dann sprangen sie mit strahlenden Gesichtern auf die Füße und vollführten einen Freudentanz. Seit sechs Wochen hatte Josh sie nicht mehr so lebhaft gesehen. »Offenbar seid ihr sicher, daß sie mir verzeiht«, stellte er fest.

»Sie liebt dich«, rief Dallas.

Josh lachte, weil Dallas ihre Worte so betont hatte,

als könnte sie beim besten Willen nicht verstehen, *warum* Carrie ihn liebte. »Vielleicht, wenn ich ihr schreibe und ihr erkläre ...«

Die Kinder unterbrachen ihren Tanz und starrten ihren Vater an. Im nächsten Moment zerrten sie ihn auf die Füße und schubsten ihn ins Haus. Dallas holte den Federhalter, Tinte und Papier, während sich Tem mit auf den Rücken verschränkten Händen vor seinem Vater aufbaute. »Zuallererst mußt du ihr schreiben, daß du sie liebst und sie für die wunderbarste Frau der Welt hältst. Schreib ihr, daß du ihren ... ihren Namen schön findest und ihre Kleider und ihr Haar magst. Du könntest auch erwähnen, daß sie viel besser angeln kann als du und wahrscheinlich die Felder besser bestellen kann.«

Josh zog eine Augenbraue hoch. »Hast du sonst noch Vorschläge?« Die Kinder schienen nicht zu merken, daß die Bemerkung spöttisch war, oder sie kümmerten sich einfach nicht darum. »Erzähl ihr etwas über die Mahlzeiten, die wir essen müssen«, empfahl Dallas. Offensichtlich war sie überzeugt, daß das Carries Mitleid wecken würde.

Tem hielt immer noch die Hände auf dem Rücken, schaute auf den Boden und ging im Zimmer auf und ab. »In dem Brief muß stehen, daß sie uns zum Lachen gebracht hat und daß sie in der Frühe so lange schlafen kann, wie sie will, wenn sie wieder hier ist. Carrie schläft gern lang. Schreib ihr, daß ich nie mehr weglaufen werde.« Er sah seinen Vater mit ernstem Gesicht an. »Schreib ihr, wie leid es dir tut, daß du so gemeine Dinge zu ihr gesagt hast, und daß du sie wie eine Königin behandelst, wenn sie zurückkommt. Versprich ihr, daß du nie mehr mit ihr streitest und ihr das große Bett ganz allein überläßt.«

Josh grinste. »Sie ... sie wird es gern mit mir teilen.«

Dallas schnaubte verächtlich. »Du wälzt dich dauernd herum, und manchmal schnarchst du sogar.«

»Schreib ihr bloß nicht, daß du schnarchst«, ordnete Tem an.

Beide Kinder sahen Josh schweigend an und warteten. Erst nach einiger Zeit verstand Josh, was sie von ihm wollten, dann nahm er den Federhalter in die Hand. »Gibt's sonst noch was, was ich ihr schreiben soll?«

»Ja – daß sie Onkel Hiram nicht zu sehen braucht«, meinte Dallas. »Ich kann ihn auch nicht leiden.«

Tem holte tief Luft. »Erzähl Carrie von Mutter und von *dir.*«

Josh ließ den Federhalter sinken und breitete die Arme aus. Er drückte seine Kinder an sich und küßte sie. »Ich werde ihr alles schreiben, was ihr mir gesagt habt, und noch mehr. Ich mache ihr klar, wie sehr sie uns fehlt ..., daß wir sie lieben und mit ihr zusammensein wollen. Ich schreibe ihr alles über mich.«

Tem sah ihn skeptisch an.

»Wirklich alles«, versprach Josh. »Vielleicht wird sie mich dann nicht mehr mögen und in Maine bei ihrer Familie bleiben wollen.«

Dallas verzog das Gesicht und war wieder kurz davor, zu weinen. »Schreib ihr, daß sie dich küssen darf, soviel sie will.«

Josh lachte. »Das schreibe ich ihr gern. Aber jetzt müßt ihr beide ins Bett. Schaut mich nicht so an, ich schwöre, daß ich den Brief heute abend schreibe.«

»Dürfen wir ihn lesen?« wollte Tem wissen.

»Nein, das dürft ihr nicht. Das ist *mein* Brief, und er ist nur für Carrie bestimmt.«

»Aber du vergißt nicht...«, begann Dallas von neuem.

»Ich möchte jetzt keine Ratschläge mehr von euch hören, ihr Rangen. Ab ins Bett, damit ich endlich mit dem Brief anfangen kann. Habt keine Angst, ich bin durchaus fähig, ihn ganz allein zu schreiben.«

Die Kinder kletterten die Leiter hinauf, und Josh hörte, wie Tem seiner Schwester zuflüsterte: »Bis jetzt hat er ohne uns noch nie etwas Anständiges fertig gebracht.«

Josh unterdrückte den Drang, sich zu verteidigen. Tem hatte ja recht. Lächelnd wandte er sich dem Blatt Papier zu, das vor ihm lag.

Am Morgen, als Tem ins Wohnzimmer kam, saß Josh schlafend am Tisch, und unter seinem Arm lagen mehrere engbeschriebene Seiten. Als Tem vorsichtig versuchte, den Brief an sich zu nehmen, erwachte Josh.

»Wie spät ist es?« fragte er und rieb sich das unrasierte Gesicht.

»Spät. Bringst du den Brief heute zur Post?«

Josh schmunzelte, als er Tems flehenden Blick bemerkte. »*Wir* bringen ihn zur Post. Wir reiten alle drei in die Stadt. Der Mais kann ohnehin nicht mehr schlechter werden, als er schon ist. Zieh dich an und hilf Dallas, während ich mich rasiere.«

Jetzt ritten sie durch die Stadt – eine Stadt, die sie kaum wiedererkannten. Das letzte Mal, als Josh in Eternity gewesen war – mit Carrie –, hatte es hier nur schmutzige Straßen gegeben und Menschen, die aus der Stadt wegzogen. Jetzt sah man luxuriöse Kutschen und Männer in feinen Anzügen, wie Josh sie nicht mehr gesehen hatte, seit er in den Westen gekommen war.

Im ersten Augenblick dachte Josh sogar, daß er gar nicht in Eternity war, aber dann erkannte er den Kaufmannsladen, in dem auch die Post angenommen wurde, und hielt davor an. Erst stieg Tem ab, dann Josh, der Dallas vom Pferd hob. Alle drei waren sprachlos, als sie den Trubel bemerkten. Normalerweise wirkte die kleine Stadt wie ausgestorben.

»Was ist denn hier los? Als ich das letzte Mal in der Stadt war, hat sich kein Mensch auf der Straße blicken lassen«, sagte Josh zu dem Kaufmann, sobald er im Laden war.

Bevor irgend jemand dem Ehemann der Heldin von Eternity eine passende Antwort geben konnte, stieß Dallas einen schrillen Schrei aus.

Josh drehte sich um und sah Carrie in der Tür stehen. Er konnte es kaum fassen, aber sie war noch hübscher, als er sie in Erinnerung hatte. Er wollte auf sie zulaufen und sie in seine Arme reißen, aber ihr Blick hielt ihn davon ab.

Sie lächelte die Kinder an und breitete die Arme aus. Beide liefen auf sie zu und benahmen sich so, als hätten sie sie erst gestern zum letztenmal gesehen. Sie schienen nicht im mindesten daran zu zweifeln, daß Carrie sie noch immer liebte. Josh beobachtete, wie sein Sohn Carrie ohne die geringste Scheu küßte und ganz fest umarmte. Sie hob Dallas hoch, und das Kind schlang die Beine um ihre Taille.

Alle redeten gleichzeitig drauf los, und Choo-choo rannte bellend um die kleine Gruppe herum. Josh war ein wenig verletzt, als er hörte, daß die Kinder Carrie Dinge erzählten, die sie ihm nicht anvertraut hatten. Sie sprachen davon, was sie empfunden und gedacht hatten, nachdem Carrie sie verlassen hatte, und Tem erzählte, daß er das wilde Mädchen gesucht hatte – über diesen Ausflug wußte Josh nichts.

»Du hast Papa sehr gefehlt«, sagte Dallas. »Er hat dir einen Brief geschrieben.«

»Oh, tatsächlich?« fragte Carrie und sah über Tems Kopf hinweg Josh an. »Ich habe keinen Brief bekommen.«

»Wir wollten ihn heute wegschicken«, erklärte Tem.

Carrie lächelte den Jungen liebevoll an. Sie hätte nie gedacht, daß sie je jemanden so sehr vermissen könnte wie diese beiden Kinder.

Jeden Tag hatte sie sich hundertmal gefragt, was sie jetzt wohl taten, und immer wenn sie sich nach ihnen gesehnt hatte, hätte sie Joshua Greene am liebsten erschossen oder erstochen oder ertränkt ... oder drei Wochen mit ihm im Bett verbracht.

Sie preßte die Lippen zusammen und warf Josh einen strengen Blick zu.

Er kam ihr einen Schritt näher. »Ich möchte mit dir sprechen«, sagte er leise.

»Wirklich? Möchtest du mir so viel erzählen wie damals, als du mich zur Poststation gebracht hast?«

»Carrie, bitte.«

Aber Carrie gab nicht nach. Sie hielt Dallas noch immer im Arm und wandte sich dem Kaufmann zu. »Ist Post für mich gekommen?«

Der Kaufmann sah von Josh zu Carrie und wieder zurück, während er beiden je einen Brief aushändigte. Carrie nahm den Brief und trat zurück.

Josh nahm ihr Dallas ab und stellte das Kind auf den Boden. »Geht hinaus«, forderte er seine Kinder auf, und sie gehorchten. Carrie wollte ihnen folgen, aber Josh verstellte ihr den Weg.

»Ich habe gesagt, daß ich mit dir sprechen möchte.«

»Wir bekommen im Leben nicht immer das, was wir möchten, meinst du nicht? Ich wollte mit dir und den Kindern zusammenleben, aber dieser Wunsch ist mir auch nicht erfüllt worden. Nur der Himmel weiß, warum ich mir einen so starrköpfigen Kerl, der mir nicht einmal zuhört, ausgesucht habe, aber ich habe es getan, und jetzt werde ich diese Dummheit für den Rest meines Lebens bereuen. Würdest du mich jetzt bitte vorbeigehen lassen?«

»Nein. Carrie, ich habe dir einiges zu sagen, und du wirst mich anhören.«

Da er sich nicht von der Stelle rührte, beschloß Carrie, ihn wie Luft zu behandeln. Sie öffnete ihren Brief und begann zu lesen. »Es gibt nichts mehr zu sagen«, erklärte sie beiläufig. »Du hast mich einmal weggeschickt, und ich werde nicht ...« Sie brach ab, als sie den Brief las. Sie sah Josh mit einem erschrockenen Blick an, und im nächsten Moment wurde ihr schwarz vor Augen. Josh fing sie in seinen Armen auf, als sie in Ohnmacht fiel.

13. Kapitel

Als Carrie zu sich kam, lag sie auf einem Sofa in einem hübschen kleinen Salon, den sie nie zuvor gesehen hatte. Sie versuchte sich aufzusetzen.

»Ganz ruhig, Carrie, trink das«, sagte Josh. Er stützte mit einer Hand ihren Kopf und hielt ihr ein Glas an die Lippen, ohne von dem Stuhl aufzustehen, der neben dem Sofa stand.

Carrie nahm einen Schluck und auf Joshs Drängen

hin legte sie sich wieder zurück. »Was ist passiert?« hauchte sie. »Wo bin ich überhaupt?« Ihre Augen verengten sich. »Und was tust *du* hier?«

Josh lächelte. »Ich bin sehr froh, daß es dir besser geht.«

»Mir ist es gutgegangen, bis ich dich gesehen habe«, erklärte sie wenig überzeugend. Sie wünschte sich so sehr, seine Arme um sich zu fühlen Sie hatte den Modesalon gegründet und war erfolgreich, aber in Wirklichkeit verabscheute sie diese Arbeit. Das einzige, wonach sie sich von ganzem Herzen sehnte, war ein Leben mit Josh und den Kindern.

Josh bemerkte den Glanz in ihren Augen. »Du bist keine gute Schauspielerin, ist dir das klar?« fragte er mit seidenweicher Stimme. »Man sieht deinem Gesicht jede Gefühlsregung an.«

»Komm mir bloß nicht zu nahe«, rief sie, als er sich vorbeugte und einen Kuß auf ihren Mundwinkel drückte.

»Ich habe vor, dir noch sehr viel näher zu kommen. Carrie, mein Liebes, ich bin hier, um dir zu sagen, daß ich dich von ganzem Herzen liebe, und ich würde dich ja fragen, ob du mich heiraten willst, wenn mir diese Ehre nicht schon zuteil geworden wäre.«

Sie wollte ihn für alles, was er ihr angetan hatte, bestrafen und wünschte sich, daß er genau solche Höllenqualen durchlitt wie sie in den letzten sechs Wochen. Aber sie konnte ihr Vorhaben nicht in die Tat umsetzten, statt dessen schlug sie die Hände vors Gesicht und weinte bitterlich.

Josh sah sie erstaunt an und reichte ihr ein Taschentuch. »Ich dachte eigentlich, daß dir das gefallen würde.« Als sie nicht aufhörte zu schluchzen, ergriff er ihre tränennassen Hände und hielt sie fest. »Carrie, es gibt doch keinen anderen, oder? Ich dachte, nein, ich hoffte, als ich dich noch in der Stadt vorfand, daß du geblieben bist, weil ... na ja, weil du ...«

Sie schniefte. »Ich bin geblieben, weil ich nicht genug Geld hatte, um nach Hause zu kommen.«

Josh lachte schallend, und nach kurzer Zeit fiel Carrie mit ein. Er nahm ihren Kopf in seine Hände und küßte sie. »Sag mir, daß es keinen anderen gibt«, stammelte er zwischen den Küssen. »Sag's mir. Gütiger Gott, Carrie, du hast mir so gefehlt. Es war, als hättest du meine Seele mit dir genommen. Wie kann sich nur jemand nach wenigen Tagen so sehr in einen anderen Menschen verlieben?«

Er beugte sich tief über sie und liebkoste mit den Lippen jedes Stückchen Haut, das er erreichen konnte.

»Ich habe mich in eine Fotografie von dir verliebt«, entgegnete sie schlicht.

Die Tür zum Salon öffnete sich. »Ich wollte nur nachsehen, ob ... Oh, Entschuldigung«, sagte der Kaufmann und schloß die Tür leise.

Josh strahlte Carrie an. »Wir sollten lieber nach Hause gehen, damit wir beenden können, was wir angefangen haben.«

Carrie setzte sich benommen vor Glück auf. Aber als sie die Hand gegen ihre Stirn preßte, drückte Josh sie zurück in die Kissen und setzte erneut das Glas an ihre Lippen. »Du bist noch sehr schwach«, murmelte er.

Carrie lächelte, seine Stimme klang fast so verzweifelt, als würde sie im Sterben liegen. »Ich bin ...« Sie brach ab, als sie den Brief, der auf dem Tisch lag, entdeckte. Plötzlich erinnerte sie sich daran, was sie so aufgeregt hatte ... Ihre Augen weiteten sich vor Schreck, und sie brachte kein Wort mehr heraus.

Josh ergriff stirnrunzelnd den Brief. Nachdem er die

bewußtlose Carrie in die Wohnung des Kaufmanns getragen und die Frau des Kaufmanns Riechsalz geholt und es Carrie unter die Nase gehalten hatte, hatte Josh den Brief gelesen. Er konnte beim besten Willen nicht erkennen, was so Schlimmes in dem Brief stand, um Carrie die Sinne zu rauben. Einer ihrer wertvollen, über jeden Vorwurf erhabenen, reichen Brüder hatte seinen Besuch angekündigt, das war alles.

Carrie stürzte den Brandy hinunter und spülte mit Wasser nach. »Wann wird er ankommen?« fragte sie matt.

Joshua überflog den Brief. »Am zwölften Oktober.« Er sah auf. »Das ist morgen.«

Carrie keuchte, als würde sie wieder die Besinnung verlieren, und Josh goß noch etwas Brandy in das Glas und reichte es ihr.

»Betrachte das ganze mal von der guten Seite«, tröstete Josh sie. »Die Kutsche ist seit Jahren nicht mehr rechtzeitig in Eternity eingetroffen, und wir können deinen Bruder sicher nicht so schnell willkommen heißen – frühestens in einer Woche.«

»Wenn mein Bruder Ring sagt, daß er am zwölften Oktober hier ist«, erklärte sie mit dumpfer Stimme, »dann wird er auch am zwölften Oktober ankommen. Und wenn er die Postkutsche *hertragen* muß, er wird rechtzeitig hier sein.«

»Willst du mir nicht sagen, warum dich sein Besuch so erschreckt, daß dein Gesicht die Farbe von Reispuder annimmt?«

»Und was weißt *du* über Reispuder? Und da wir schon beim Thema sind, wieso kennst du dich so gut mit Korsetts und anderen Kleidungsstücken aus, die nur Frauen tragen? Außerdem, ich hasse dich dafür, daß du mich sechs Wochen und zwei Tage allein gelassen hast, um dir zu überlegen, ob du mich liebst oder nicht. Wenn ich die Postkutsche nach Maine genommen hätte, könnte ich jetzt schon von Indianern getötet worden sein. Ich könnte . . .«

Er brachte sie mit einem Kuß zum Schweigen. »Du wirst mich nicht mit diesem Streit ablenken. Was hat dich am Brief deines Bruders so erschreckt?«

»Ich sollte dir eigentlich überhaupt nichts von mir erzählen. Du hast ja auch nie über dich gesprochen.« Sie verschränkte die Arme vor der Brust und ihre Lippen verzogen sich zu einer schmalen Linie.

»Aber du bist nicht jemand, der ein Geheimnis für sich behalten kann, stimmt's?« erwiderte Josh.

Sie funkelte ihn wütend an. »Soll das heißen, daß ich nicht geheimnisvoll genug bin? «

»Carrie, du machst Ausflüchte.«

Carrie ließ ihre Arme sinken. »Also gut«, sagte sie. »Nicht *irgendeiner* meiner Brüder kommt hierher, sondern Ring, mein ältester Bruder. Er ist vollkommen und hat keinen einzigen Fehler.«

Josh sah sie verständnislos an. »Soweit ich es verstanden habe, hältst du all deine Brüder für makellos und wunderbar.«

Carrie holte tief Luft. Wie konnte sie Ring beschreiben? »Ring ist der einzige, der *wirklich* vollkommen ist. Die andern, na ja, jeder von ihnen hat kleine Fehler.« Josh hob in gespieltem Unglauben eine Augenbraue, und Carrie schnitt eine Grimasse. Er beruhigte sie mit Zärtlichkeiten und setzte sich danach in den Sessel, damit sie fortfahren konnte.

»Ring würde nie lügen oder betrügen, und niemand kann von ihm behaupten, er hätte überhaupt eine menschliche Schwäche. Er kann alles besser als jeder andere. Das einzige, was man zu seinen Ungunsten anführen kann, ist, daß er der häßlichste meiner Brüder ist.« Carrie lächelte. »Ring ist übermenschlich.«

Josh verdrehte die Augen. »Und warum macht es dich so unglücklich, daß dieser engelsgleiche Mann seinen Besuch angekündigt hat?«

Carrie bedeckte wieder ihr Gesicht mit den Händen. »Ich weiß selbst nicht. Er ist sicher nicht mit dem, was ich getan habe, einverstanden. Wenn Mutter ihm erzählt hat, wie ich mir Vaters Unterschrift auf der Heiratserlaubnis erschlichen habe, ist er bestimmt außer sich.« Sie schniefte in Joshs Taschentuch, ehe sie beichtete, wie sie die Heiratsdokumente in einen Stapel Geschäftspapiere geschmuggelt hatte, um die Unterschrift ihres Vaters zu erhalten.

Josh war bestürzt. »Und als du deinen Eltern alles gestanden hast, haben sie die Papiere nicht vernichtet und dich in deinem Zimmer eingesperrt?«

Carrie schneuzte sich. »O nein, natürlich nicht. Meine Eltern und meine Brüder lassen mir immer meinen Willen. Nur Ring ...« Sie schluchzte heftig.

Josh brauchte einen Augenblick, bis er diese Eröffnung verdaut hatte. Das verwöhnte Nesthäkchen bekam also immer, was es wollte. Wenn sie es sich in den Kopf gesetzt hatte, ganz allein durch den Kontinent in das wilde Colorado zu reisen, um einen Mann, den sie nie zuvor gesehen hatte und mit dem sie sich noch dazu unter Vorspiegelung falscher Tatsachen verheiratet hatte, zu treffen, dann bekam sie den Segen ihrer Familie. Alles geschah nach dem Willen ihres Lieblings. Und was dabei herauskam, konnte jetzt jeder sehen, dachte Josh. Carrie war aus allem duftend wie eine Rose hervorgegangen. Sie hatte einen Mann und zwei Kinder, die sie mehr liebten als die Sonne und die Luft.

»Warum siehst du mich so merkwürdig an?«

»Ich dachte gerade daran, daß dein Bruder Ring recht hat, wenn er meint, daß alle zu nachsichtig mit dir sind.«

»Oh, du bist abscheulich. Du klingst fast schon wie Ring. Er hat Vater immer wieder gesagt, daß er mich in ein Kloster schicken soll, und wir sind nicht einmal katholisch.«

Josh hustete, um sein Lachen zu kaschieren, aber Carrie ließ sich nicht hinters Licht führen. Sie stand auf und schwor sich, nie wieder ein Wort mit Josh zu sprechen.

Er zog Carrie auf seinen Schoß und überschüttete sie mit Küssen. Zuerst wehrte sie sich, aber sie gab ihren Widerstand rasch auf. »So, mein Liebes, jetzt sag mir, wovor du solche Angst hast«, forderte Josh sie schließlich auf, und als sie nicht sofort antwortete, fügte er hinzu: »Ist es meinetwegen? Du möchtest deinem Bruder nicht eingestehen, daß dein Mann ein armer Farmer ist, der dir nicht einmal . . .«

»Halt den Mund!« schrie sie ihn an, als sie von seinem Schoß sprang. »Es hängt mir zum Hals raus, immer wieder über Geld zu sprechen. Die ganze Sache hat rein gar nichts mit Geld zu tun. Ich habe selbst genug Geld.«

»Deine Familie hat Geld«, korrigierte er sie grimmig.

»Nur zu deiner Information: Ich habe mir selbst Geld verschafft.« Als sie seinen ungläubigen Blick gewahrte, senkte sie ihre Stimme ein wenig. »Hast du nicht bemerkt, daß sich in dieser Stadt einiges verändert hat, seit du das letzte Mal hier warst? Du brauchst mir gar nicht zu sagen, daß du dich die letzten sechs Wochen nicht in Eternity hast blicken lassen, die ganze Stadt hat darüber gesprochen, daß du und die armen Kinder – die du nebenbei überhaupt nicht verdienst – Einsiedler geworden seid, stimmt's? Los, antworte!«

»Worauf? Soll ich über die Kinder oder über die Veränderungen in der Stadt sprechen?«

Carrie knirschte mit den Zähnen – er nahm sie nicht ernst. Sie kehrte ihm den Rücken zu und lächelte ihn über die Schulter hinweg überheblich an. »Du hast mich als nutzlose Person bezeichnet, weil ich nicht kochen kann und keinerlei Ehrgeiz habe, putzen und waschen zu lernen. Aber weißt du, was ich wirklich gut kann?«

»Ja«, erwiderte er in einem Tonfall, der Carrie die Schamröte ins Gesicht trieb und sie jeden klaren Gedankens beraubte.

»Ich ... kann ...«, stammelte sie. »Ich kann Geld machen.«

»Aus Zinn? Oder wendest du irgendein Zaubermittel aus gemahlenen Froschzungen und Spinnenbeinen und solchem Zeug?«

»Nein, es ist ganz einfach. Ich habe es mir mit *Arbeit* verdient. Wenn du mich noch einmal auslachst, Joshua Greene, dann schwöre ich beim Namen meiner Familie, daß ich nie wieder mit dir schlafen werde.«

Josh lachte nicht. Die Strafe erschien ihm so hart, daß er keine Lust mehr verspürte zu lachen, nicht die geringste Lust.

Carrie nahm wieder Platz und erzählte ihm von der Eröffnung ihres Modesalons. Sie hatte sich in Eternitys entsetzlichem kleinen Hotel einquartiert, nachdem sie die Poststation verlassen hatte, und zwei volle Tage damit verbracht, Briefe zu schreiben. Sie hatte sich an jede Frau in Denver gewandt, die mit einem bedeutenden Mann verheiratet war. Die Bewohner von Eternity hatten sie mit Namen und den vagen Adressen der Leute versorgt, an die sie sich erinnerten.

»Was hast du diesen Frauen geschrieben?« fragte Josh ehrlich interessiert.

Carrie hatte die Frauen davon in Kenntnis gesetzt, daß ihre Brüder kürzlich aus Paris zurückgekehrt seien und ihr eine Unmenge Kleider mitgebracht hätten, die sie unmöglich alle selbst tragen könnte. Und, was noch schlimmer war, sie hätten weder auf die passenden Größen noch auf die Farben, die ihr standen, geachtet.

»Ein Hilfeschrei«, kommentierte Josh ihren Bericht, aber er lachte nicht.

Sie erzählte ihm von ihren ersten Kundinnen und davon, daß sie Näherinnen angestellt hatte, um den Damen auch wirklich das bieten zu können, was ihnen am besten stand. Außerdem machte sie ihm klar, daß sie keiner Frau, die sich in ihrem Salon einkleidete, etwas verkaufte, was ihr selbst nicht gefiel. »Du hättest sie sehen sollen. Übergewichtige Frauen wollten weiße Chiffonkleider haben, und dünne, flachbrüstige Mädchen bestanden auf schwarzer Seide. Für diese armen Geschöpfe habe ich spezielle Modelle entwerfen lassen, die mit Baumwollstoff gepolstert sind.«

Josh lachte nicht und trank statt dessen rasch einen Schluck Brandy. »Wie heißt dein Laden?«

»*Paris in der Wüste.*«

Jetzt konnte Josh nicht mehr an sich halten – er prustete Carrie den Schluck Brandy, den er im Mund hatte, beinahe ins Gesicht.

Nachdem sie die Vorderseite ihres Kleides gesäubert hatte, sah sie ihn aus schmalen Augen an. »Lachst du mich aus?«

»Nein, mein Liebes, ganz bestimmt nicht. *Paris in*

der Wüste ist ein ausgezeichneter Name, und er paßt so gut zu Choo-choo.«

Sie musterte ihn aufmerksam, aber sie konnte nicht ergründen, ob er ernst war oder sich über sie lustig machte. Sie beendete ihren Bericht, indem sie Josh vor Augen führte, wie groß der wirtschaftliche Aufschwung in Eternity war, seit sie ihren Modesalon eröffnet hatte, und daß die ganze Stadt davon profitierte.

Zum Schluß bedachte sie Josh mit einem triumphierenden Blick und erwartete ein Lob, aber er sah sie nur düster an.

»Was ist jetzt schon wieder verkehrt? Habe ich damit nicht bewiesen, daß ich nicht nutzlos bin?«

»Du kannst sogar Geld verdienen«, murmelte er niedergeschlagen. »Was wird dein Bruder dazu sagen, daß dir dein Mann kein standesgemäßes Leben bieten kann? Daß du einen Mann geheiratet hast, der nicht einmal für deinen Lebensunterhalt aufkommen kann?«

»Mein Bruder würde nie auf die Idee kommen, daß ich jemanden seines Geldes wegen heiraten sollte. Seine eigene Frau hatte auch nicht gerade eine Glückssträhne, als er sie kennenlernte, warum also sollte dann mein Mann reich sein?« fragte Carrie ungehalten. Manchmal war es wirklich ermüdend, mit Josh zu diskutieren.

»Du verstehst das nicht, aber ich vermute, dein Bruder wird alles ganz genau verstehen. Machst du dir nicht deshalb so große Sorgen über seinen Besuch?«

»Nein. Ring hat mit mir bestimmt ein Hühnchen zu rupfen, wegen meiner . . ., na ja, wegen der Sache mit der Unterschrift meines Vaters. Es könnte sein, daß unsere Eheschließung nicht rechtsgültig ist, weil mein Vater nicht wußte, was er unterzeichnet hat und ich noch nicht einundzwanzig bin. Ring wird sich sehr aufregen, wenn er herausfindet, daß ich mit dir ein paar Tage zusammengelebt habe, wenn wir nicht wirklich verheiratet sein sollten. Und es gefällt ihm sicher auch nicht, daß ich allein und ohne Schutz in der Stadt gewohnt habe, während mein Mann auf seiner Farm geblieben ist. Ring ist ein altmodischer Mann, der glaubt, daß ein verheiratetes Paar zusammenbleiben sollte.«

Josh lächelte. Er konnte ihr nicht begreiflich machen, was es hieß, wenn ein Mann seine Frau nicht unterhalten konnte. Aber er wußte auch, daß er sie auf die Probe stellte. In drei Jahren konnte er die Farm verlassen, und dann war er wieder in der Lage, den Lebensunterhalt für seine Familie zu verdienen.

Er zog Carrie wieder auf seinen Schoß. »Wenn dein Bruder Bedenken hat, daß wir nicht richtig verheiratet sein könnten, werden wir uns einfach noch einmal trauen lassen. Es tut mir ohnehin schon leid, daß ich das erste Mal versäumt habe, aber diesmal wird es wenigstens eine Hochzeitsnacht geben.« Nach einem Kuß murmelte er: »Ich glaube allmählich selbst, daß du mich wirklich liebst. Und wenn du mich so lieben kannst, wie ich jetzt bin, dann kannst du es vielleicht auch später.«

»Was soll das heißen?« Nach einem Blick in sein verschlossenes Gesicht, wandte sie sich empört ab. »O ja«, schnaubte sie, »Geheimnisse! Wann wirst du mir endlich genügend Liebe entgegenbringen, um mir alles über dich zu erzählen?«

»Tatsächlich habe ich dir schon alles anvertraut«, sagte Josh, während er den Brief, den er in der letzten Nacht geschrieben hatte, aus der Jackentasche zog. Dabei fiel ihm der Umschlag, den er heute mit der Post bekommen hatte, auf den Boden, und Carrie hob ihn auf. »Ich hab' die ganze Nacht gebraucht, bis ich meine Beichte abgelegt hatte«, fuhr Josh unbeirrt fort. »Ich wollte den Brief nach Maine schicken.«

Carrie streckte die Hand aus, um ihn an sich zu nehmen, aber Josh zog ihn zurück.

»Ich kann dir genauso gut alles erzählen, was drinsteht – gleich jetzt.«

»Ich würde ihn gern lesen. Erklärst du mir in dem Brief deine unsterbliche Liebe?«

»Ja«, bekannte er zärtlich. »Was ist das?«

Carrie betrachtete den Umschlag, den sie vom Boden aufgehoben hatte, und sah, daß kein Absender darauf stand. »Er ist an dich adressiert.«

Um sie zu necken, legte Josh den dicken Brief an Carrie außerhalb ihrer Reichweite auf den Tisch. »Ich sollte wohl besser erst mal meine Post lesen. Vielleicht hat mir eine Verehrerin geschrieben.« Er roch lächelnd an dem Umschlag.

Josh hatte Carrie damit nur ein wenig reizen wollen, aber als er den Duft, der dem Brief entströmte, wahrnahm, wich alles Blut aus seinem Gesicht.

»Josh, was ist los mit dir?«

Er wurde noch bleicher, und Carrie stand schnell auf und goß ihm einen Brandy ein. Wenn es so weiterging, waren bald beide betrunken.

Josh trank das Glas in einem Zug leer und hielt es Carrie hin, damit sie nachfüllen konnte. Auch das zweite Glas trank er auf einen Zug, dann öffnete er mit zitternden Fingern den Umschlag.

Er brauchte nur ein paar Sekunden, um den Brief zu lesen. Carrie hatte noch nie zuvor miterlebt, wie ein Mann ohnmächtig wurde, aber jetzt war sie sicher, daß Josh das Bewußtsein verlieren würde. Sie hob seinen Arm, legte ihn sich um die Schulter und stützte ihn, bis sie das Sofa erreicht hatten. »Josh!« schrie sie und schüttelte ihn heftig. Sie entdeckte das Riechsalzfläschchen auf dem Tisch und hielt es ihm unter die Nase.

Er drehte den Kopf zur Seite.

»Josh, was ist geschehen?« Er gab keine Antwort, und starrte an die Lehne des Sofas, als wäre sein Leben zu Ende.

Carrie hob den Brief auf, der ihm aus den Händen geglitten war, und las:

Mein Liebling Joshua,
Du mußt nur noch ein Dokument unterschreiben, dann bist Du frei. Ich bringe es am dreizehnten Oktober nach Eternity. Wie geht es unseren lieben, lieben Kindern?

In Liebe
Nora

P S: Möchtest Du es Dir nicht noch einmal überlegen, oder gefällt Dir das Leben als Farmer?

Nachdem Carrie den Brief dreimal gelesen hatte, zitterte sie ebenso wie Josh. »Wer . . .« Sie räusperte sich. »Wer ist Nora?«

Ganz langsam drehte sich Josh ihr zu und setzte sich auf. »Es scheint, als wäre sie noch immer meine Frau«, flüsterte er.

Carrie erstarrte zur Salzsäule. Ihre Familie und ihre Freunde hatten so oft gesagt, daß das Leben schwer war, aber sie hatte ihnen nie geglaubt. Wann immer jemand behauptet hatte, daß das Leben hart sei, hatte Carrie erwidert, jeder sei seines eigenen Glückes Schmied. Sie war der Meinung, daß die Menschen selbst entschieden, ob sie glücklich oder traurig sein wollten, und immer hatte sie passende Beispiele, die ihre These untermauerten, parat. Eines Tages, Carrie war etwa sechzehn Jahre alt gewesen, hatte ihre Mutter, nachdem Carrie ihre Weisheit verkündete hatte, erwidert, daß glückliche Menschen nie in ihrem Leben wirklich geliebt hätten. Liebe, so meinte Carries Mutter, bestünde zu zwei Dritteln aus Freude und zu einem Drittel aus dem qualvollsten Schmerz, den man sich vorstellen könne und der einen bis ans Ende seiner Tage verfolge. Damals war Carrie überzeugt gewesen, daß ihre Mutter nicht ganz bei Verstand war, aber jetzt verstand sie nur zu gut, was sie gemeint hatte.

Carrie richtete sich auf. »Das trifft sich ja wirklich günstig für mich. Morgen kommt mein Bruder hier an, und er kann mich gleich nach Warbrooke zurückbringen.«

Josh sprang mit einem Satz auf und umklammerte ihre Schultern. »Ich dachte, daß die Scheidung rechtsgültig ist, und zwar seit einem Jahr. Gott weiß, daß ich genug bezahlt habe, um sie loszuwerden.«

Carrie sah ihn mit kalten Augen an. »Ich war der Meinung, daß du Witwer bist. Selbstverständlich hast du es nie für nötig befunden, mich eines Besseren zu belehren. Würdest du mir jetzt bitte den Weg frei machen? Ich muß in meinen Laden zurück.« Sie musterte ihn von oben bis unten. »Wir sind nicht alle Versager bei unseren Geschäften, weißt du?«

Josh nahm sprachlos die Hände von ihren Schultern, trat einen Schritt zurück und ließ sie vorbei.

14. Kapitel

Carrie schaute in den Spiegel und kniff sich in die Wangen. Sie sah entsetzlich bleich aus, so daß ihre Nase um so röter wirkte. Um wenigstens diesen Makel zu kaschieren, legte sie noch ein wenig Puder auf. Ring mochte es nicht, wenn sie sich schminkte, aber noch weniger mochte er, wenn sie rotgeweinte Augen hatte. Und am wenigsten würde er mögen, was sie ihm sagen mußte. Wahrscheinlich würde er böse mit ihr sein.

Carrie sah, wie sich erneut Tränen in ihren Augen sammelten. Wieviel Tränen konnte ein Mensch überhaupt produzieren? Sie hatte die ganze Nacht und den Vormittag ohne Unterbrechung geweint.

Nachdem sie Josh am gestrigen Tag verlassen hatte, war sie in ihren Modesalon gegangen, um sich mit Arbeit abzulenken. Genau das taten ihre Brüder auch immer, wenn sie über irgend etwas außer sich waren, aber bei Carrie hatte es nicht funktioniert. Sie war außerstande gewesen, an irgend etwas anderes als an ihren Mann zu denken, der mit einer anderen Frau verheiratet war. Sie hatte ja keine Ahnung gehabt, daß seine Frau noch lebte. Josh mochte Carrie ja vielleicht lieben, aber er hatte ihr nie genug vertraut, um ihr alles über sich zu erzählen.

Sie hatte zwei Stunden grübelnd in ihrem Geschäft verbracht, als Tem und Dallas zu ihr kamen. Carrie hatte rasch ihre Augen getrocknet, damit die Kinder nicht merkten, daß sie geweint hatte, aber die beiden waren nicht so leicht hinters Licht zu führen.

Tem hatte sie gefragt, ob sie den Brief seines Vaters gelesen hatte, und Carrie, die nur noch an den Brief, den Nora geschrieben hatte, denken konnte, nickte. Ja, sie habe den Brief in der Tat gelesen, und aufgrund dieses Briefes sei sie entschlossen, Colorado für immer zu verlassen.

Die Kinder verließen den Laden wie zwei gebrochene Menschen, die schon zuviel Elend erlebt hatten. Gleich danach floh Carrie in das kleine Haus hinter ihrem Geschäft, in dem sie sich einquartiert hatte. Sie weinte sich in einen unruhigen Schlaf.

Heute mußte sie ihren Bruder von der Poststation abholen, aber die letzte Person, die sie jetzt sehen wollte, war Ring. Vielleicht würde er nicht aussprechen, wie er über die ganze Misere dachte, aber sie würde es an seinen Augen erkennen. Er war schon immer der Ansicht gewesen, daß sie flatterhaft war und von der Familie zu nachsichtig behandelt wurde, und jetzt lieferte sie ihm den Beweis, daß er sich nicht geirrt hatte.

Carrie setzte ihren Hut auf und gab sich nicht, wie sonst immer, die Mühe, die Bänder zu einer hübschen Schleife zu binden. Es war ihr egal, wie sie aussah.

Auf dem Weg zur Poststation sah sie die Menschen, die sie freundlich grüßten, nicht einmal an. Sie wollte nur noch weg von hier. Sie wollte ihren Bruder abholen und ihn bitten, alles für ihre Abreise nach Maine zu arrangieren. Dort bin ich wieder das Nesthäkchen der Familie, dachte sie, das kleine Mädchen, das alle wie ein Spielzeug behandelten. Dort werde ich keine eigene Familie mehr haben und keinen Mann, der nur mich liebt. Aber wenn sie genau darüber nachdachte, dann mußte sie zugeben, daß sie das hier auch nicht hatte.

Sie kam um halb vier Uhr – dreißig Minuten bevor die Kutsche laut Fahrplan eintreffen sollte – zur Poststation. Der Mann am Schalter lachte, als er sie sah. »Die Kutsche ist seit Jahren nicht pünktlich gewesen, und sie ist's heute bestimmt auch nicht. Ich hab' gehört, daß die Indianer Schwierigkeiten machen. Wahrscheinlich dauert's noch ein paar Tage, bis sie kommt.«

Carrie würdigte ihn keines Blickes. »Mein Bruder wird dafür sorgen, daß sie rechtzeitig hier ist«, sagte sie matt, als sie sich auf die Bank sinken ließ.

Bei dieser Erklärung brach der Mann in schallendes Gelächter aus und stürmte aus dem Gebäude. Zweifellos wollte er den Rest der Bevölkerung mit diesem Witz erheitern.

Er war noch nicht einmal zwei Minuten weg, als Josh den Raum betrat.

»Meine Güte«, sagte Carrie, »wenn das nicht Noras Ehemann ist.« Sie drehte sich zur Wand.

Josh setzte sich neben sie und ergriff ihre Hand, aber Carrie zog sie weg.

Er umfaßte ihre Schulter und zwang sie, ihn anzusehen. »Carrie, ich habe etwas von dir gelernt: Man darf sich nie geschlagen geben. Niemals.«

»Manchmal bleibt einem nichts anderes übrig.« Sie versuchte sich ihm zu entziehen, aber das ließ er nicht zu.

»Ich habe dir nichts von Nora erzählt, weil ich sicher war, daß sie nie mehr in mein Leben treten würde. So einfach ist das. Du hast den Brief gelesen. Ich war überzeugt, daß die Scheidung rechtskräftig ist und daß ich alle notwendigen Papiere schon vor einem Jahr unterzeichnet hatte. Und ich war sicher, daß sie die Abfindung, die ich ihr bezahlt habe, zufriedengestellt hätte.«

»Was hast du ihr sonst noch gegeben? Deine ganze Liebe?«

»Nora wollte keine Liebe. Sie wollte nur Geld, und deshalb habe ich ihr jeden Cent, den ich besaß, gegeben. Nachdem ich meinen ganzen Besitz – die Kleider eingeschlossen – zu Geld gemacht hatte, um sie loszuwerden und meine Kinder bei mir behalten zu können, forderte sie noch mehr.«

»Sie wollte dich«, stellte Carrie fest.

Josh lächelte. »Du bist die einzige Frau der Welt, die mich wirklich will – trotz meiner Übellaunigkeit und meiner Unfähigkeit, eine Farm auf Trab zu bringen. Du willst mich und die Kinder, obwohl ich dir außer meiner grenzenlosen Liebe nichts bieten kann.«

»Halt den Mund«, flüsterte sie mit tränenerstickter Stimme.

»Carrie, es tut mir alles so leid. Und ich bitte dich um Vergebung, daß ich dich falsch eingeschätzt und für eine törichte Person gehalten habe.« Er verzog das Gesicht, als sie Protest erheben wollte. »Kannst du mir deswegen Vorwürfe machen? Jeder Mann, der dich sieht, muß doch denken, daß du viel zu hübsch bist, um Verstand zu haben. Außerdem habe ich die Erfahrung gemacht, daß hübsche Mädchen an nichts anderes als an sich selbst denken.«

»Ist deine Frau hübsch?«

»Meine *ehemalige* Frau. Nein, Nora ist nicht gerade hübsch.« Er löste ihre Hutbänder und band sie zu einer hübschen Schleife unter ihrem Kinn. »Ich liebe Nora nicht. Ich bin nicht mal sicher, ob ich es je getan habe.«

»Aber sie ist die Mutter deiner Kinder.«

»Na ja, ich habe sie auch nicht gehaßt.«

Carrie machte Anstalten, aufzustehen, aber er hielt sie zurück. »Ich liebe dich, und ich möchte, daß du mich heiratest und bei mir und den Kindern bleibst. Für immer. Genau das wolltest du doch auch, als du uns das erste Mal gesehen hast, oder nicht?«

Carries Blick verriet sie wieder einmal. »Ich glaube nicht, daß ich dich noch mag. Du hast mich belogen.«

»Ich habe nicht gelogen. Ich dachte wirklich, daß ich ein geschiedener Mann bin. Noras Brief war für mich genau so ein großer Schock wie für dich.«

Da sie ihm nicht antwortete, zog er sie in seine Arme, aber es dauerte einen Augenblick, bis sich Carrie entspannte. »Mein Bruder ...«

»Überlaß deinen Bruder mir.«

»Du kennst ihn nicht. Er wird schrecklich wütend, wenn er hört, daß ich ... die Frau eines ... verheirateten Mannes bin.«

»Ganz zu schweigen davon, daß du von diesem Mann ein Baby erwartest«, sagte Josh sanft.

Carrie hielt den Atem an. Sie brauchte gar nicht zu fragen, wie er das herausgefunden hatte. In der letzten Woche war sie dreimal in Ohnmacht gefallen, und sie ahnte, daß die halbe Stadt über die Gründe ihrer Schwächeanfälle klatschte. »Willst du mich nur wegen des Babys heiraten?«

»O ja, natürlich. Das Baby ist der einzige Grund, warum ich dich bei mir behalten möchte. Hast du noch nicht gemerkt, daß ich Kinder sammle? Ich komme so prächtig mit ihnen zurecht, und in meiner Gesellschaft sind alle Kinder fröhlich und lachen sich halbtot ... Könnte es denn nicht möglich sein, daß ich dich bei mir haben will, weil mich der Gedanke, ohne dich leben zu müssen, beinahe umbringt? Carrie«, flüsterte er, »bitte verlaß mich nicht.«

Sie schlang die Arme um seinen Hals, und er küßte sie zärtlich und voller Sehnsucht.

»Wenn dein Bruder hier ist – wann immer die Kutsche auch eintrifft ...« Er drückte sanft seine Fingerspitze auf ihre Lippen, um sie am Reden zu hindern

»... wenn dein Bruder hier ist, mußt du alles mir überlassen. Ich werde ihn glauben machen, daß wir das glücklichste Paar auf Erden sind und daß wir keinerlei Probleme haben. Wer weiß – vielleicht kommt die Kutsche erst in drei Tagen, dann ist Nora schon wieder weg, und wir können heiraten. Wenn dein Bruder uns besucht, ist alles in Ordnung – bis auf meine verkrüppelten Maispflanzen.«

»Meinem Bruder ist dein wurmstichiger Mais vollkommen egal, wenn ich glücklich mit dir bin.« Sie spähte auf ihre Uhr. »Laut Fahrplan kommt die Kutsche in zehn Minuten an. Du kannst dich darauf verlassen, daß sie auf die Minute pünktlich ist, wenn mein Bruder darin sitzt.«

Josh lächelte überlegen. »Also gut, wenn er hier ist, werde ich schon mit ihm fertig. Wir müssen nur Zeit gewinnen, bis Nora mir das Dokument gegeben hat und die Scheidung gültig ist. In spätestens vierundzwanzig Stunden ist alles geregelt.« Er legte einen Finger unter ihr Kinn und hob ihr Gesicht an. »Kannst du mir vergeben? Ich wollte dir nicht von Nora und meiner gescheiterten Ehe erzählen. Ich war sicher, daß du mich ohnehin als Versager ansiehst, weil ich der schlechteste Farmer weit und breit bin.«

»Du bist kein Versager.«

Er küßte sie. »Du weißt gar nicht, was mir dieser Satz bedeutet. Zum erstenmal, seit ich mich auf dieser verdammten Farm niedergelassen habe, fühle ich mich tatsächlich nicht als Versager. Ich muß nur in deine Augen sehen.«

»Ich wußte, daß du mich brauchst.«

»Und ich war zu dumm, um das zu erkennen«, erwiderte er und bedeckte ihr Gesicht mit Küssen, aber Carrie erstarrte plötzlich und lauschte angestrengt.

»Das ist die Postkutsche.« Sie löste sich aus seiner Umarmung und ging ins Freie.

Josh blieb sitzen und sah ihr voller Liebe nach. Sie hatte grenzenloses Vertrauen zu ihren Mitmenschen, und jetzt glaubte sie ehrlich, daß die Kutsche um Punkt vier Uhr eintraf. Als das Geräusch eines fahrenden Wagens lauter wurde, ging Josh auch auf die Veranda und spähte in die Richtung, aus der der Lärm kam. Was da auf sie zurollte, sah tatsächlich wie eine Postkutsche aus. Er sah auf Carries Uhr. »Das schaffen sie nie. Es ist zwei Minuten vor vier, und sie sind noch ziemlich weit weg.«

»Ring wird es schaffen«, erwiderte Carrie beiläufig.

Inzwischen waren alle Bewohner von Eternity auf die Straße gelaufen, weil niemand die Sensation, daß die Kutsche pünktlich ankam, verpassen wollte. Josh beobachtete fasziniert, wie der Kutscher mit der Peitsche auf die Pferde einhieb. Er konnte erkennen, daß der Mann aufrecht im Kutschkasten stand, und er hörte, daß er die Pferde mit lautem Geschrei vorwärts trieb. Fast meinte Josh, sogar das Schnauben der Tiere zu vernehmen, während sie in wildem Galopp auf die Poststation zujagten. Normalerweise war der Kutscher betrunken, und er lenkte sein Gefährt im Schrittempo in die Stadt, ohne einen Gedanken daran zu verschwenden, ob er den Fahrplan einhielt oder nicht.

»Jetzt glaube ich auch, daß sie's schaffen«, sagte Josh im Flüsterton.

»Natürlich«, erwiderte Carrie. »Punkt vier Uhr.«

Joshs Augen weiteten sich vor Staunen, als die Kutsche um die letzte Kurve bog. Wenn er sich nicht irrte, steckten mehrere Pfeile im Dach. Die stetig anwachsende Menschenmenge, die sich vor der Station versammelt hatte, deutete auf die Kutsche.

Um genau vier Uhr hielt die Postkutsche mit knirschenden Rädern vor der Tür des Gebäudes. Das Dach des Gefährts war nicht nur mit Pfeilen gespickt, sondern auch von Kugeln durchlöchert, und an der hinteren Achse war ein edles Reitpferd angebunden.

»Was ist euch denn passiert?« fragte jemand lautstark den Kutscher.

Josh war sicher, nie einen erschöpfteren Mann gesehen zu haben. Der Trunkenbold war heute stocknüchtern, aber er hatte dunkle Ringe unter den Augen und sah aus, als hätte er sich seit einer Woche nicht rasiert. Sein linker Mundwinkel zuckte.

»Was uns passiert ist?« wiederholte der Kutscher, als er schwankend abstieg. »Räuber haben uns angegriffen. Einige betrunkene Cowboys sind von Indianern gejagt worden, und als wir in Sicht kamen, hat sich die ganze Bande auf uns gestürzt. Wir sind in eine Herde wilder Büffel geraten ... Es gibt nichts, was uns nicht passiert ist.«

Allmählich begeisterte sich der Kutscher selbst für seinen Vortrag, und er genoß es, ein so großes Publikum zu haben. »Aber wir hatten einen verrückten Mann an Bord. Sein Name ist Montgomery.«

Carrie warf Josh einen triumphierenden Blick zu.

»Der Bursche hat gesagt«, fuhr der Kutscher fort, »daß er eine Verabredung hätte, die er einhalten muß. Er hat gesagt, daß er zu einem ganz bestimmten Datum in Eternity sein muß. Ich sag' euch, der Kerl ist verrückt. Wir sind mit halsbrecherischer Geschwindigkeit durch die Gegend gerast, und was macht der Bursche? Er klettert aus dem Kutschenfenster, springt auf sein Pferd –« er deutete auf den hinteren Teil seines Gefährts – »und verscheucht, als ob's gar nichts wär', die Büffelherde, die auf uns zustampft. Er hat nicht mal zugelassen, daß ich das Tempo verlangsame. Als die Cowboys uns angegriffen haben, hat er seine Pistolen genommen und ihnen die Hüte von den Köpfen geschossen. Das fanden die Indianer so lustig, daß sie uns mit Pfeilen bombardiert haben. Ich sag' euch, der Mann ist wirklich verrückt.«

Inzwischen hatte er die Trittleiter vor die Kutschentür gestellt, und seine Fahrgäste stiegen aus. Sie alle sahen aus, als wären sie der Hölle entflohen. Ihre Kleider waren schmutzig und zerrissen, ihre Gesichter leichenblaß und starr vor Schreck. Die Frauen waren in Tränen aufgelöst und zitterten am ganzen Leib. Sie waren nicht mehr in der Lage, sich auf den Beinen zu halten und sanken den wartenden Menschen kraftlos in die Arme. Es war ihnen vollkommen gleichgültig, daß ihre Kleider zerfetzt und ihre Frisuren zerzaust waren. Ein Mann blutete aus einer Armwunde, ein anderer hatte drei Einschußlöcher in seinem Hut. Der dritte versuchte sich eine Zigarre anzuzünden, aber seine Hände zitterten so sehr, daß er das Streichholz nicht an die Zigarrenspitze halten konnte. Als einer der Stadtbewohner auf ihn zuging, um ihm zu helfen, stöhnte der Mann: »Ich brauche was zu trinken.«

»Welcher ist Ring?« fragte Josh überrascht, weil Carrie keine Anstalten machte, einen der Männer zu begrüßen. Sie gab keine Antwort sondern starrte wortlos auf die Kutschentür.

Einige Zeit später, als die anderen Passagiere bereits ausgestiegen waren, erschien ein weiterer Mann auf der Trittleiter. Er war sehr groß – über einsachtzig –, kräftig und außergewöhnlich gutaussehend. Er trug einen dunklen Anzug, der ganz sicher, wie Josh gleich registrierte, eine hübsche Stange Geld gekostet hatte. Ganz anders als die anderen derangierten, verängstigten Fahrgäste, wirkte dieser Mann in keiner Weise erschöpft und so ruhig, als käme er von einem erfreulichen Sonntagsausflug zurück, kein Stäubchen verunzierte seine makellose Erscheinung.

Josh beobachtete, wie der Mann auf die Leute zuging und strahlend lächelte. Eine der Frauen, die mit ihm gereist waren, brach erneut in Tränen aus, als sie ihn ansah, und verbarg ihr Gesicht an der Schulter einer anderen Frau. Der Mann langte in seine Jackentasche und zog eine dünne Zigarre hervor. Mit ruhiger Hand riß er ein Streichholz an und setzte die Zigarre in Brand. Als er den ersten Zug genoß, schien er sich überhaupt nicht bewußt zu sein, daß ihn etwa hundert Menschen fasziniert anstarrten. Beiläufig entfernte er ein unsichtbares Staubkörnchen von seiner Schulter und bahnte sich einen Weg durch die Menge.

»Weißt du jetzt, welcher Ring ist?« fragte Carrie ernst.

Josh ergriff beruhigend ihre Hand.

Als hätte er schon die ganze Zeit gewußt, wo sie standen, wandte sich Ring seiner Schwester zu.

»Hallo, mein Liebes«, sagte er ruhig, und Carrie lief auf ihn zu.

Ring fing die kleine Schwester in seinen starken Armen auf und drückte sie unter den Augen sämtlicher Stadtbewohner heftig an sich. Wenn dieser Mann – halb Ungeheuer, halb Held – mit Carrie bekannt war, dann konnten sie ihn auch akzeptieren. Schließlich hatte Carrie in der kleinen Stadt nur Gutes bewirkt.

»Laß mich dich ansehen«, sagte Ring und stellte Carrie auf die Füße. Er war beinahe doppelt so breit wie sie, und seine riesige Hand bedeckte die Hälfte ihres Gesichts.

Josh war noch nie zuvor in seinem Leben eifersüchtig gewesen, wahrscheinlich, weil er nie zuvor jemanden von ganzem Herzen und aufrichtig geliebt hatte –, aber jetzt war es ihm beinahe unmöglich, mitanzusehen, wie dieser Mann, Bruder oder nicht, Carrie berührte.

Er stellte sich neben Carrie und legte besitzergreifend seinen Arm um sie.

Carrie betrachtete ihren Mann. Ring war ein bißchen größer als Josh, aber sicher nicht besser gebaut, und Carrie war überzeugt, daß Josh tausendmal besser aussah als ihr großer Bruder.

Ring ließ die beiden nicht aus den Augen, registrierte die Art, wie Josh Carrie an sich drückte, und den kampflustigen Blick in seinen Augen, der deutlich sagte, daß er ihn auf der Stelle niederschlagen würde, wenn er es wagte, Carrie auch nur ein Haar zu krümmen. Er sah, wie Carrie zu Josh aufblickte, als wäre er der tapferste und großartigste Mann der Welt, und Ring wußte auf Anhieb alles, was er auf dieser Reise hatte in Erfahrung bringen wollen. Er war von Maine nach Colorado gekommen, um herauszufinden, ob seine Schwester diesen Mann liebte und von ihm wiedergeliebt wurde, und jetzt kannte er die Antwort auf diese Frage. Im Grunde hätte er jetzt sofort wieder die Kutsche besteigen und zu seiner eigenen Frau und seinen Kindern zurückfahren können.

Ring lächelte seine kleine Schwester an, und Carrie brachte ebenfalls ein zitterndes Lächeln zustande. Carrie war es noch nie gelungen, etwas geheimzuhalten – ihre Miene verriet immer alles, und Ring merkte sofort, daß etwas nicht stimmte, aber er hatte keine Ahnung, wie ernst die Schwierigkeiten waren, die seine Schwester hatte. Daran, daß sich die beiden liebten, hatte er keine Zweifel. Sie drängten sich so dicht aneinander, als fürchteten sie, daß er sie mit Gewalt auseinanderbringen wollte.

»Darf ich mich vorstellen?« fragte Josh und streckte die Hand aus. »Joshua Greene.«

Ring schüttelte die Hand seines neuen Schwagers, und plötzlich wurde ihm bewußt, daß er diesen Mann schon einmal gesehen hatte, aber er konnte sich nicht erinnern, wann und wo. »Sind wir uns nicht schon einmal begegnet?«

»Das glaube ich kaum«, erwiderte Josh ruhig.

Dieser Mann kann seine Empfindungen vor anderen verbergen, dachte Ring, er verrät nicht mit dem geringsten Flackern seiner Augen, was er denkt, und die Leute erfahren von ihm nur das, was er sie wissen läßt.

»Wahrscheinlich haben Sie recht«, sagte Ring in einem Ton, der, wie er hoffte, seine Zweifel nicht verriet. »Gibt es hier irgendeinen Ort, an dem ich ein Bad nehmen kann?« fügte er an Carrie gewandt hinzu.

»Selbstverständlich. Ich habe dir ein Zimmer im Hotel reservieren lassen, aber es ist nicht ganz das, was du gewöhnt bist.«

Ring hätte seiner Schwester einen Kuß auf die Wange gedrückt und über ihre Nervosität gelacht, wenn Josh sie nicht wie ein Raubvogel seine Beute bewacht hätte. Ring überlegte, ob er sich in Gegenwart seiner Frau ebenso benahm.

»Ich bin sicher, daß es mir genügt«, meinte er. »Wir könnten heute abend zusammen essen, und morgen möchte ich gern Ihre Kinder kennenlernen.«

Carries Magen verkrampfte sich. Sie konnte die Spannung nicht mehr länger ertragen. »Warum bist du hier, Ring? Ich fahre nicht mit dir nach Hause, egal, was du tust oder sagst.«

Ring hätte es kaum für möglich gehalten, aber Josh

rückte noch näher zu Carrie, als er nicht sofort antwortete. »Hast du angenommen«, begann er schließlich, »daß ich hierhergekommen bin, um dich zu holen?«

»Ich dachte, weil die Papiere ... na ja, weißt du ...«

»Du meinst die Heiratspapiere, die du Vater untergeschoben hast?«

Carrie starrte auf ihre Schuhspitzen.

Ring warf Josh einen Blick zu. Wo hatte er diesen Mann nur schon einmal gesehen? »Ihr müßt mich ja für ein richtiges Scheusal halten. Ich bin hier, weil sich herausgestellt hat, daß diese Eheschließung nicht legal war und weil Mutter wissen möchte, ob du glücklich bist, Carrie. Sie hat mir ihr eigenes Hochzeitskleid mitgegeben und bittet dich, es zu tragen, wenn du dich noch einmal mit Josh trauen läßt. Außerdem möchte sie eine Fotografie von ihrer Tochter und ihrem Schwiegersohn haben. Weil ich hoffte, daß es keinerlei Probleme geben würde, habe ich mir die Freiheit herausgenommen, die Zeremonie für morgen nachmittag zu arrangieren. Für das Brautbouquet habe ich pinkfarbene Rosen ausgesucht. Ich hoffe, ihr habt nichts dagegen, ich muß mich nämlich so rasch wie möglich wieder auf den Heimweg machen.«

»Ja«, murmelte Carrie zögernd, »ich glaube, das ist möglich.«

»Gut.« Ring nahm seine Reisetasche, die der Kutscher abgeladen hatte. »Können wir gehen?« erkundigte er sich, nahm Carries Arm und ließ sich zum Hotel führen.

»Ich werde ihm alles sagen«, flüsterte Josh. »Dieser Mann ...«

»Bitte nicht«, fiel Carrie ihm leise ins Wort. »Er hält mein Leben in seinen Händen. Ring hat von meinem Vater alle Vollmachten bekommen, und er ist sozusagen mein gesetzlicher Vormund. Ich vertraue ganz fest darauf, daß deine ...« sie schluckte, » ... daß deine Frau morgen früh auftaucht, damit wir zu dem Zeitpunkt, den Ring festgesetzt hat, heiraten können.«

15. Kapitel

»Er wird mich zwingen, mit ihm nach Hause zu fahren«, sagte Carrie niedergeschlagen. Sie und Josh saßen in Rings Hotelzimmer und warteten darauf, daß er sein Bad beendete.

»Würde es dir etwas ausmachen, das nicht immer zu wiederholen? Allmählich geht mir dieser Satz auf die Nerven. Glaubst du, er wirft einen Sack über dich, fesselt dich und entführt dich heimlich? Das müßte er nämlich tun, wenn er dich von mir wegholen will, und selbst dann würde ich nicht zögern, euch zu verfolgen und dich zurückzuholen.«

Carrie saß auf dem Sofa und starrte blicklos auf den zerrissenen, staubigen Teppich. »Wir müssen ihn glauben machen, daß alles in Ordnung ist. Er darf nie erfahren, daß wir Schwierigkeiten miteinander haben.«

»Wir haben keine Schwierigkeiten miteinander.«

Carrie funkelte ihn böse an. »O nein, du bist nur mit einer anderen Frau verheiratet, und ich trage ein Kind unter dem Herzen, das in Sünde gezeugt wurde. Du kennst Ring nicht so, wie ich ihn kenne. Er hat eiserne Moralvorstellungen, und er wäre entsetzt, wenn er die Wahrheit herausfinden würde.«

Josh ächzte. »Ich glaube, du schätzt deinen Bruder falsch ein. Ich würde meinen, daß ihm nichts Menschliches fremd ist.«

»Ha! Wenn Ring überhaupt menschliche Regungen verspürt, dann verbirgt er sie gut.«

Josh lachte überheblich. »Dieser Mann verbirgt keine einzige Regung. Er liebt dich abgöttisch. Ich vermute, daß er der sanftmütigste und warmherzigste deiner Brüder ist, wenn es um dich geht. Er würde alles für dich tun. Selbst wenn du einen Schornsteinfeger heiraten wolltest, wäre er zufrieden, wenn du nur glücklich bist.«

»Du weißt gar nichts«, versetzte Carrie. »Ring ist . . .«

»Was bin ich, mein liebes Schwesterchen?« fragte Ring, als er das Zimmer betrat. Er war frisch gebadet und trug ein perfekt gebügeltes Dinnerjackett, während Carrie und Josh ziemlich ramponiert aussahen.

»Du bist mein absoluter Lieblingsbruder«, erklärte Carrie geistesgegenwärtig und stellte sich auf die Zehenspitzen, um eine frisch rasierte Wange zu küssen.

»Darf ich dem Schmeichelbild des Schlafes traun, so deuten meine Träum ein nahes Glück«, zitierte Ring.

»Was ist das?«

»Shakespeare, das würdest du wissen, wenn du es für nötig befunden hättest, die Schule zu beenden. Können wir zum Essen gehen?«

Carrie und Josh gingen voran. Carrie hatte am Abend zuvor eine ihrer Angestellten ins Hotel geschickt, damit für heute ein möglichst anständiges Abendessen zubereitet werden konnte, und jetzt fragte sich Carrie, ob wohl alles zu Rings Zufriedenheit arrangiert worden war.

Man hatte einen Tisch in einer Nische für drei Personen gedeckt, und wenn Carrie nicht so aufgeregt gewesen wäre, hätte sie sicherlich laut gelacht. Die Kellner trugen nicht ihre normale Kleidung, sondern

Anzüge, die so aussahen, als hätten sie sich jedes Teil von jemand anderem ausgeliehen. Über ihren Armen hingen in französischer Manier Servietten, die ziemlich schmuddelig und ungebügelt waren.

Sobald die drei Gäste Platz genommen hatten, stürzte ein Kellner auf sie zu, nahm Rings Weinglas, aber bevor er einschenkte, entdeckte er Staub auf dem Boden des Glases. Er blies den Schmutz kurzerhand weg und schüttete ein wenig Wein in das Glas. Carrie sah, daß kleine Korkstücke auf der Oberfläche schwammen, und hielt den Atem an, als Ring von dem Wein nippte. Sie erwartete, daß er das tat, was er zu Hause tun würde: den Wein für ungenießbar erklären.

Aber statt dessen lächelte er den Kellner an. *»So bitt ich Euch, kommt, stecht eine Flasche Wein mit aus.«*

Der Kellner, der normalerweise Stallbursche im Mietstall war, hatte keine Ahnung, was das bedeuten sollte, aber er lächelte. Bald wurden Schüsseln und Platten aufgetragen, und die drei bedienten sich.

Carrie stocherte lustlos auf ihrem Teller herum.

»Welchen Beruf üben Sie aus, Mr. Greene?« fragte Ring.

Carrie verschlug es den Atem, und sie warf Josh einen erschrockenen Blick zu. Es war eine Sache, Josh zu versichern, daß ihr Bruder nicht auf Geld achtete, aber solch ein Gespräch zwischen Männern waren eine ganz andere. Sie betete inständig, daß Josh so viel Verstand hatte, seine Farm ein wenig großartiger darzustellen, als sie war.

»Ich züchte Würmer und Käfer«, sagte Josh. »Ich habe ganze Felder voll davon.«

»Ich verstehe«, erwiderte Ring. »Sonst noch etwas?«

»Ein paar Maisstengel und viel hübsches Unkraut, aber Würmer sind meine Spezialität. Sie sind besonders fett und schön grün, und sie fressen jede Faser von meinem Mais, den ich angepflanzt habe.«

»Oh, große Kräfte sind's, weiß man sie recht zu pflegen, die Pflanzen, Kräuter, Stein' in ihrem Innern hegen«, deklamierte Ring.

Carrie achtete nicht auf die poetischen Ergüsse ihres Bruders. »Ring, es ist gar nicht wahr, daß es nur Unkraut und Würmer auf Joshs Farm gibt. Josh kann sehr viele Dinge ausgesprochen gut.«

Beide Männer drehten sich ihr gleichzeitig mit demselben interessierten Blick zu.

»Ich flehe dich an, mein Liebes, sag mir, was ich gut kann«, forderte Josh.

Carrie sah ihn aus schmalen Augen an. Für ihn schien das alles nur ein Witz zu sein. Als Joshs Bruder bei ihnen zu Besuch gewesen war, hatten ihn alle äußerst ernst genommen, aber jetzt, da sie Gefahr liefen, mit Ring in ernste Schwierigkeiten zu geraten, tat Josh, als ob alles nur ein Scherz wäre. »Er liebt seine Kinder und mich über alles, und ich liebe ihn.«

Josh grinste Ring an. »Sie hat keinen Grund, mich zu lieben, aber sie tut's trotzdem.«

Ring lächelte auch. *»Gefühl, an Inhalt reicher als an Worten, ist stolz auf seinen Wert und nicht auf Schmuck.«*

»Ganz recht«, stimmte Josh zu. Ring schien ihm ausnehmend gut zu gefallen. »Noch etwas von diesem köstlichen Wein?«

Ring hob sein Glas hoch. *». . . und wie er Züge Rheinweins niedergießt, verkünden schmetternd Pauken und Trompeten den ausgebrachten Trunk.«*

»Ring, was ist los mit dir?« rief Carrie zornig. »Kannst du auch etwas anderes von dir geben als diese schrecklichen Zitate?«

Ring sah sie mit einem vor Selbstmitleid triefenden Blick an. *»Was ist der Grund, daß Ihr mir so begegnet? Ich liebt Euch immer: doch es macht nichts aus.«*

»Hör sofort auf damit« schrie Carrie und hieb mit der Faust auf den Tisch. »Was, in aller Welt, ist nur los mit dir?«

Ring schüttelte den Kopf, als könnte er dadurch seine Gedanken klären. »Ich weiß auch nicht Seit ich aus der Kutsche gestiegen bin, kommen mir ständig Shakespeare-Zitate in den Sinn. In der Badewanne habe ich versucht, mich an den ganzen Hamlet zu erinnern.«

»Das kannst du zu Hause tun«, erwiderte sie heftig. »Ich möchte mit dir und meinem Mann zusammensein und nicht mit einem fragwürdigen Bühnendarsteller.«

Ring öffnete den Mund, als wollte er schon wieder ein Zitat zum besten geben, aber er besann sich anders und sagte ernst: »Du hast mir vorhin etwas über deinen Mann erzählt. Es ging um Würmer, wenn ich mich nicht irre.«

»Und Unkraut«, ergänzte Josh.

Carrie sank gegen die Lehne ihres Stuhls und sah von einem zum andern. Sie hatte keine Ahnung, was vor sich ging, aber sie wäre am liebsten aufgestanden und hätte die beiden allein gelassen. Sie schmunzelten beide auf so hinterhältige Weise, wie nur Männer es können. Sie fühlten sich offensichtlich überlegen, weil sie als Männer auf die Welt gekommen waren.

Ring langte über den Tisch und ergriff die Hand seiner Schwester. »Verzeih mir. Ich glaube, ich habe meine poetische Phase jetzt überwunden. Erzähl mir etwas von dir und davon, was du in der letzten Zeit gemacht hast.«

»Ich habe über Josh gesprochen und über seine Farm«, betonte Carrie – obwohl sie Josh gegenüber behauptet hatte, daß es ihrem Bruder gleichgültig sei, wie die Farm aussah, fürchtete sie doch, daß Ring das Haus und die Umgebung erbärmlich finden könnte. Plötzlich überzog ein Strahlen ihr Gesicht. »Josh kann wunderbar vorlesen. Er liest mindestens so gut, wie Maddie singen kann.«

Ring betrachtete Josh mit neuem Respekt. »Können Sie jetzt etwas vortragen?«

»Wer ist Maddie?« fragte Josh, ohne auf die Aufforderung einzugehen.

»Maddie ist Rings Frau, und sie ist bekannt als LaReina.«

Jetzt war es an Josh, Ring respektvoll anzusehen – LaReina war eine der größten Opernsängerinnen der Welt. »Meinen Glückwunsch zu Ihrer Wahl. Es ist sicher eine große Ehre, eine solche Berühmtheit zur Frau zu haben. Ich habe sie sehr oft singen hören. In Paris, Wien und Rom. Ich bin in die Oper gegangen, wann immer es mir möglich war.«

»Ich wußte ja gar nicht, daß du in all diesen Städten warst«, warf Carrie ein, aber Josh beachtete die Bemerkung gar nicht.

»Danke«, sagte Ring. »Sie ist eine wundervolle Frau und ...« er brach ab und riß erstaunt die Augen auf. »Sie können *vorlesen*? Sie sind ...«

Mit einer raschen, unauffälligen Bewegung stieß Josh Rings Weinglas um, und unterbrach damit seinen Schwager wirkungsvoll. Carrie betrachtete die Bescherung, die Josh auf dem Tisch angerichtet hatte, und sah deshalb nicht, daß ihr Mann Ring einen flehenden Blick zuwarf, den dieser auf Anhieb zu verstehen schien.

Nachdem Carrie den verschütteten Wein mit ihrer Serviette vom Tisch gewischt hatte, sah sie auf. Sie wußte nicht, was geschehen war, aber sie spürte, daß sich etwas verändert hatte. Es kam ihr fast so vor, als hätten die beiden Männer einen Geheimbund geschlossen und sie nicht eingeweiht. In nur ein paar Sekunden schienen sie zu Freunden, geworden zu sein, und den Rest des langen Abends unterhielten sie sich angeregt und erinnerten sich nur hie und da an Carries Anwesenheit. Sie plauderten über die Städte, die sie besucht hatten, über Theaterstücke und Maddies Gesang. Sie sprachen sogar über Leute, die sie offensichtlich beide kannten, über Hotels, Essen und Weine.

Carrie saß schweigend daneben und schmollte, weil sie so schnöde mißachtet wurde. Es war fast, als wäre sie zu jung und zu wenig weltgewandt, um für die Männer von Interesse zu sein.

Nach einer halben Ewigkeit beschlossen die Männer, daß es Zeit war, sich zurückzuziehen.

»Ich sehe euch morgen«, sagte Ring, »sagen wir zu Mittag auf der Farm? Die Hochzeit findet erst um fünf Uhr statt, und ich hätte dann Zeit, Ihre Kinder kennenzulernen, Josh. Sagen Sie, sind Sie Ihnen irgendwie ähnlich?«

Carrie hatte das Gefühl, daß ihr Bruder Josh eine Frage gestellt hatte, die mehr bedeutete, als die Worte besagten.

»Sie sind mir sehr ähnlich – mit einer Ausnahme: Sie haben mehr Talent.«

Das schien Ring sehr zu amüsieren.

Als sie sich von Ring verabschiedeten, war Carrie so verstimmt, daß sie mit keinem der beiden mehr ein Wort wechseln wollte. Als Josh gedankenversunken ihren Arm ergriff, schien er gar nicht zu bemerken, daß Carrie böse mit ihm war, ja, er registrierte nicht einmal, daß sie nicht mit ihm redete.

»Ich bin mit Hirams Wagen hier«, sagte er. »Er steht im Mietstall. Ich dachte, daß du mit mir nach Hause kommst.«

Carries erster Gedanke war, ihn zurückzuweisen und in dem kleinen Häuschen hinter ihrem Laden zu übernachten, aber sie wollte die Kinder sehen und ihnen sagen, daß sie jetzt doch in Eternity blieb. Auch wenn sie nie mehr ein Wort an ihren Vater richtete, würde sie ihn morgen heiraten . . ., das hieß, falls seine *Frau* ihm die Scheidung ermöglichte.

Josh holte den Wagen, half ihr auf den Kutschbock und plauderte während der ganzen Fahrt äußerst angeregt. Er versicherte ihr, daß ihr Bruder ein feiner Kerl und so gebildet, klug und kultiviert sei.

Carrie brach ihr Schweigegelübde. »Ich vermute, daß du nur dieser Meinung bist, weil er so viele Leute kennt, die du auch kennst, und in Städten war, in denen *du* auch gewesen bist. Und ich hatte von all dem nicht die geringste Ahnung«, sagte sie mit vor Sarkasmus triefender Stimme.

Josh entging ihr Spott offensichtlich, und er lobte Ring weiterhin in den höchsten Tönen. »Ein Mann wie er kann mit Pferden und mit Gewehren umgehen, *und* er kann gleichzeitig Shakespeare zitieren. Ich bin sicher, er hat Erfolg bei den Frauen.«

Carrie unterbrach Josh mit der Bemerkung, daß sie sich gleich übergeben müsse.

»Ist es wegen des Babys?« fragte Josh besorgt und zügelte die Pferde.

»Nein, deinetwegen.«

Grinsend trieb er die Pferde wieder an.

Sie fuhren zu Hirams großem blitzblanken Farmhaus – alles war so sauber und ordentlich, daß keine einzige Blume, die das Bild hätte stören können, in Sicht war –, um die Kinder abzuholen.

Carrie blieb auf dem Wagen sitzen, während Josh ins Haus ging. Als er wieder erschien, trug er die schlafende Dallas auf dem Arm, und Tem folgte ihm schlaftrunken. Carrie nahm Dallas auf den Schoß, und Tem schmiegte sich an ihre Seite.

»Bleibst du, oder fährst du weg?« fragte Tem gähnend.

»Ich bleibe«, antwortete Carrie.

Tems Nicken verriet, daß er diese Entscheidung zwar zur Kenntnis nahm, aber nicht sicher war, ob sie ihren Entschluß nicht in der nächsten Minute wieder ändern würde.

Zu Hause brachte Josh die Kinder ins Bett und kam wieder ins Wohnzimmer. Aber gleich darauf wandte er sich gähnend zur Schlafzimmertür.

Carrie holte ihn noch vor der Tür ein. »Was hast du vor?«

»Ich gehe ins Bett.«

»Nicht in diesem Zimmer«, entgegnete sie fest.

Josh seufzte. »Carrie, Liebes, das ist lächerlich. Ich bin müde und habe keine Lust, mich zu Dallas in das schmale Bett zu drängen. Hab Erbarmen mit mir.«

»Du wirst diese Nacht *nicht* mit mir verbringen. Wir sind nicht verheiratet. Rechtlich gesehen bist du sogar noch mit einer anderen Frau verheiratet. Wenn wir zusammen schlafen, begehen wir Ehebruch.«

»Aber wir haben schon eine Nacht miteinander verbracht, und damals war ich auch noch mit Nora verheiratet.«

»Damals habe ich nichts davon gewußt.«

Josh rückte näher zu ihr, sah sie mit einem müden Blick an und senkte die Stimme zu einem seidenweichen Flüstern. »Carrie, mein Liebling, ich möchte nur einen Platz zum Schlafen. Das kannst du einem Mann doch nicht verwehren, oder?«

»Bist du müde vom Würmerzüchten oder von dem Gespräch mit meinem Bruder, bei dem du mich überhaupt nicht beachtet hast.«

»Carrie, Süße«, flehte er sie an und streckte die Hand aus, um ihre Wange zu streicheln.

»Rühr mich nicht an!« rief sie und schlug ihm die Schlafzimmertür vor der Nase zu.

Josh kletterte die Leiter hinauf, und als er sich in das Bett seiner Tochter legte, murmelte Dallas verschlafen: »Ich hab' gleich gesagt, daß Carrie das große Bett für sich allein haben will.«

*

Am nächsten Morgen schlief Carrie noch tief und fest, als Josh seinen Kindern erlaubte, zu ihr ins Zimmer zu gehen und sie zu wecken. Statt zu ihr ins Bett zu springen wie schon einmal, kletterten sie vorsichtig zu ihr und Choo-choo, und nach kurzer Zeit schliefen alle vier, eng aneinander gekuschelt.

Josh stand mit einer Tasse Kaffee in der Tür und betrachtete liebevoll seine Familie – na ja, den Hund bedachte er mit einem etwas strengeren Blick, aber selbst das Tier wuchs ihm allmählich ans Herz.

Am gestrigen Abend hatte er entgegen Carries Meinung sehr wohl bemerkt, wie wütend sie auf ihn gewesen war. Er hätte sich vielleicht auch ein wenig mehr zusammengenommen, wenn er ihre Eifersucht nicht so sehr genossen hätte. Er hatte natürlich schon eifersüchtige Frauen erlebt, wenn er anderen zu viel Aufmerksamkeit geschenkt hatte, aber diese Frauen hatten ihm nichts bedeutet. Sie hatten nicht ihn, nicht den Mann geliebt, sondern nur das, was er gewesen war. Ein paar der Frauen, die er früher gekannt hatte, hatten versucht, über die Kinder an ihn heranzukommen, aber Tem und Dallas waren ausgesprochen scharfsinnig gewesen: Sie hatten all diese Frauen aus tiefstem Herzen verabscheut.

Aber jetzt ... Er sah wieder zum Bett und spürte, wie groß seine Liebe war. Carrie hatte die ganze Zeit recht gehabt: Er und die Kinder brauchten sie.

Er lächelte. Jetzt würde alles gut werden, das wußte er. Er mußte nur noch mit Nora ins reine kommen, dann war er frei.

Plötzlich sprang Choo-choo auf und kläffte aufgeregt – es war, als ob Joshs Gedanken Nora herbeibeschworen hätten. Eine Kutsche fuhr auf den Hof, und als Josh sich zur Haustür umdrehte, verzog er das Gesicht. Konnte das wirklich schon Nora sein?

Choo-choos Bellen riß Carrie aus dem Schlaf, aber sie war noch so benommen, daß sie im ersten Moment gar nicht wußte, wo sie sich befand.

Tem hob den Kopf. »Wer ist das?« Sie hörten, daß die Kutsche vor dem Haus hielt und ein Mann die Pferde anschrie.

»Hoffentlich ist es nicht Onkel Hiram«, sagte Dallas verzagt. »Wir könnten ihm sagen, daß Carrie hier ist, dann bekommt er Angst und rennt weg.«

Carrie lachte und kitzelte Dallas, während Tem hinausging. Es dauerte nur ein paar Sekunden, bis er wieder ins Zimmer stürmte. Sein Gesicht war aschfahl. »Es ist Mutter«, flüsterte er.

Carrie setzte sich mit einem Ruck auf. Sie hatte immer nur daran gedacht, daß sie Joshs Frau war, aber sie war auch die Mutter der Kinder. Würden sie sich so sehr über ihren Besuch freuen, daß sie alles andere vergaßen – auch sie, Carrie? Carrie schalt sich selbst wegen dieses schrecklichen Gedankens. Diese Frau war die Mutter von Tem und Dallas, und natürlich liebten die Kinder sie.

»Geht, geht und begrüßt sie«, drängte Carrie.

Aber Dallas blieb auf ihrem Schoß sitzen, und Tem rührte sich auch nicht von der Stelle.

Die Haustür flog auf, und obwohl Carrie die Frau vom Bett aus nicht sehen konnte, spürte sie ihre Anwesenheit. Ihre Ausstrahlung schien das ganze Haus zu erfüllen.

»Wo sind sie?« rief die Frau. »Wo sind meine lieben Babies?«

Bevor Carrie Tem bitten konnte, die Schlafzimmertür zuzumachen, damit die Frau sie nicht mit zerzaustem Haar im Nachthemd sah, rauschte Nora in den Raum.

Sie war sehr üppig, groß und grobknochig, hatte einen weißen Teint, dunkle Augen, rote Lippen und rabenschwarzes Haar. Ihr Kleid aus schwarzem und knallrotem Brokat war, wie Carrie sofort bemerkte, sehr teuer gewesen, und ihre Taille war extrem eng geschnürt. Sie hatte einen Busen, für den andere Frauen ein paar Jahre ihres Lebens gegeben hätten. Josh hatte gesagt, daß Nora nicht gerade hübsch wäre. Nein, diese Frau war nicht hübsch, sie war schön, atemberaubend – eine Frau, der jeder Mann nachsah, die Poeten inspirierte und über die Lieder geschrieben wurden.

Als Carrie die Frau sprachlos vor Staunen anstarrte, drückte sich Tem an sie, und Carrie legte den einen Arm um ihn und den anderen um Dallas, die noch immer auf ihrem Schoß saß.

»Meine Güte, was für eine ... häusliche Szene. Sag

mal, Josh, schlafen alle deinen neuen ... Ladies mit dir *und* den Kindern?«

Carrie wollte sich verteidigen, aber sie konnte ja nicht gut behaupten, daß sie die Frau von Noras Ehemann war.

Die Kinder betrachteten ihre Mutter schweigend.

»Kommt, ihr Lieben, und gebt eurer Mutter einen Kuß.«

Gehorsam gingen die beiden zu ihrer Mutter. Nora bückte sich und gestattete jedem Kind, sie auf eine Wange zu küssen. Aber sie selbst machte keine Anstalten, die Kinder zu umarmen oder zu berühren.

»Und wer ist eure kleine Freundin?« fragte Nora und deutete mit dem Kopf auf Carrie.

»Sie ist unsere neue ... Ich meine, Papa und sie sind verheiratet.«

»Tatsächlich? Wie interessant.« Sie drehte sich um und sah Josh, der hinter ihr stand, an. »Liebling, es sieht fast so aus, als ob du *zwei* Frauen hättest. Ich weiß zwar nicht viel über Gesetze, aber ich glaube nicht, daß so etwas erlaubt ist.«

»Wir sollten Carrie die Gelegenheit geben, sich anzuziehen«, schlug Josh vor und führte seine schöne, hinreißende, göttliche Frau aus dem Schlafzimmer.

Carrie zog ihr Reitkostüm an, und als sie fertig war, ging sie ins Wohnzimmer. Josh und seine Frau saßen am Tisch und steckten die Köpfe zusammen.

Nora sah auf und musterte Carrie abschätzend. »Ist sie nicht ein niedliches, kleines Ding, Liebling? Josh, wo hast du sie gefunden?«

»In einem Kaulquappen-Teich«, zischte Carrie durch zusammengebissene Zähne und steuerte auf die Haustür zu.

Josh hielt sie auf, führte sie zum Tisch und drückte

sie auf einen Stuhl. »Tem!« rief er. »Bring Carrie eine Tasse Kaffee.«

Als die Tasse vor ihr auf dem Tisch stand, sagte Josh: »Carrie, meine Liebe, meine einzige Liebe, ich möchte, daß du Nora kennenlernst.«

»Deine Frau«, fügte Carrie gepreßt hinzu und versuchte aufzustehen, aber Josh hielt sie an ihren Schultern fest.

»Josh, mein Liebling, ich glaube fast, das kleine Ding ist böse auf dich. Hast du ihr nichts von mir erzählt?«

»Was genau hätte ich ihr denn von dir erzählen sollen? Du bist unbeschreiblich«, versetzte er ätzend.

Nora schien das als Kompliment aufzufassen und ließ ein kleines anzügliches Lachen hören. »Natürlich könntest du mich nicht beschreiben, Liebling, aber eine Menge Männer haben es versucht.« Sie wandte sich Carrie zu. »Sie ist viel zu klein, um auf einer Bühne stehen zu können.«

»Sie ist nicht beim Theater«, erwiderte Josh. »Sie ist Ehefrau und Mutter und sonst nichts.«

»Oh, sehr... interessant«, erklärte Nora, ohne einen Zweifel daran zu lassen, wie sie über Carries Leben dachte.

»Ich kann ein Geschäft führen«, fauchte Carrie empört, weil Josh so tat, als würde sie den ganzen Tag mit Wäschewaschen verbringen und nichts anderes im Kopf haben als saubere Fußböden.

»Ein Geschäft?« fragte Nora und zog eine Augenbraue hoch.

»Sie handelt mit Kleidern«, gab Josh zu und bemühte sich wieder, all dem nicht allzu viel Bedeutung beizumessen.

Carrie unternahm einen weiteren Versuch aufzustehen, aber Josh hielt sie immer noch fest.

»Nora, gib mir das Dokument, damit ich es unterschreiben kann, und geh. Hier ist kein Platz für dich.«

Nora preßte ihr Spitzentaschentuch vor das Gesicht und begann, anmutig zu weinen. »Josh, wie kannst du nur so grausam sein? Ich bin doch nur gekommen, um die Kinder noch einmal zu sehen. Sie fehlen mir so sehr. Ich vermisse das Trippeln ihrer kleinen Füße in der Nacht und sogar das Weinen von Dallas, wenn sie aus einem Alptraum erwacht. Ich sehne mich nach ihren Stimmen und ...« Sie schluchzte heftiger.

Trotz aller Vorbehalte streckte Carrie die Hand aus. Sie kannte die Kinder erst seit kurzer Zeit, aber sie könnte es nicht ertragen, sie zu verlassen. Was mußte dann erst diese Frau durchmachen, der man die Kinder genommen hatte? Und warum hatte Josh dieser Frau, die er einmal geliebt hatte, so etwas Schreckliches angetan?

Josh hielt Carries Hand fest, ehe sie die von Nora ergreifen konnte.

»Deine Zeit scheint vorbei zu sein, Nora«, sagte Josh. »Du wirst ein wenig träge.«

Zu Carries Verblüffung verzog sich Noras unglückliche Miene von einer Sekunde zur andern zu einem strahlenden Lächeln. »Liebling, schließlich habe ich dich nicht mehr, der mit mir die Rollen einstudiert. Wie könnte ich gut sein ohne den großen Templeton an meiner Seite?«

Carrie drehte sich um und sah zu Josh auf.

»Ich möchte dieses Papier«, sagte Josh.

Nora beugte sich vor und stützte die Arme auf den Tisch Ihr Kleid war so tief ausgeschnitten, daß es eine anständige Frau niemals vor Sonnenuntergang getragen hätte, und in dieser Haltung bot sie Josh tiefe Einblicke auf ihren kaum verhüllten Busen. »Ich habe es verloren, Liebling«, flötete sie. »Es ist mir in den Ausschnitt gerutscht.«

Carrie ließ Josh nicht aus den Augen und sah, daß er in das Dekolleté schielte, als würde er tatsächlich nach dem Dokument Ausschau halten. Sie sprang auf, rannte aus dem Haus und marschierte zu dem kleinen Gebäude, das Josh so großspurig ›Scheune‹ nannte. Sie war gerade dabei, den alten Ackergaul zu satteln, als Josh hereinkam.

»Carrie«, begann er.

»Du brauchst gar nichts zu sagen. Kein einziges Wort. Es *gibt nichts* zu sagen, Liebling ...« Das letzte Wort zwitscherte sie beinahe. »Du brauchst mir wirklich nichts mehr zu erklären. Du wirst mich nicht noch einmal belügen.«

»Tem«, sagte er leise. »Dallas.«

Carrie lehnte den Kopf an den Sattel und kämpfte gegen die Tränen an. »Wie kannst du es wagen, die Kinder ins Spiel zu bringen, um das zu erreichen, was du willst?« Sie versuchte, den Sattelgurt um den Rumpf des Pferdes zu ziehen, aber sie konnte durch den Tränenschleier kaum etwas sehen.

Josh ging zu ihr, schob ihre Hände weg und befestigte den Gurt. »Du kannst uns verlassen, wenn du willst. Ich werde keinen Versuch unternehmen, dich zurückzuhalten. Wenn es für dich keine Rolle spielt, daß ich dich liebe, daß meine Kinder dich ganz fest in ihre Herzen geschlossen haben und daß du ein Baby erwartest, das ohne Vater aufwachsen müßte, dann geh weg. In diesem Fall würde ich dich nicht aufhalten.«

Carrie stellte den Fuß in den Steigbügel, um aufzusteigen, aber dann drehte sie sich um, sank gegen Josh und trommelte mit ihren Fäusten auf seine Brust ein.

»Ich hasse dich, ich hasse dich! Hast du mich verstanden? Ich hasse dich genauso sehr wie ich dich liebe.«

Als ihr Zornausbruch abgeebbt war, nahm Josh sie in die Arme und drückte sie an sich, während sie weinte.

»Sie ist so schön«, schluchzte Carrie. »Sie ist die schönste Frau, die ich je gesehen habe.«

»Fast wie eine Korallenschlange – schön und tödlich.«

»Das glaubst du nicht im Ernst, sonst hättest du sie nicht geheiratet.«

»Ich war neunzehn Jahre alt, als ich sie geheiratet habe. Ein Junge in diesem Alter hat nicht viel Verstand.«

»Ich bin erst zwanzig – heißt das, daß ich auch dumm bin?«

»Natürlich nicht, *du* warst so schlau, dich in *mich* zu verlieben.«

Carrie kicherte unter Tränen.

»Das ist schon besser. Jetzt möchte ich, daß du dich mit mir hier hinsetzt und mir zuhörst.«

»Zuhören? Du hast doch nicht etwa vor, mit mir zu reden? Du willst wirklich mit der Frau, der du deine Liebe gestanden hast, sprechen? Ich kann gar nicht glauben, daß du mir etwas, was die ganze Welt außer mir zu wissen scheint, über dich erzählen willst. Deine ... Frau, deine Kinder, dein Bruder, sogar mein Bruder – alle wissen Bescheid. Schau mich nicht so an, du irrst dich, wenn du glaubst, daß ich so naiv bin, nicht zu merken, was um mich herum geschieht. Ring hätte sich gestern ganz anders dir gegenüber benommen, wenn er nicht irgend etwas über dich wüßte.«

Josh zog sie mit sich auf einen Strohballen und legte den Arm um ihre Schultern. »Wo soll ich anfangen?«

»Warum fragst du mich das? Ich weiß nicht genug, um dir in dieser Beziehung einen Rat zu geben. Außerdem – bist du sicher, daß du überhaupt Zeit hast, mit mir zu sprechen? Deine anbetungswürdige, geheimnisvolle, überwältigende *Frau* möchte doch sicher, daß du die Scheidungspapiere suchst. Besonders viel Ermutigung scheinst du ja nicht zu brauchen, aber wenn du Angst hast, könnten wir ja wie bei Tems Rettung ein Seil um deine Taille binden, bevor du in das Dekolleté tauchst, um das Dokument hervorzuholen. Ich bitte dich nur, *mir* zu erlauben, den Knoten zu knüpfen.«

Josh bedeckte seinen Mund mit der Hand, um sein Lächeln zu verbergen. »Nora ist mit Eric beschäftigt. Hast du ihn nicht gesehen? Er ist sehr groß, blond, und er betet sie an. Er ist etwa zehn Jahre jünger als sie.«

»Sie ist auch älter als du, stimmt's?« Bei diesem Gedanken war Carrie zum erstenmal seit Noras Ankunft ein bißchen heiterer gestimmt.

»Viel«, bestätigte Josh. »Möchtest du jetzt hören, was ich dir zu sagen habe, oder willst du weiter Gehässigkeiten über Nora ausschütten?«

Carrie brauchte einen Augenblick, bis sie sich entschied. »Ich möchte alles hören«, sagte sie schließlich.

»Meine Eltern waren beide wenig erfolgreiche Bühnenschauspieler. Mein Vater hätte sicherlich mehr Chancen gehabt, wenn er nicht jeden Tag mindestens eine Flasche Fusel getrunken hätte – na ja, wie auch immer, ich bin in Theatergarderoben und schmuddeligen Hotelzimmern aufgewachsen. Als ich acht Jahre alt war, starb mein Vater und . . .«

»Wie? Woran ist dein Vater gestorben?«

»Er ist vom Bordstein auf die Straße gefallen und

von einem Bierwagen überfahren worden. Wahrscheinlich war das genau der Tod, den er sich gewünscht hätte.«

Carrie hörte Joshs Stimme an, daß er keinerlei Liebe für seinen Vater empfand.

»Meine Mutter hatte zu der Zeit auch den ersten Frühling als Schauspielerin hinter sich – sie war auch dem Whisky zu sehr zugetan –, und sie bekam nicht einmal mehr hin und wieder eine kleine Rolle. Als ich zehn war, antwortete sie auf eine Heiratsannonce, die sie in der Zeitung gelesen hatte, fuhr nach Eternity, Colorado, und heiratete einen einsamen Witwer – Mr. Elliot Greene. Er besaß ein kleines Haus und hatte einen erwachsenen Sohn.«

»Hiram?«

»Ja, Hiram.« Joshs Miene verhärtete sich. »Hiram war schon immer ein unerträglich tyrannischer Wichtigtuer, und er hatte die ganzen Jahre die volle Aufmerksamkeit seines Vaters. Als ich in die Familie kam, war er außer sich vor Wut.« Josh machte eine Pause, dann lächelte er. »Ich habe mich mit Mr. Greene sehr gut verstanden. Er war ein netter, freundlicher Mann, und er hat auch nach dem Tod meiner Mutter für mich gesorgt. Aber er starb, als ich sechzehn Jahre alt war, und sein aufgeblasener Sohn erbte alles. Gleich nach dem Begräbnis eröffnete mir Hiram, daß er mich aus dem Haus jagen würde, wenn ich ihm nicht absoluten Gehorsam leiste. Ich hab' ihm die Mühe erspart. Ein paar Stunden später bin ich von selbst gegangen.«

»Und was hast du getan?«

»Das einzige, von dem ich eine Ahnung hatte: Ich ging zur Bühne.«

Er ließ Carrie Zeit, die letzten Puzzleteilchen selbst zusammenzufügen. »Der große Templeton«, murmelte sie und sah das Lächeln auf Joshs Gesicht. »Joshua Templeton ... Ich habe schon von dir gehört.«

»Oh?« Joshua hob spöttisch eine Augenbraue, als wollte er sagen: ›Natürlich hast du von mir gehört, die ganze Welt hat von mir gehört.‹

Carrie mochte diesen Gesichtsausdruck nicht. »Ein Schauspieler?« fragte sie spitz.

»Ein Shakespeare-Darsteller. Der beste der Welt. Der größte ...«

Bei dieser Prahlerei wandte sich Carrie ab, aber Josh ließ sie nicht aufstehen.

»Ich dachte eigentlich, daß du dich darüber freuen würdest.«

Sie holte tief Luft. »Die ganze Zeit dachte ich, daß du etwas Schreckliches verbrochen und im Gefängnis gesessen hättest, weil du jemanden bestohlen hast. Einen Mord habe ich dir nicht zugetraut. Dabei ging die ganze Geheimniskrämerei nur darum, daß du ein Schauspieler bist.« Das Wort ›Schauspieler‹ sprach sie so aus, als würde sie über Ungeziefer reden.

»Ich bin nicht irgendein Schauspieler«, konterte Josh verletzt. »Ich bin Joshua Templeton. *Der* Joshua Templeton.«

»*Ich* bin Carrie Montgomery. *Die* Carrie Montgomery.«

Josh lachte.

»Würde es dir etwas ausmachen, mir zu verraten, warum du aus deinem Beruf ein solchen Geheimnis gemacht hast? Warum hast du mir deinen wirklichen Namen nicht gesagt und mich belogen?«

»Ich dachte, daß das alles verändern würde.«

Carrie überlegte einen Moment, was er damit meinen könnte. »Du bist ein eitler Pfau. Du hast angenommen, daß ich dich, wenn ich alles gewußt hätte, nur wegen deines berühmten Namens zum Mann haben wollte. Das ist wirklich beleidigend.«

Als sie empört aufstehen wollte, zog Josh sie zurück und küßte sie. »Zu der Zeit habe ich dich noch nicht wirklich gekannt. Ich habe nie jemanden wie dich kennengelernt. Die meisten Frauen sind tief beeindruckt von Äußerlichkeiten.«

»Und du kanntest viele Frauen.«

Er lachte. »Das stimmt. Aber ich denke, ich habe sie nicht enttäuscht. Sie konnten mit dem berühmten Mann an ihrer Seite prahlen, und ich . . .«

»Erzähl mir *nicht*, was du von ihnen bekommen hast.«

Er lachte wieder und rückte noch näher zu ihr. »Hier, ich möchte dir etwas zeigen.« Er tastete in dem Stroh nach einem kleinen schwarzen Kästchen mit den Initialen J. T. Er öffnete es und zog ein Bündel Papiere und Fotos heraus. Die Fotografien zeigten den weltberühmten Joshua Templeton in den Rollen von Hamlet, Othello und Julius Cäsar, aber auch den großen Schauspieler im Abendanzug.

Carrie betrachtete die Aufnahmen und gab sie nach ein paar Minuten zurück.

»Also?« fragte er neugierig. Er hatte so lange mit seiner Beichte gewartet, und jetzt war er froh, Carrie beweisen zu können, daß er nicht auf allen Gebieten ein Versager und in seinem Beruf erfolgreich war.

»Ich mag diesen Mann nicht«, gestand Carrie leise.

Das verschlug Josh die Sprache. Jede Frau der Welt mochte Joshua Templeton. Das hatte er zur Genüge bewiesen.

»Ich möchte deine Gefühle nicht verletzen«, fuhr Carrie vorsichtig fort, »aber dieser Mann ist nicht echt. Ich erinnere mich jetzt, daß meine Freundin Euphonia einige Bilder von diesem Mann – von dir – hat. Alle Mädchen haben für ihn geschwärmt, nur ich nicht.«

»Du mochtest den traurig lächelnden Mann und seine Kinder auf der Fotografie lieber?« fragte er verwundert.

Carrie strahlte ihn an. »Der Mann hat eine Seele. Dieser Mann . . .« Sie deutete auf den Stapel mit den gestellten Aufnahmen, ». . . hat keine Seele, seine Augen sind nichtssagend.«

Plötzlich brach Josh in Gelächter aus und drückte sie fest an sich. »Und ich hatte Angst, daß sich deine Gefühle für mich ändern, wenn du herausfindest, wer ich bin. Seit ich dich aus der Postkutsche aussteigen sah, habe ich an nichts anderes mehr gedacht als an deinen wunderbaren, reizenden Körper, aber ich habe mich dazu gezwungen, dich nicht anzurühren. Ich war sicher, daß du sofort nach Hause zurückkehren würdest, wenn du die elende Hütte siehst, in der ich lebe.« Er lächelte. »Ich habe die Erfahrung gemacht, daß sich die Frauen nur in einen Mann verlieben, der mit ihnen Champagner trinkt und ihnen Geschenke in einer schwarzen Samtschatulle überreicht.«

»Oh? Und wie lange dauert eine solche Liebe für gewöhnlich?«

»Bis die Frauen ausgezogen sind.« Josh hielt Carrie so fest, daß sie ihm nicht entfliehen konnte, und drückte glühende Küsse auf ihren Hals.

»Du hast sie nicht wirklich geliebt, oder? Erzähl mir von ihr.«

»Von wem?« Josh ließ seine Lippen tiefer gleiten.

Carrie stieß ihn von sich. »Von ihr! Von der Riesenschlange, die sich im Haus aufhält. Von der Frau, mit der du vor dem Altar gestanden und der du für den Rest deines Lebens Liebe und Treue versprochen hast.«

»Hmm. Nora. Na ja, du konntest ja selbst sehen, warum ich auf sie hereingefallen bin.« In dem Augenblick, in dem er die Worte ausgesprochen hatte, wußte er, daß er einen Fehler begangen hatte, und er hatte Mühe, Carrie zu beschwichtigen. »Ich *mußte* sie heiraten, sie war schwanger.«

»Schwanger? Hat sie nicht aufgepaßt, als der Storch vorbeigeflogen ist?«

»Carrie, ich war achtzehn, als ich sie kennenlernte. Ich hatte noch keinen großen Erfolg auf der Bühne, und sie war eine anerkannte Schauspielerin.«

»Sie hat dir ohne Zweifel ein wenig auf die Beine geholfen.«

Josh konnte sich ein Lachen nicht verkneifen. »Sie hat mir den Kopf verdreht. Ich heiratete sie, und kurze Zeit später kam Tem auf die Welt, dann ...«

»Tem!« rief Carrie. »Wie heißt er wirklich?«

»Joshua Templeton der Zweite.«

»Und wir dachten, daß du den Namen auf der Rückseite des Fotos falsch geschrieben hättest. Aber erzähl weiter ... Du warst fasziniert von Noras enormem Busen.«

Josh ließ sich nicht provozieren. »Nach Tems Geburt ging ich auf Tournee, und Nora blieb zu Hause bei dem Baby.« Er sah Carrie an und wurde ernst. »Ich habe einige Dinge getan, auf die ich wirklich nicht stolz bin, Carrie. Ich habe meine Frau betrogen – genau wie sie mich –, aber ich habe meine Kinder immer von ganzem Herzen geliebt. Die Frauen, mit denen ich ins Bett ging, haben mir nichts bedeutet, nicht einmal Nora war mir wichtig, aber Tem liebte ich vom ersten Augenblick an. Wenn ich unterwegs war, habe ich ihm jede Woche geschrieben, ich schickte ihm Geschenke und dachte ständig an ihn, ich ...«

Er hielt inne. Es war ihm peinlich, daß er seine Gefühle so offen preisgab. Es war ein großer Unterschied, vor einem Publikum Empfindungen zu spielen oder jemandem die Wahrheit zu offenbaren. Er senkte die Stimme. »Ich habe nie jemandem von Tem erzählt ... Oh, natürlich war bekannt, daß ich einen Sohn habe, aber niemand hat je erfahren, wieviel er mir bedeutet.«

»Und was ist mit Dallas?«

Josh seufzte. »Ich wußte, daß Nora mir untreu war, aber das war mir egal. Sie gehört zu der Sorte von Frauen, von der ein Mann nicht mehr erwartet, als ...« Er räusperte sich. »Ich verspürte keinerlei Neigung, mit ihr zusammenzuleben. Ich schickte ihr Geld und nahm an, daß sie sich um Tem kümmert. Als ich in Dallas auf der Bühne stand und den Hamlet spielte, habe ich sie mit einem anderen Mann im Bett erwischt. Ich war der Ansicht, daß ihr Lebenswandel Tem schaden würde, und forderte die Scheidung.«

Josh schwieg eine Weile.

»Ich vermute, sie hat dir die Scheidung ausgeredet«, warf Carrie höhnisch ein.

»Ja, das tat sie. Dallas wurde neun Monate später geboren. Nora gab ihr diesen absurden Namen, um mich daran zu erinnern, wann und wo das Kind gezeugt wurde. Ich fand mich damit ab, mit Nora verheiratet zu bleiben, aber zwei Jahre nach Dallas' Geburt wurde mir klar, daß ich mich von ihr trennen mußte.« Er lächelte. »Es ist verrückt, aber als ich das Interesse an Nora endgültig verlor, bemerkte ich erst, was für eine miserable Schauspielerin sie ist.«

»Ein vernichtendes Urteil.«

»Bis dahin hatte ich Nora geglaubt, wenn sie behauptet hatte, daß sie für die Kinder sorge und ihnen eine gute Mutter sei, aber...« Josh schnaubte. »Ich dachte, daß die Scheidung ohne Schwierigkeiten vonstatten gehen würde. Sie konnte alle Schuld auf mich schieben, schließlich war ich ihr untreu gewesen, und ein solcher Scheidungsgrund warf nicht einmal ein schlechtes Licht auf meinen Namen. Ich überließ Nora jeden Cent, den ich im Lauf der Jahre gespart hatte. Die Armut meiner Eltern war mir eine Lehre gewesen, und ich hatte ziemlich viel auf die hohe Kante gelegt. Als Gegenleistung für die Abfindung forderte ich das Sorgerecht für die Kinder, und Nora hatte nicht das geringste dagegen, die Kinder gegen Geld herzugeben. Alles sah ganz einfach aus, und ich hatte sogar schon eine französische Gouvernante angestellt, die auf die Kinder aufpassen sollte, während ich auf der Bühne stand.«

»Aber was ist geschehen? Warum lebst du hier auf der Farm deines Bruders und läßt all die Maispflanzen eingehen?«

Josh lachte unfroh. »Ich bin das Opfer meiner eigenen maßlosen Eitelkeit geworden. Diese Eitelkeit, die mein ganzes Leben bestimmte und mich beinahe meine Kinder gekostet hätte.«

Carrie ergriff seine Hände. »Erzähl mir, was geschehen ist.«

Ich erschien vor Gericht, um meine Forderung durchzusetzen. Josh lächelte grimmig, als er sich an diesen Auftritt erinnerte. »Du hättest mich im Gerichtssaal sehen sollen. Ich flehte den Richter an, mir das Sorgerecht für die Kinder zuzugestehen, und ich vermute, daß ich die beste Vorstellung meines Lebens gegeben habe. Ich war ein solcher Narr, weil ich annahm, ich würde damit Wirkung erzielen.« Seine Stimme wurde leiser. »Ich mußte Theater spielen, weil ich niemanden wissen lassen wollte, daß mir der Gedanke, ich könnte meine Kinder verlieren, eine Todesangst einjagte.«

»Was hast du dem Richter gesagt?« drängte Carrie.

»Ich habe länger als eine Stunde geredet – du hättest die Leute im Saal sehen sollen, die ich in diesem Moment für mein Publikum hielt. Ich hatte sie alle in der Hand. Ich brachte sie zum Lachen und zum Weinen. Ich erschreckte und beschwichtigte sie. Sie waren auf meiner Seite. Ich machte ihnen klar, wie sehr ich meine Kinder liebe, und versicherte, daß ich *alles* für sie tun würde. Ich behauptete, ich würde all meine Habe aufgeben und sogar auf meinen Beruf verzichten und wie ein gewöhnlicher Farmer leben, wenn ich nur meine Kinder bei mir behalten könnte. Ich spürte, daß meine Zuhörer allein bei dem Gedanken, der Welt könnte ein so guter Schauspieler verlorengehen, erschauderten. Ich riß mir mein satingefüttertes Cape von den Schultern und versuchte den Menschen zu zeigen, daß ich ohne weiteres ein ganz gewöhnlicher Farmer sein könnte.

Als ich meine Vorstellung beendet hatte, erhielt ich donnernden Applaus, und ich war sicher, daß ich gewonnen hatte. Der Richter sagte, daß noch nie jemand eine Bitte so eloquent vorgetragen hätte, aber er wollte mir noch eine Frage stellen. Er wollte wissen, ob ich jemanden kenne, der eine Farm besitzt. Ich verbeugte mich vor ihm und antwortete, daß mein Bruder Farmer sei. Der Richter meinte, daß mein Vortrag eine Belohnung verdiene und daß ich genau das bekäme, worum ich gebeten hätte. All meine Habe solle versteigert werden, und der Erlös würde in einem Treuhandfonds für meine Kinder angelegt. Ich solle der Bühne für vier Jahre den Rücken kehren und auf der Farm meines Bruders arbeiten, nach dieser Frist würden mir die Kinder endgültig zugesprochen werden. Als der Richter dieses Urteil verhängte, lächelte er. Zum Schluß meinte er noch, daß ich mein rotgefüttertes Cape, mit dem ich so gut umzugehen wüßte, sicher vermissen würde.

Später vertraute mir mein Anwalt an, daß die Frau des Richters zwei Jahre zuvor mit einem Schauspieler durchgebrannt war und daß all seine Verwandten Farmer waren. Ich habe es fertig gebracht, den Mann in jeder Hinsicht zu beleidigen.« Josh seufzte. »Das ist die ganze Geschichte. Ich übersiedelte nach Eternity, nahm den Namen meines Stiefvaters an, in der Hoffnung, daß mich niemand erkennen würde, und versuchte, Farmer zu werden.«

»Also mußt du auf der Farm deines Bruders bleiben und vier Jahre lang wie ein normaler Mensch leben. Kein Applaus. Kein Scheinwerferlicht. Keine jungen Verehrerinnen, die dich anhimmeln und sich in deinem Poesiealbum verewigen. Nichts, außer den Menschen, die dich lieben und so sehen, wie du wirklich bist – mit all deinen Fehlern und Schwächen.«

Josh grinste. »Einer Menge Fehler und Schwächen.«

»Ein paar, aber wenigstens sind sie nicht unter der Theaterschminke versteckt.«

Josh begann, ihren Hals zu liebkosen. »Gerade jetzt wünschte ich, ich müßte gar nichts vor dir verstecken – weder unter Theaterschminke noch unter Kleidern.«

Carrie schlang die Arme um ihn und küßte ihn sehnsüchtig.

»Papa, Papa!« Dallas stürmte schreiend in die Scheune. »Ein Mann ist hier. Er möchte dich sehen.«

Josh war ziemlich benommen, als er sich aus der Umarmung löste. »Wer ist es?« fragte er.

»Ich weiß es nicht genau«, flüsterte Dallas ehrfürchtig, »aber ich glaube, es ist der liebe Gott.«

Carrie und Josh sahen sich an. »Ring!« riefen sie einstimmig.

16. Kapitel

Carrie und Josh zupften sich gegenseitig die Strohhalme von den Kleidern, als sie zum Haus gingen.

»Er wird mich sofort nach Hause zurückbringen«, murmelte Carrie. »Sobald er diese üppige Frau, mit der du verheiratet bist, sieht, wird er mich zwingen, mit ihm abzureisen.«

Josh verstärkte seinen Griff um ihren Arm. »Ich wünschte, du würdest mir ein wenig mehr Vertrauen zugestehen und deinem Bruder ein bißchen weniger Ehrgefühl. Ich werde schon damit fertig.«

»Indem du dieses Papier aus Noras Ausschnitt fischst?« erkundigte sich Carrie bissig.

»Man tut, was man tun muß«, erklärte Josh und zog Carrie an sich. »Guten Morgen, Schwager«, rief Josh Ring zu, der auf dem Boden kniete und sich mit den Kindern unterhielt.

»Ich habe selbst drei kleine Jungen«, sagte Ring zu Tem, während er Choo-choo hinter dem Ohr kraulte. »Du mußt uns einmal besuchen und mit den Jungen auf dem Meer segeln.«

»Dann bringe ich ihnen das Reiten bei«, schlug Tem vor. Da seine drei neuen Kusins jünger waren als er, war er jedoch nicht unbedingt begeistert bei dieser Aussicht.

Ring stand auf und reichte Carrie eine große Schachtel, die, wie sie wußte, das Hochzeitskleid ihrer Mutter enthielt. In diesem Augenblick kam Nora mit dem blonden Eric im Schlepptau aus dem Haus.

»O nein«, stöhnte Josh und wollte auf sie zueilen, aber Carrie hielt ihn zurück.

»Wenn du meinen Bruder für so dumm hältst, daß er auf diese angemalte, dicke, aufgeblasene Person hereinfällt...« Sie brach ab, als sich Ring über Noras juwelengeschmückte Hand beugte und sie küßte. Dann sah er ihr ins Gesicht, als wäre sie die wundervollste Erscheinung, der er je begegnet war.

»Du sagtest...«, begann Josh.

Carrie reckte trotzig das Kinn vor, rauschte an ihm vorbei, und als sie ihren Bruder erreicht hatte, baute sie sich zwischen ihm und Nora auf. »Wie reizend von dir, Mrs...« Sie brach ab, weil sie keine Ahnung hatte, wie sie diese gräßliche Person vorstellen sollte.

»West, Mrs. West«, half Nora nach und betrachtete über Carries Kopf hinweg Rings Gesicht. »Mein Künstlername ist Nora West.«

»Ich habe Sie als Julia gesehen«, sagte Ring. »Sie waren göttlich.«

»Dann muß ein Maultiertreiber den Romeo gespielt haben«, brummte Carrie, ehe sie ihren Bruder mit einem Augenaufschlag anschaute. »Du mußt noch ein Kind gewesen sein, als sie jung genug war, die Julia zu spielen.«

Josh faßte nach Carries Arm und zog sie in Richtung Haus. »Essen«, sagte er. »Carrie muß sich um das Mittagessen für uns alle kümmern.«

Als er und Carrie im Haus waren, drehte er sich zu ihr. »Kannst du dich nicht ein paar Stunden beherrschen? Wenigstens, bis ich dieses Papier in den Händen habe?«

»Du erwartest doch nicht, daß ich die Frau, die mit *meinem* Mann verheiratet ist, *zuvorkommend* behandle?«

»Nur ein paar Stunden.«

Carrie lachte spitz auf. »Du magst ja ein perfekter Heuchler sein, aber ich kann das nicht.«

Josh rieb sich aufgebracht die Augen, aber dann lachte er. »Ich kann selbst nicht mehr begreifen, wie ich je so eitel sein konnte, zu glauben, daß ich für dich interessanter werden würde, wenn du erfährst, daß ich ein bekannter Schauspieler bin. Der große Templeton wird zu einem perfekten Heuchler degradiert.« Er zog sie in seine Arme. »Glaubst du, daß ich je in der Lage sein werde, dich zu beeindrucken? Wenn die Frist, die mir der Richter gesetzt hat, abgelaufen ist und ich zur Bühne zurückkehre, wirst du dann ins Theater kommen, um mich zu sehen? Wirst du für meine Darstellungskunst schwärmen?«

Sie schloß die Augen, als er sie mit den Lippen liebkoste. »Ich glaube, es wäre mir lieber, du würdest nur für mich diese Zitate, die Ring nicht aus dem Kopf gingen, deklamieren.«

Er berührte ihre Wange. »*Entweihet meine Hand verwegen dich, O Heil'genbild, so will ich's lieblich büßen. Zwei Pilger, neigen meine Lippen sich, dem herben Druck im Kusse zu versüßen.*«

Sie lächelte. »Ich bin nicht sicher, ob ich es mag, wenn du solche Dinge zu anderen Frauen sagst, auch wenn diese Frauen so alt und voluminös sind wie diese Person.«

»Das wäre nicht echt«, sagte Josh ernst. »Ich belüge diese Frauen, aber dir zeige ich meine wahren Gefühle.«

Sie strahlte ihn an und küßte seinen Mund.

»Was für eine rührende kleine Szene«, sagte Nora, die in der Tür stand. »Joshua, Liebling, ich habe dich ja schon hundertmal andere Frauen küssen sehen – sowohl auf der Bühne als auch im Verborgenen –, aber...«

Josh löste sich von Carrie. »Ich möchte dieses Scheidungspapier, Nora, und zwar jetzt gleich.«

»Ich habe dir schon gesagt, wo es ist«, flötete sie.

Josh vermied den Blick auf Noras atemberaubenden Busen, da er wußte, daß Carrie ihn genau beobachtete. »Was willst du?«

»Großer Gott, ich will natürlich dich, du hast mir sehr gefehlt.«

Josh nahm Carries Hand und drückte sie sanft. »Du willst mich und ein halbes Dutzend andere Männer. Ich besitze keinen Cent mehr, das weißt du, also, was könntest du sonst noch von mir fordern?«

»Ein Stück von der Warbrooke Schiffsgesellschaft.«

Josh öffnete schon den Mund, um ihr zu sagen, daß er keine Ahnung hätte, wovon sie überhaupt sprach, aber dann begriff er plötzlich. Carrie hatte offenbar so viel Geld zur Verfügung, wie sie nur wollte, und sie kam aus Warbrooke, Maine. Er hatte gewußt, daß sie vermögend war, aber daß sie unermeßlich reich war, hätte er nie vermutet. Die Warbrooke Schiffsgesellschaft trieb Handel auf der ganzen Welt.

»Josh, mein Lieber«, zwitscherte Nora, »ich glaube, daß du schon zu lange nicht mehr auf der Bühne gestanden hast. Dein Gesichtsausdruck ist so durchschaubar wie der eines Kindes. Du hast offensichtlich nicht einmal geahnt, daß deine kleine Eroberung zu der Montgomery-Familie gehört, die die

Schiffsgesellschaft betreibt.« Nora lächelte triumphierend und ließ sich am Tisch nieder.

Josh wandte sich Carrie zu, um ihr die Meinung darüber zu sagen, daß sie ihm die Tatsache, daß ihre Familie unermeßliche Reichtümer besaß, verschwiegen hatte, aber dann überzog ein breites Lächeln sein Gesicht. Carrie hatte kein Geheimnis daraus gemacht, daß sie wohlhabend war – es war ihr nur nie in den Sinn gekommen, daß dieser Umstand irgendeine Rolle spielen könnte.

Er küßte Carrie impulsiv – nicht leidenschaftlich, sondern aus Dankbarkeit, weil sie in sein Leben getreten war. Mit ihr an seiner Seite, mit einer Frau, die mit beiden Beinen so fest auf der Erde stand, daß sie keinen Gedanken daran verschwendete, ›wer‹ sie war, würde die Eitelkeit nie mehr sein Leben beherrschen. Carrie würde es nicht zulassen, daß er je vergaß, was *wirklich* wichtig war.

Carrie konnte nicht ahnen, was Josh durch den Kopf ging, als er sie mit so viel Liebe in seinem Blick ansah, trotzdem lächelte sie und schmiegte sich enger an ihn.

»Woher weißt du von der Warbrooke Schiffsgesellschaft?« fragte er Nora, um Zeit zu gewinnen und seine nächsten Schritte zu planen. Auf gar keinen Fall konnte er zulassen, daß Carries Familie für seine Freiheit bezahlte.

»Dein lieber Bruder Hiram hat mir davon erzählt. Wirklich, Josh, du hättest diesen Mann nicht so schändlich behandeln sollen. Er hat dir immerhin diese entzückende Farm überlassen.« Sie sah sich mit einem höhnischen Grinsen um. »Ich hätte nie geglaubt, daß du so leben kannst. Tem sagt, daß du sogar selbst kochst.«

Josh hielt Carries Hand, und während er seine ehemalige Frau musterte, fragte er sich, wie er sie jemals für eine Schönheit hatte halten können. Wahrscheinlich war er betrunken gewesen. »Also hat dir Hiram erzählt, daß ich eine wohlhabende Frau geheiratet habe.«

»Ja. Es scheint, daß deine kleine ...« Sie taxierte Carrie von oben bis unten, »... deine kleine Geliebte Hirams Mißfallen erregt hat. Er hat Nachforschungen über sie angestellt.« Sie wandte sich wieder Josh zu. »Wußtest du, daß ihr anbetungswürdiger Bruder den Vormittag damit verbracht hat, Land und große Teile von Eternity aufzukaufen?«

Josh warf Carrie einen fragenden Blick zu, aber sie zuckte nur mit den Schultern. »Ring kauft überall Land.«

Josh zwinkerte ungläubig. Carrie schien der Reichtum ihrer Familie und die Kaufaktivitäten ihres Bruders nicht im geringsten zu beeindrucken. Sie schien der Überzeugung zu sein, daß jedermann ein Hobby braucht.

»Ich möchte fünfzig Riesen«, sagte Nora, ohne mit der Wimper zu zucken. »Wenn du mir fünfzigtausend Dollar in die Hand drückst, bekommst du das Dokument.« Sie schenkte beiden ein betörendes Lächeln und rauschte aus dem Haus.

Carrie seufzte. »Eine abscheuliche Frau. Wirklich widerwärtig. Ich bin enttäuscht von dir, weil du jemanden wie sie geheiratet hast.«

»Merkwürdig«, erwiderte Josh sarkastisch, »die meisten Frauen mögen die ehemaligen Frauen ihrer Männer. Wohin gehst du?«

»Ich werde Ring sagen, daß ich fünfzigtausend Dollar brauche«, erklärte Carrie.

Josh hielt sie zurück. »Einfach so? Du willst deinen

Bruder ohne weiteres bitten, dir eine so enorme Summe auszuhändigen? Wie willst du ihm erklären, wofür du dieses Geld brauchst? Willst du ihm sagen, daß du dafür ein Scheidungspapier kaufen möchtest? Gestern und den ganzen Vormittag über hast du nur über Rings hohe Moralvorstellungen gesprochen und darüber, wie wütend er sein würde, wenn er erfährt, daß wir gar nicht richtig verheiratet sind.«

»Ich werde ihm eben nichts davon sagen.«

»Du willst ihn um fünfzigtausend Dollar bitten und erwartest, daß er dir das Geld gibt, ohne Fragen zu stellen?«

»Natürlich. In einer Familie hilft man sich gegenseitig. Geld ist nicht wichtig. Daß du mit einer anderen verheiratet bist, ist weit bedeutender als Geld.«

Josh sank auf einen Stuhl neben dem Tisch und vergrub sein Gesicht in den Händen. Er war noch nie jemandem begegnet, der eine solche Lebensphilosophie vertrat. Am liebsten hätte er ihr vehement klargemacht, daß Geld *alles* bedeutete, daß Menschen logen, betrogen, stahlen und sogar töteten für Geld. Er wollte ihr vor Augen führen, daß sie nur diese Meinung vertreten konnte, weil sie nie gezwungen gewesen war, für ihren Lebensunterhalt zu arbeiten, geschweige denn eine Familie zu ernähren. Aber hatte sie es nicht fertiggebracht, in den vergangenen sechs Wochen für sich selbst zu sorgen? Und dabei hatte sie noch dazu die wirtschaftlichen Verhältnisse einer ganzen Stadt zu einem Aufschwung gebracht.

»Carrie«, sagte er sanft, »ich kenne niemanden, der so ist wie du oder deine Familie. Wenn Geld für euch keine Rolle spielt, was ist dann für euch wichtig?«

»Oh, Geld bedeutet uns sehr viel, aber Liebe ist eben noch wichtiger für uns. Erst Liebe, dann Vermögen. Genau in dieser Reihenfolge. Wir würden auf jeden Cent verzichten, wenn wir dafür Liebe haben können, natürlich keine käufliche Liebe. Aber offenbar haben wir Montgomerys keinerlei Probleme mit Geld. Wir haben eine Begabung dafür, uns glücklich zu verheiraten *und* Geld zu verdienen.«

Josh lachte, stand auf und legte die Hände auf ihre Schultern. »Meine Begabung liegt anderswo. Und ich habe den Ehrgeiz, für meine Familie selbst zu sorgen. Es mag ja sein, daß ich das im Augenblick nicht so gut zustande bringe, wie ich sollte, aber ich versuche es. Du bittest deinen Bruder nicht um Geld, nicht um einen einzigen Dollar. Du darfst nicht von ihm verlangen, daß er dir in dieser Beziehung hilft. Die ganze Sache ist mein Problem, und ich werde es lösen. Hast du mich verstanden?«

»Aber es wäre alles so einfach! Ring würde ihr einen Scheck ausstellen, und ...«

Er brachte sie mit einem Kuß zum Schweigen. »Möchtest du deinem Bruder die Wahrheit über uns erzählen? Willst du ihm gestehen, daß du mein Kind unter dem Herzen trägst und daß wir nicht verheiratet sind?«

Carrie stöhnte. »Nein, das will ich nicht. O Josh, ich verstehe das alles nicht. Alle in meiner Familie hatten so großes Glück in der Liebe. Ring sagt, daß er und seine Frau sich auf den ersten Blick ineinander verliebt haben und daß sie überhaupt keine Schwierigkeiten hatten.« Sie sah Josh mit einem schmerzerfüllten Blick an. »Du hast nicht einmal gewußt, daß du mich liebst, als du mich das erste Mal gesehen hast.«

Josh lachte. »Das stimmt, ich wußte es nicht, aber ich möchte den Rest meines Lebens damit verbringen, das wiedergutzumachen.« Er drückte sie fest an sich.

»Du liebst mich, aber traust du mir auch zu, daß ich unsere Probleme allein lösen kann?«

»Selbstverständlich traue ich dir das zu.«

»Dann tu, was ich dir sage, und stell keine Fragen mehr.«

»Aber . . .«

Er drückte einen Kuß auf ihre Lippen. »Ich sorge selbst für meine Familie, verstanden? Du bist keine Montgomery mehr, sondern eine Templeton.«

Carrie lächelte. »Das klingt besser als Greene. Carrie Templeton.« Sie betrachtete Josh eingehend und wußte, daß es ihr schwerfallen würde, nicht zu Ring zu gehen und ihn um Hilfe zu bitten. Ihr ganzes Leben lang waren ihre Brüder und ihr Vater dagewesen, wenn sie sie gebraucht hatte. »Also gut«, sagte sie schließlich, »ich werde tun, was du von mir verlangst.«

17. Kapitel

Carrie stand die schwierigste Aufgabe ihres Lebens bevor: Sie mußte ihren Bruder belügen. Ring hatte die Hochzeitszeremonie für fünf Uhr festgesetzt, und für gewöhnlich wurden seine Pläne auch immer in die Tat umgesetzt. Nur seiner Frau erlaubte er, über seine Zeitpläne zu lachen und sie durcheinanderzubringen. Sogar Carrie wäre auf die Minute pünktlich gewesen, wenn Ring sie bitten würde, um sechs Uhr morgens irgendwo zu erscheinen.

Und jetzt war sie nicht nur gezwungen, Rings Arrangements zunichte zu machen, sondern sie mußte ihn auch noch belügen. Sie mußte ihm klarmachen, daß die Trauung erst am nächsten Tag um zehn Uhr stattfinden konnte, und das Schlimmste war, daß sie keine Ahnung hatte, was bis dahin geschehen würde. Josh hatte ihr nicht verraten, was er mit Nora und dem Scheidungspapier vorhatte, und zudem war Carrie sicher, daß Ring alles herausfinden würde. Sie stand Todesängste aus, daß ihr Bruder Josh niederschlagen würde, wenn er erfuhr, daß er noch mit einer anderen Frau verheiratet war. Ihre Brüder hatten sich oft auf diese Weise Respekt verschafft und die Ehre ihrer kleinen Schwester verteidigt – was würde Ring erst mit dem Mann tun, der Carrie geschwängert hatte, obwohl seine Scheidung noch nicht rechtskräftig war? Oh, sie wünschte, ihr vollkommener ältester Bruder hätte selbst manchmal kleine Schwierigkeiten in seiner Ehe, dann könnte er sie bestimmt besser verstehen.

Sie zitterte am ganzen Leib, als sie ins Freie ging, um Ring davon in Kenntnis zu setzen, daß die Hochzeit verschoben werden mußte.

Zu ihrer grenzenlosen Verwirrung lächelte Ring sie bei ihrer Eröffnung liebevoll an und erklärte sich bereit, Nora und Eric in die Stadt zu begleiten. Er war offensichtlich sehr angetan von Nora und fragte sie sogar, ob sie ihm während der kurzen Fahrt ein paar Szenen aus *Romeo und Julia* vorspielen würde.

Nora plusterte sich noch mehr auf, und Carrie fand, daß sie sich vor den drei Männern zur kompletten Närrin machte, obwohl alle drei sie mit großen Augen beobachteten. Carrie trat Josh gegen das Schienbein und lächelte zuckersüß, als er vor Schmerz ächzte.

Als die Kutsche, neben der Ring auf seinem eigenen Pferd ritt, außer Sicht war, wandte sich Josh Carrie zu. »Könntest du etwas zu essen auftreiben? Die Kinder und ich, wir haben noch sehr viel zu tun.«

»Auftreiben?« wiederholte Carrie. »Essen? Du

schickst mich in die Küche? Was habt ihr drei vor? Ich möchte auch daran teilhaben.«

Josh drückte seltsam gedankenversunken einen Kuß auf ihre Wange. »Was ich vorhabe, ist nur etwas für Schauspieler – für perfekte Heuchler, wie du es nennen würdest. Du, meine Liebe, könntest nicht einmal ein ahnungsloses Hühnchen hinters Licht führen.«

»Ich habe soeben meinen Bruder belogen«, protestierte sie tiefverletzt.

»Ja, das hast du getan, und er hat kein Wort von dem geglaubt, was du ihm gesagt hast.«

»Natürlich hat er das getan! Wenn er mir nicht geglaubt hätte, wäre er nicht ohne mich in die Stadt geritten. Er hätte . . .«

»Ich denke, du unterschätzt deinen Bruder. Ich halte ihn ganz und gar nicht für den strengen Moralisten, den du in ihm siehst. Ich bin eher der Ansicht, daß er die ganze Angelegenheit sehr amüsant findet, und ich vermute, daß er Nora heute abend genügend umschmeichelt, um die ganze Geschichte von ihr zu erfahren. Nora ist sehr empfänglich für Schmeicheleien, mußt du bedenken.«

»Du mußt es ja wissen«, flüsterte Carrie aufgebracht, »du bist um keinen Deut anders.«

Josh gab vor, nichts gehört zu haben. Es war ein Nachteil, mit jemandem zusammenzuleben, der sein wahres Ich so genau kannte und sich nicht täuschen ließ wie der Rest der Welt. »Bitte mach uns was zu essen«, wiederholte er noch einmal. »Ich muß mit den Kindern sprechen.«

»Kocht Carrie etwa Eier für uns?« fragte Dallas so verzagt, als würde sie gleich in Tränen ausbrechen. Josh scheuchte seine Kinder auf den Hof.

*

»Komm einfach mit und sag kein Wort, verstanden?« forderte Josh Carrie auf. Carrie, Josh und die Kinder standen vor Noras Hotelzimmer. Es war kurz nach sechs Uhr, und Josh und Carrie hätten schon seit einer Stunde verheiratet sein sollen.

»Oh, ich weiß nicht«, erwiderte Carrie gespielt einfältig. »Ich glaube nicht, daß ich das fertigbringe.« Sie war immer noch gekränkt, daß Josh ihr nicht anvertraut hatte, was er mit den Kindern ausgeheckt hatte.

Er zwinkerte ihr zu und klopfte an die Tür.

Nora öffnete die Tür. Sie trug ein rotes Seidenkleid, das, wenn das überhaupt möglich war, noch tiefer ausgeschnitten war als das, was sie tagsüber angehabt hatte.

Carrie schielte skeptisch Noras Busen an, als Josh sie in das Zimmer schob und die Tür schloß, nachdem seine Kinder sich neben Carrie aufgestellt hatten.

»Du hast gewonnen, Nora«, platzte er heraus.

Nora lächelte breit. »Dann hast du also die fünfzigtausend Dollar?«

»Nein, ich habe sie nicht. Du weißt sehr gut, daß mir nicht so viel Geld zur Verfügung steht, du selbst hast mir den letzten Cent, den ich besaß, vor einem Jahr abgepreßt, und jetzt möchte ich alles, was mir zusteht, für mich behalten.«

Nora verlor für einen Augenblick beinahe die Fassung, aber sie hatte sich schnell wieder in der Gewalt. »Aber, mein Liebling – kein Geld, kein Scheidungspapier, das ist dir doch klar. Du wirst nie von mir geschieden, wenn du mir das Geld nicht gibst, und dann kannst du deine kleine Erbin auch nicht vor den Traualtar führen.« Sie betonte die Worte so, als wäre es eindeutig, daß Josh nur des Geldes wegen heiraten wollte.

Josh legte den Arm um Carries Schulter. »Ich muß gestehen, Nora, dieses eine Jahr auf der Farm meines Bruders war für mich die reinste Hölle. Ich muß vor Sonnenaufgang aus dem Bett und verbringe den ganzen Tag auf den Feldern. Ich muß Unkraut jäten, hakken, Ungeziefer vernichten und lauter solche schrecklichen Dinge tun. Ich verabscheue jede Minute, die ich bei diesen verdammten Maispflanzen verbringen muß.«

»Selbstverständlich tust du das, mein Liebling, das wußte ich von vornherein. Erinnerst du dich daran, daß ich mich halbtot gelacht habe, als der Richter das Urteil verkündet hat?«

»Schön, du hattest recht, und deshalb habe ich beschlossen, die Farmarbeit aufzugeben.«

Nora hob eine Augenbraue. »Aber der Richter hat dir doch eindeutig zu verstehen gegeben, daß dir die Kinder weggenommen werden, wenn du nicht volle vier Jahre auf Hirams Farm verbringst.«

»Das ist eine andere Sache«, sagte Josh. »Kommt her, ihr Gören«, rief er.

Carrie beobachtete ungläubig, wie er jedes Kind an einem Arm packte und zu Nora schob. Carries Entsetzen wurde noch größer, als sie die Kinder ansah. Noch vor ein paar Minuten, als sie das Hotel betreten hatten, waren sie sauber und ordentlich angezogen gewesen, aber jetzt war ihr Haar ungekämmt und verfilzt, ein riesiger Fleck verunzierte Dallas' Kleid, und beiden liefen die Tränen über die Wangen.

»Als ich dem Richter sagte, daß ich die beiden bei mir behalten wollte, wußte ich nicht, was ich tat. Ich war der Meinung, daß es leicht wäre, Kinder großzuziehen, aber die beiden sind richtige Satansbraten. Sie stehlen mir meine ganze Zeit. Sie quengeln und jammern unaufhörlich, und sie sind ständig schmutzig und verschmiert. Meine liebe Nora, ich überlasse sie dir mit Freuden.«

Josh schubste die Kinder noch näher zu Nora.

Zum Glück war Carrie so schockiert, daß sie kein Wort hervorbrachte.

»Papa«, heulte Dallas. »Nein, nein. Wir wollen bei dir bleiben. Wir werden auch ganz brav sein, das versprechen wir.«

»Josh, das ist doch nicht dein Ernst...«, begann Nora.

»Oh, es ist mein bitterer Ernst. Der Richter hat verfügt, daß du die Kinder zu dir nimmst, wenn ich die Bedingungen nicht erfülle, und ich bin nicht geneigt, diese Höllenqualen durchzustehen. Ich gehe so schnell wie möglich zurück zum Theater, wo ich hingehöre.«

»Aber..., aber, was ist mit ihr?« stammelte Nora und deutete auf Carrie. »Was geschieht mit der Kleinen, der Liebe deines Lebens?«

Ehe Josh überhaupt den Mund aufbrachte, schaltete sich Carrie ein. Sie konnte nicht dulden, daß man sie aus dieser Angelegenheit ausschloß. »Oh, wir werden in wilder Ehe leben«, erklärte sie strahlend. »Wir sind beide der Meinung, daß das viel aufregender ist als eine langweilige altmodische Ehe.« Sie warf Josh einen bewundernden Blick zu. »Sobald wir die Kinder los und endlich frei sind, machen wir uns auf den Weg nach... wohin wollten wir fahren, mein Schatz?«

»Venedig«, erwiderte er, ohne mit der Wimper zu zucken, aber seine Augen schimmerten anerkennend.

»Ach ja, Venedig. Wir werden mein enormes Vermögen, das mir die Warbrooke Schiffsgesellschaft ausbezahlt, für unsere Reisen ausgeben. Bist du sicher, daß wir nicht zuerst nach Paris fahren sollen? Ich bräuchte dringend ein paar neue Kleider.«

»Wir fahren, wohin immer du willst, meine Liebste.« Josh küßte ihre Hand.

Josh wandte sich wieder Nora zu. »Du siehst, meine Liebe, daß es vollkommen gleichgültig ist, ob wir geschieden sind oder nicht. Ich habe Carrie und ihr Geld und muß mich nicht weiter mit diesen lästigen Gören abplagen. *Au revoir.*« Er nahm Carries Arm und steuerte die Tür an.

Hinter ihm jammerte Dallas: »Papa, laß uns nicht allein. Bitte, bitte, verlaß uns nicht. Wir tun alles, was du verlangst, wenn wir bei dir bleiben dürfen. Alles!«

Josh mußte Carries Arm fest umklammern, um sie zurückzuhalten. Am liebsten hätte sie sich auf das Kind gestürzt, es umarmt und mitgenommen. Als sie das Zimmer verlassen hatten, sah Carrie Josh in die Augen. »Ist mit Dallas alles in Ordnung?« flüsterte sie erschrocken.

»Nein«, erwiderte Josh. »Sie hat maßlos übertrieben, und ich werde ein ernstes Wörtchen mit ihr zu reden haben. Keines meiner Kinder kommt mit so etwas durch.« Er bedachte Carrie mit einem liebevollen Lächeln. »Du warst wunderbar. Liebes, vielleicht machen wir aus dir doch noch eine perfekte Lügnerin.«

»Josh«, hakte Carrie ernst nach, »die Kinder haben doch wirklich nur Theater gespielt, oder? Und du doch auch? Du wirst sie nicht bei ihr lassen, nicht wahr?«

Er schaute sie an. »Was denkst du?«

»Ich glaube, daß du dich lieber selbst umbringen würdest, als die Kinder aufzugeben.«

Er küßte lächelnd ihre Hand. »Laß uns etwas essen gehen. Ich habe das Mittagessen versäumt.« Er blinzelte Carrie verschmitzt zu – sie hatte ein ungenießbares Essen auf den Tisch gebracht.

Trotz Joshs Versicherungen und Beschwichtigungsversuchen, konnte Carrie ihre Nervosität nicht bezähmen. Sie aß nur ein paar Bissen während des Dinners, und später, als Josh sie zu ihrem Modesalon brachte, zeigte sie keinerlei Interesse an ihrer Umgebung. Ihre Angestellten bestürmten sie mit unzähligen Fragen, aber Carrie konnte sich nicht auf die Antworten konzentrieren. Ein übers andere Mal fragte sie Josh: »Was tun wir, wenn sie die Kinder bei sich behalten will?«

»Du kennst Nora nicht.«

»Nicht so gut wie du«, fauchte sie zurück. »Aber es gab eine Zeit, da warst du der Meinung, sie wäre eine gute Mutter.«

»Damals war ich jung und dumm«, antwortete er und versuchte, Carrie ein Lächeln zu entlocken... oder in Rage zu bringen. Alles wäre besser gewesen als die Todesangst, die sie ausstand. Aber er hatte keinen Erfolg. Selbst als er ihr eröffnete, daß er auf keinen Fall zulassen würde, daß sie für ihr Kind einen Namen aussuchte, weil er fürchtete, daß sie sich für etwas Ähnliches wie Choo-choo oder *Paris in der Wüste* entscheiden würde, reagierte sie kein bißchen.

Als sie auf die Farm zurückkamen, war es bereits dunkel, und Josh erklärte, daß er heute nacht in jedem Fall bei Carrie bleiben würde. Die Wahrheit war, daß er sich selbst nach der Nähe der Frau, die er liebte, sehnte und daß er sie in seinen Armen halten wollte.

»Du hast gerade deine Kinder weggegeben, und jetzt erwartest du von mir, daß ich die Nacht mit dir verbringe?« empörte sich Carrie.

Er liebkoste ihre Fingerspitzen mit den Lippen und erwiderte so leichtherzig, wie es ihm möglich war:

»Du mußt wenigstens zugeben, daß meine Schauspielkunst ein Kompliment von dir verdient.«

Sie funkelte ihn an. »Du wirst mich nicht anrühren, bis die Kinder wieder bei uns sind.« Als sie die Tür vor ihm zuschlug, hörte sie ein seltsames Wimmern, das in belustigtem Lachen endete. Und außerdem glaubte sie noch etwas zu hören, das sie beinahe dazu gebracht hätte, die Tür wieder zu öffnen, aber sie blieb standhaft.

Zum erstenmal in ihrem Leben konnte Carrie eine ganze Nacht kein Auge zutun. Als die Sonne über den östlichen Horizont kroch, kletterte Carrie aus dem Bett, und während sie das Wohnzimmer betrat, preßte sie Choo-choo hilflos an sich. Josh saß schon am Tisch. Offensichtlich war er gar nicht im Bett gewesen, denn er trug noch die gleichen Kleider wie am Vortag.

»Du hast die ganze Nacht nicht geschlafen, stimmt's?« sagte sie, als sie sich ihm gegenübersetzte.

Er sah sie offen an. »Ich habe mich daran erinnert, wie falsch Nora sein kann und wie boshaft. Es könnte sein, daß sie die Kinder bei sich behält, nur um es mir heimzuzahlen. Vielleicht ...« Er konnte nicht mehr weitersprechen und starrte in seine leere Kaffeetasse.

Als Carrie über den Tisch langte und seine Hand nahm, sprang Josh auf und lief um den Tisch. Er fiel vor Carrie auf die Knie und verbarg sein Gesicht in ihrem Schoß. Sie strich ihm sanft über das Haar.

»Ich habe Angst, Carrie«, gestand er leise. »Ich darf sie nicht verlieren. Als mir dieser unsinnige Plan einfiel, erschien mir alles bombensicher, aber jetzt bin ich gar nicht mehr so überzeugt, daß das alles eine gute Idee war. Wenn Nora vor Gericht geht und erzählt, was ich getan und gesagt habe, würde mir jeder Richter der Welt sofort das Sorgerecht absprechen und die Kinder wegnehmen. Was soll ich nur ohne sie anfangen? Du und die Kinder sind das einzige, was mir etwas bedeutet.«

Sie hauchte einen Kuß auf seinen Scheitel, aber sie empfand im Grunde ihres Herzens ebenso viel Angst wie er. »Willst du mir nicht anvertrauen, was du mit dieser Schauspielerei bezweckst?«

Er hob den Kopf und wandte sich ab, damit sie nicht sah, wie er sich die Tränen aus den Augen wischte. »Sie sollen um zehn Uhr zur Kirche kommen. Bis dahin werden sie Nora das Leben zur Hölle machen, so daß sie mir mit Freuden das Papier aushändigt, nur damit sie die beiden los wird.«

»Dann müssen wir ganz fest daran glauben, daß deine Kinder ebenso gute Schauspieler sind wie du. Sie sind schließlich die Kinder des großen Templeton und können gar nicht versagen.«

Josh brachte ein unsicheres Lächeln zustande. »Komm, laß uns nachsehen, was wir noch zu essen im Haus haben, und nach dem Frühstück brechen wir auf. Du hast recht, wir müssen den Kindern vertrauen.«

Carrie nickte tapfer und versuchte, ihre zitternden Hände vor Josh zu verstecken.

*

Carrie fror erbärmlich in der Kirche, obwohl ihr der kalte Schweiß auf der Stirn stand. Ihre Hände waren eiskalt und steif. Es war bereits fünf Minuten nach zehn, und von den Kindern war keine Spur zu sehen. Ring saß in der ersten Bank der ansonsten menschenleeren Kirche und sah zum drittenmal auf seine Taschenuhr. Der Pfarrer hatte Josh und Carrie schon vor einigen Minuten klargemacht, daß ihnen nicht mehr viel Zeit blieb, da er in einer Stunde eine weitere Trauung zelebrieren mußte.

Josh und Carrie hatten ihm gesagt, daß sie sich nicht ohne die Kinder trauen lassen konnten. Josh ergriff Carries Hand, und sie fühlte, daß auch er klamme Finger hatte. Sogar Choo-choo, der unter Carries altmodischem Hochzeitskleid versteckt hatte, verhielt sich mucksmäuschenstill.

Nachdem Josh Carrie einen Blick zugeworfen und ihr ängstliches Gesicht unter dem Schleier gesehen hatte, wagte er nicht mehr, sie anzublicken. Tausend Gedanken wirbelten gleichzeitig durch seinen Kopf. Hatte Nora den ganzen Schwindel durchschaut und die Kinder mitgenommen? Hatte sie vor, durchzuhalten, bis sie doch noch die geforderten fünfzigtausend Dollar bekam? Dallas war erst fünf Jahre alt, und trotzdem hatte Josh sie dazu verleitet, ihre Mutter hinters Licht zu führen. War das Kind überhaupt zu so etwas imstande? Würde sich die Kleine an seine Anweisungen halten?

Die Gedanken kreisten unaufhörlich in seinem Kopf. Hatte er alles so schlau eingefädelt, daß er die Kinder endgültig verloren hatte? Der Richter hatte Bedenken gehabt, Josh, der einen eindeutigen Ruf in Bezug auf Frauen hatte, das Sorgerecht für die Kinder zu übertragen, und wenn Nora jetzt aussagte, was er gestern von sich gegeben und wie er sich benommen hatte, würde ihm kein Gericht der Welt die Kinder zusprechen. Er hatte seine eigenen Kinder als Satansbraten bezeichnet und behauptet, er würde sie nicht bei sich behalten wollen.

Er drückte Carries Hand.

Ring stand auf und kam auf sie zu. »Es ist schon zwanzig Minuten nach zehn«, sagte er zu seiner

Schwester. »Gibt es irgend etwas, was du mir erzählen solltest?«

»Nein«, erwiderte Carrie mit seltsam schriller Stimme. »Ich meine ...«

»Ich bin sicher, daß Nora die Kinder in Kürze herbringt«, schaltete sich Josh ein. »Sie ist eine alte Freundin, und ...« Ein Aufruhr am Kirchenportal unterbrach seine Erklärung.

Nora stürmte herein, und zum erstenmal, seit Josh sie kannte, war sie in miserabler Verfassung und ihre äußerliche Erscheinung wirkte derangiert: Ihr Kleid war schmutzig, ihr Haar hing in wirren Strähnen über ihren Rücken, und sie hatte tiefschwarze Ringe unter den Augen – ein Zeichen, daß sie die Nacht schlaflos verbracht hatte. Das Schlimmste von allem war, daß sie so alt aussah, wie sie tatsächlich war.

Sie zerrte Tem und Dallas hinter sich her und marschierte zielstrebig auf den Altar zu. Bevor sie Josh ein Dokument und einen Federhalter vor die Nase hielt, schleuderte sie ihre Kinder förmlich auf die erste Sitzreihe.

Josh befeuchtete den Federhalter mit der Zunge und unterzeichnete grinsend das Papier. Als die Tinte getrocknet war, faltete er das Papier zusammen und steckte es in seine Jackentasche. Dann sah er die Frau an, die bis zu diesem Augenblick seine Ehefrau gewesen war.

Nora öffnete den Mund, um etwas zu sagen, aber sie brachte keinen Ton heraus. Sie wirbelte auf dem Absatz herum und stapfte durch den Mittelgang zur Tür hinaus.

Carrie und Josh drehten sich ruhig, als wäre nichts Außergewöhnliches geschehen, zum Pfarrer um. »Wir können anfangen«, sagte Josh.

»Meine Lieben, wir haben uns heute hier versammelt, um diese beiden . . .«

Carrie wandte sich Josh zu, als er ihr einen Blick zuwarf, und in der nächsten Minute brachen beide in Gelächter aus. Sie drehten sich gleichzeitig zu den dreckverschmierten Kindern um, die mit schwingenden Beinen in der ersten Reihe saßen und strahlten, als wären sie äußerst zufrieden mit sich. Carrie und Josh bückten sich und breiteten die Arme aus.

Der Pfarrer und Ring beobachteten erstaunt, wie sich alle vier umarmten und küßten und schallend über etwas lachten, was nur sie verstanden.

Josh war der erste, der die Fassung wiedergewann. Er nahm Tems Hand, faßte mit der anderen nach Carries, die ihrerseits Dallas an sich drückte. »Sie können noch einmal beginnen«, sagte Josh zu dem Pfarrer. »Trauen sie uns *alle.*«

»Hurra« quietschte Dallas, und die Kinder sagten »Ja« und »Ich will« wie die Erwachsenen, und am Ende der Zeremonie fielen sich alle um den Hals und küßten sich.